ANNEGRET HELD
Das Zimmermädchen

Das Buch
Carla ist jung, aufgeweckt und erlebnishungrig. Um ihr
Taschengeld aufzubessern arbeitet sie eine Saison lang
auf der Frieseninsel Langeoog. Wie jedes Zimmermädchen muss sie tagein, tagaus Betten beziehen, Flure sau-
gen, Treppen wischen und Fenster putzen - und beobachtet dabei messerscharf, was in der Pension «Zum
Deichgrafen» so alles vor sich geht. In ihrer Freizeit liegt
Carla in den Dünen und ereifert sich mit den anderen
Zimmermädchen über den akuten Männermangel. Da
kommt es ganz recht, dass die Teilnehmer eines Ärzte-
kongresses anreisen. Plötzlich bevölkern unzählige at-
traktive Doktoren die Friesenpension.

»Wenn Sie Urlaub auf einer Frieseninsel machen, dann
kommen Sie um dieses Buch gar nicht drumrum. Aber
auch sonst lohnt es sich. Überaus vergnüglich zu lesen ist
es, wie ein 19-jähriges Mädchen sich das Leben und die
Liebe vorstellt und den täglichen Wahnsinn in einer deutschen Pension beobachtet.« *Elke Heidenreich*

Das Zimmermädchen wird im Auftrag des ZDF für den
Fernsehfilm der Woche mit Axel Milberg in der Haupt-
rolle verfilmt.

Die Autorin
Annegret Held, geboren 1962, war als gelernte Polizei-
Hauptwachtmeisterin einige Jahre auf Streife, ehe sie Eth-
nologie und Kunstgeschichte studierte. Bekannt wurde
sie mit ihrem Roman *Die Baumfresserin*, den Robert
Gernhardt als »einzigartig« lobte.
Annegret Held lebt in Pottum bei Koblenz.

ANNEGRET HELD

Das Zimmermädchen

Roman

Diana Verlag

2. Auflage
Taschenbucherstausgabe 12/2004
Copyright © 2003 by **mare**buchverlag, Hamburg
Copyright © dieser Ausgabe 2004 by
Diana Verlag, München, Zürich
in der Verlagsgruppe Random House GmbH
Printed in Germany 2004
Umschlagillustration: photonica/Bill Diodato
Umschlaggestaltung: Hauptmann und Kampa
Werbeagentur, München, Zürich
Druck und Bindung: GGP Media GmbH, Pößneck
Gedruckt auf chlor- und säurefreiem Papier
ISBN: 3-453-35013-8
http://www.heyne.de

Einstmals war ich Zimmermädchen auf Langeoog.

Ich war Zimmermädchen und wollte gerne eines sein. Ich wollte auch gerne auf eine Insel und weil Langeoog die einzige Insel war, auf der ich Zimmermädchen werden konnte, kam ich hierher.

Ich hatte ja noch keine Insel gesehen. Nur Bauernhöfe im Allgäu, Berlin auf der Klassenfahrt und Zandvoort, Holland, beim Zelten. Nach meiner Vorstellung hatte ich gar nichts gesehen und das auch noch unter Aufsicht. Doch jetzt ging ich alleine in die Welt und zwar nach Langeoog, und darum war Langeoog für mich die erste und einzige Welt.

Es war vierzehn Kilometer lang, sah aus wie eine lange Nase, und bis ich die Insel wieder verlassen sollte, hatte ich sie niemals ganz abgelaufen. Weshalb ich in sieben Wochen nie um die ganze Insel gekommen bin, weiß ich nicht. Es gab auch einen gewiss sehr schönen Birkenwald, und ich sah ihn nicht. Es gab eine Vogelkolonie, und ich sah sie nicht. Es gab Seehundbänke, und ich wusste nicht wo. Ich frage mich, was ich überhaupt gesehen habe. Und ich würde behaupten:

Ich sah das Anwesen der Silke Sörensen, das Haus des Inseladels, die hochherrschaftliche Friesenpension vom Anfang des vorigen Jahrhunderts, das Haus «Zum

Deichgrafen». Sieben Wochen lang sah ich nur: den «Deichgrafen». Aber das Haus hatte keinen Deichgrafen. Keinen Prinzen, keinen Baron. Nur einen Hausmeister, der sah ab und zu nach dem Rechten. Drei Zimmermädchen, eine Wäscherin, eine Köchin. Das Haus gehörte auch keiner Gräfin, es gehörte Silke Sörensen, der Tochter des friesischen Landrates, die aber eine Gräfin hätte sein können. Sie war schon über sechzig und führte die Pension alleine. Einen Deichgrafen brauchte man trotzdem nicht lange zu suchen. Es gab ihn gleich nebenan im Kino, jeden Abend um elf Uhr lief dort der «Schimmelreiter», und der Deichgraf war Gert Fröbe. Gert Fröbe starb jedes Mal um Mitternacht. Darum blieb Frau Sörensen alleine.

Ich hätte schwören können, sie sei beinahe siebzig. Das war sie nicht. Aber sie war so zart. So durchscheinend. Kaum zu glauben, dass sie dem Langeooger Wind standgehalten hatte. Mir hatte er gleich bei der Ankunft eine solche Ladung Sand samt Wasser an den Kopf geschmissen, dass ich gedacht hatte, ich müsste sofort wieder gehen. Aber Frau Sörensen war wie ein leichtes Meergespenst, das mit dem Wind durch die Geschosse des Friesenhauses wehte.

Ein Friesenhaus hat rote Backsteine, weiße Fensterrahmen und sitzt in kräftigen Büschen von Wildrosen und Hagebutten. Es wäre normal gewesen, hätte ich mir das Zimmermädchenzimmer unter dem friesischen Dachgiebel ausgesucht mit dem runden Fensterchen, das auf die Dünen, den Sanddorn und das schäumende Meer hinausblickte. Aber das Dachzimmerchen war eigenartig violett, und ich dachte, diese Farbe sei vielleicht nicht den ganzen Sommer zu ertragen. Das zweite Zimmermädchenzimmer lag im Zwischengeschoss und war ganz orangerot. Auch das war vielleicht in den sieben Wochen nicht auszuhalten. Darum wählte ich das dritte Zimmer, das elfenhaft grün und meeresähnlich angemalt war. Es lag auf dem Weg zwischen Waschmaschinenraum, Treppenhaus und Frühstückszimmer. Ich sah auf den Fahrradschuppen hinter dem Haus und auf das Fenster der Pensionsbesitzerin Silke Sörensen, die sich ihre vornehmen Zimmer im rechten Seitenflügel des Hauses eingerichtet hatte.

Ich hatte bis dahin überhaupt niemand Vornehmes gekannt. Vornehm gab es gar nicht mehr. Frau Sörensen war wie aus einem alten Gemälde gefallen. Einem Gemälde mit Goldrand. Sie trug roséfarbene Seidenblusen und anthrazitfarbene Röcke mit unaufdringlichem Schnitt, dazu halbhohe Pumps. Ihre grauen Löckchen bedeckten in einer sanften Frisur mit mühsamer Auffiederung die Kopfhaut, sie ging fein und aß fein und hielt auf sich, als könnte jeden Moment ein hoher Besuch zur Tür hereinkommen. So viel hielt ich von mir selber nicht und war zur Friesenpension hereingestapft, und der Koffer war mir aus der Hand gefallen, guten Tach auch, ich bin's, das neue Zimmermädchen, Sie sind bestimmt Frau Sörensen.
– Fräulein, antwortete sie mit melodiösem Wehklang.

Angriff und Klage. Ich brachte das Fräulein nicht über die Lippen. Es war überall abgeschafft. Nur hier, auf einer einsamen Insel in einem alten Haus, da bewahrte sie es auf wie ein süßes Konfekt, die seltene Dame, und ich fühlte mich auch sofort ein wenig schuldig, als sie mir das Fräulein entgegenhielt. Mir, die ich die Kraft auf dem Dorf getankt hatte, die ich vor Lebensenergie schon ins Schleudern kam, mir aus dem geburtenstarken Jahrgang mit Männerüberschuss, das Leben noch vor mir, noch mit vielen Männern vor mir. Ich war sozusagen von der Fähre aus auf die Insel geschossen, und zwar in einem lindgrünen Kleid aus Leinen, im Rücken gebunden und auf der Brust die eingefasste Stickerei, halb indisch, halb alternativ, ein Kleid für eine literarische Reisebeschreibung. Ich hätte auch etwas anderes anziehen können. Aber so wie ich ausgestattet war, konnte ich noch viele Männer kriegen und sie nicht. Ich fühlte mich ihr gegenüber sofort unberechtigt begünstigt, es war ein Unglück gewesen, die letzten Überlebenden einer aussterbenden Kriegsbräuteschar, und eine von denen stand jetzt vor mir. Ich verspürte den Wunsch, etwas wieder gutzumachen, mit den Mitteln, die einem Zimmermädchen zur Verfügung standen, vielleicht mit Wärme und Fröhlichkeit und besonderer Schrubbkraft etwas von ihrem Leiden abzuarbeiten. Wenn das ginge. Aber wenn ich gewusst hätte, dass es noch mehr Leiden unter dem friesischen Dachgiebel gab ...

Etwa Frau Heidenreich, mit Kind und ohne Kegel,

und das zu einer Zeit, als das Alleinerziehen noch nicht der Trend der Zeit war. Umso mehr Mühe hatte sie, doppelt fröhlich zu wirken. Fröhlichsein zum Frühstück, und die Aussicht auf den ganzen Tag voll langweiliger Kinderspiele im Sand, und trotzdem lustig sein müssen, ein kläglich aufgesetztes: Wir kriegen unser Schicksal schon in den Griff. Mannomann, es mehrte sich. Etwa Frau Mackbett, mit ihren blauen Tüchern um den Kopf gewickelt, die in den Friesentee hineinschaute und im Inneren ihrer fortschreitenden Krebserkrankung nachlauschte. Und Frau Erz, die im Frühstücksraum der falschen Fröhlichkeit immerzu behauptete, sie wolle nochmal telefonieren, weil ihr Ehemann heute oder morgen nachkommen würde. Aber solange ich Zimmermädchen war, ist er nie gekommen. Mit Frau Sörensen und uns Zimmermädchen waren wir tatsächlich eine glücksgespaltene Fräuleinsammlung, die die Friesenpension beherbergte. Ich hatte ja, ehrlich gesagt, auch keinen. Vielleicht hätte man auf Langeoog einen finden können. Wenigstens für den Sommer. Eine kleine Romanze, eine Verliebtheit, eine Hand in meiner, etwas, um abends noch aus dem Zimmermädchenzimmer in den Mond zu schauen und ihm nachzuhängen und zu wünschen, dass anderntags etwas geschieht.

Am ersten Abend sah ich schwarz. Das Haus war also ein ältliches Fräuleinwunder hinter starken Friesenmauern, geschützt, aber im Inneren hinfällig. Ich eingequetscht zwischen Waschmaschinen und einer Treppenschräge, die vor mir emporragte, sobald ich aus der Tür schaute. Und vor dem Fenster ein Fahrradschuppen. Ist es das, was ein Mädchen erwartet, wenn es tatendurstig in die Welt zieht? Die anderen Zimmermädchen waren noch nicht da, und so zog ich am ersten Abend alleine über die Insel. Vielleicht dass einem noch einer im Finsteren begegnete. Ich roch die Gräser und die Seeluft, folgte den Wegen am Dorfrand des einzigen Dorfes entlang, und da fiel mir ein, dass ich das Meer vergessen hatte. Nun ja, ich war schon drübergefahren mit der Fähre. Aber ich hatte ihm noch keine Ehre erwiesen. Nicht genügend für jemanden, der bisher nur Familienurlaub auf dem Bauernhof im preisgünstigen Allgäu gemacht hatte. Darum ging ich hin, durch die Düne hindurch über den verwehten Bretterweg, und da lag die alte Nordsee. Im Dunkeln eine schwarze Lache, soweit das Auge reichte, untrennbar mit dem Firmament vermischt, ein nasser Abgrund wie Teer und Pech mit trügerischem Ende. Ich lief die Bretter entlang, bis ich auf den harten, nassen Sand kam und mir von der Nordsee ein solcher Windstoß entgegenschoss, dass es mir augenblicklich die Gedanken aus dem Kopf warf. Die Nordsee hatte immer versucht, die Fremden von der Insel zu vertreiben. Die Langeooger waren lange Zeit nicht geduldet, sie siedelten und siedelten und wurden immerfort weggeweht und weggespült, da gaben sie es auf, und erst vor ein, zwei Jahrhunderten hatten sie es geschafft und hielten sich wie der Sanddorn, der sich an die Dünen klammert. Bloß weil sie alte Strandräuber waren und vielleicht sonst nichts mehr werden konnten, deshalb schafften sie es hier.

Wegen des Meeres war ich gekommen. Ich wollte eine Weile bleiben. Und da ich das Meer kaum noch sehen konnte, hörte ich ihm zu. Es prustete, es jagte, es rauschte und toste. Es schien mir nicht gleichmäßig zu tönen. Das Meer war ganz und gar nicht beruhigend, es war ein Monstermeer. Vielleicht, dass gleich der Schimmelreiter angeritten kam. Das traute ich ihm zu. Ich glitt schnell in Märchen und Mythen hinein. Seejungfrauen, Pottwale mit aufgesperrten Mäulern, Geistergaleeren, ich hielt grundsätzlich alles für möglich. Vielleicht sollte ich ihn mir tatsächlich anschauen. Er kam doch im Kino, der Schimmelreiter. Gleich um elf. Dann würde ich morgen früh am ersten Tag schon müde sein, und ich sollte um halb acht beginnen. Aber wer denkt mit neunzehn an Müdigkeit? Ich dachte nie an Müdigkeit. Also nahm ich mein Taschengeld, zählte nochmal ab und ging ins Kino. Da ritt er tatsächlich, der Schimmelreiter aus der germanischen Sage, in einem uralten Film mit zerkratzten Bildern und knisterndem Ton, er ritt durch die Dämmerung bis in meine Träume hinein, der Schimmelreiter mit allzugroßem Hut oder ohne Kopf, auf seiner Schimäre mit drei Beinen ritt er mir durch den Kopf die ganze Nacht, schon als ich mich im Dunkeln durch das unbekannte Friesenhaus tastete, dann als ich mich hinlegte in mein Zimmermädchenbett, und auch, als mich der Nordseewind augenblicklich in seinen seeschweren Schlaf gestoßen hatte.

So war der erste Tag gewesen, und der zweite war anders. Er begann damit, dass ich verwundert aufwachte, vom Bett aus durch das Fenster die Erkerzimmer von Frau Sörensen sah und sie entdeckte, wie sie vor dem Kaminsims stand. Ich glaube, dass es ein Kaminsims war, eigentlich sah ich gar nichts. Nur feine, durchsichtige Gardinen. Ich glaubte nur, dass Frau Sörensen mindestens einen Kaminsims hatte, und ich glaubte, dass sie schon wach war beim ersten Fädchen Licht, das bei geschlossenen Augen unter den Lidern umhergeisterte. Fräuleins schlafen nicht gut. Daher konnte sie gut und gerne schon am Kaminsims stehen. Aber ich hörte sie bald auf den halbhohen Gesundheitspumps umherlaufen. Auch das breite Latschen der Köchin hörte ich hinter meiner Tür. Die knarrenden Treppen unter dem Gepolter der Wäscherin, es musste die Wäscherin sein, denn sie war unterwegs zur Waschküche. Wieso hatte ich mich nur direkt vor den Gang gelegt? Mein niedliches grünes Zimmerchen, das mit seinen angemalten Holzpaneelen, dem grünen Tisch und Schrank aussah wie ein Schiffskajütchen oder der verschlossene Raum einer Meerjungfrau, es gefiel mir. Es war schön zum Tagebuch schreiben. Aber wenn man aus dem ebenerdigen Fenster sah, hatte man das Gefühl, man fällt aus dem Bett auf den Kiesweg im Garten. Hinter mir heulten die Waschmaschinen auf, durch die Zimmerritzen drang der Kaffeeduft. Ich hatte doch wohl nicht verschlafen! Nein, hatte ich nicht. Ich wollte mich aber beeilen, als erstes und einziges Zimmermädchen. Ich sollte morgens und abends die Halbpension austeilen und musste dazwischen die Zimmer für die anderen Mädchen mitmachen, die erst ab Juni kamen. Die Fräuleins waren früh, es war frisch, zu frisch für dünne alte Mädchen. Wahrscheinlich ging es um die Atemwege. Ich suchte nach der Servierschürze meiner Mutter. Ich hatte also eine Servierschürze, aber nicht nur das. Ich hatte einen schwarzglänzenden Chintzrock und ein schwarzes T-Shirt und einen glänzenden braunen Zopf im Nacken zusammengebunden, aber nicht nur das. Ich besaß hohe schwarze Schuhe mit Fesselriemchen und Pfennigabsatz, die ich nun unbeobachtet von meiner Birkenstockgeneration tragen durfte, ohne in Misskredit zu kommen. Ich hatte noch niemals serviert. Frau Sörensen und die Köchin sagten guten Morgen, und einen guten Anfang wünschten sie, und Frau Sörensen musterte mich von oben bis unten und sagte zufrieden, ja, so habe ich mir das vorgestellt.

Jetzt kam alles auf einmal. Die Köchin lachte und zeigte mir die vielen Teller mit Gürkchen und Käse und Wurst und Marmelade, die Kannen voll Kaffee und die frischen Brötchen, Saft und Tee und Milch, ich hoffte, immer alles heil und ohne zu stolpern an die Tische zu bringen, und es hatte von vornherein keinen Zweck. Ich stolperte über die dünnen Läufer an der Eingangstür und hieb die Absätze in das Parkett, als wollte ich Bohrlöcher stampfen, ich hatte gut und gerne fünfundsechzig Kilo, mir schwindelte, ich kämpfte und lachte dabei, und ich war froh, dass nur die wenigen Frauen dasaßen, die weitaus größere Probleme hatten als ich. Mensch, konnte ich froh sein, dass ich hier noch Zeit zum Üben hatte.

Nächste Woche sollte es losgehen. Der ganze hochherrschaftliche Saisonbetrieb. Dieses Haus sollte nie etwas anderes sein als eine Pension. Es hatte einundzwanzig Zimmer, und in der nächsten Woche sollten sie voll sein, und zwar mit lauter Ärzten. Ein Ärztekongress!

Ein Ärzteeinfall. Ich stellte mir das ganz menschenunmöglich vor. Allein schon die Ansammlung an Bildung. Menschen mit Fähigkeiten, mikroskopisch winzige Partikel auseinander zu sortieren, Menschen, die Fleisch aufschnitten und einem notfalls die Gedärme herausnehmen konnten, Leute, vor denen sich jeder entblößte, auch wer hässlich war und nach Geschwüren stank, und gerade der. Ein Arzt hatte ja viel gelernt, und genau darauf hatte ich im Moment überhaupt keine Lust. Zu einem Arzt hatte ich eigentlich keinerlei Beziehung. Ich war ja nicht krank, ich war in allem das Gegenteil von krank. Und was Wellenlänge anging, so funkte ein Doktor auf dem Nordpol und ich auf dem Mars. Ärzte waren ja auch alle alt. Wer ein abgeschlossenes Studium hatte, war aus meiner Perspektive bereits hinter dem Horizont.

Ich war ja mit voller Absicht ein Zimmermädchen geworden. Ich wollte erstmal das Einfachste vom Einfachen machen. Dienstbar sein. Etwas tun, das mich mit Schmutz und Erniedrigung in Verbindung brachte. Ich dachte, wenn man ins Leben hinausgeht, soll man ganz unten anfangen. Ich hatte mir sogar schon im Erdgeschoss die Sammeltoiletten auserkoren, um die ich mich besonders bemühen wollte. Ich dachte, wer nicht fähig ist, ein schmutziges Klo mit Hingabe, Sorgfalt und Akribie auf das Schönste zu reinigen und zu polieren, der darf auch später nicht irgendwas Höheres darstellen, wer nicht dienen kann, soll auch nicht herrschen, wer nicht unten war, soll nicht oben sein, und das alles solange rauf und runter, bis jeder ein Gefühl dafür hat, was es heißt, unten zu sein oder oben. Ich wollte mir also hier auf Langeoog in Schmutz und Schmier die Eintrittskarte für das Leben erwerben.

Ehrlich gesagt, habe ich niemals gerne Hausarbeit gemacht. Ich hatte mich daheim darum gedrückt, wo es nur ging. Sie nannten mich Schlampe. Meine Mutter und meine Brüder. Mama, völlig unbeleckt von jedwedem Aufscheinen des Feminismus, hatte mich zum Putzen prügeln wollen, und meine Brüder brauchten nur mal im Sommer den Rasen zu mähen, und so machte ich aus Protest gar nichts und meine Mutter alles alleine, weil sie diesbezüglich natürlich auch mit meinem Vater reingefallen war. Dennoch hatte ich eine gründliche deutsche Hausfrauenputzausbildung genossen. Ich wusste, dass man bestimmte Klebreste auf dem Boden durch den nackten Schrubber mit viel Wasser wegkriegte, wie man hinter die unzugänglichen Kühlschrankecken kam, dass man beim Fensterputzen auch die Rahmenleisten nicht vergaß und was nicht sonst noch alles. Und hier in der Friesenpension war ich plötzlich und unerwartet mächtig stolz auf meine tiefgreifenden Reinigungskenntnisse. Als hätte ich schon dadurch etwas Besonderes geleistet.

Jetzt durfte ich frühstücken, was ich wollte, aber ich musste nichts von den alten Tellern nehmen, die ich schon abgeräumt hatte. Ich aß mit der Köchin Frau Bärenz, und wir schwatzten ein wenig rum.

Als ich den Chintzrock in den Schrank hängte und meine Jeans und Turnschuhe an- und meine kurze Schürze lässig über das T-Shirt zog, fühlte ich mich schön. Die Schürze war peppig, eine lustige Schürze, sie sah irgendwie passend zu den Jeans aus, weiß mit losen blauen Streifen, eine Schürze der Achtziger, wäre auch zum Blumenumtopfen in einem Landhaus durchaus passend gewesen, hat sich aber nicht durchgesetzt. Nach mir hat nie mehr jemand eine solche Schürze getragen. Ich weiß nicht, wieso ich mit einer solchen Begeisterung eine Schürze anziehen konnte. Eine rührende Erinnerung an alte geschlechtsspezifische Fleißigkeiten, ich weiß auch nicht. Jetzt durfte ich endlich mal fleißig sein. Durfte überhaupt das Wort fleißig gebrauchen. Ich brannte auf die Zimmer, die ich sauber machen wollte.

Als Frau Sörensen mir das Zimmer Numero Dreizehn öffnete, in dem Frau Mackbett, die jetzt spazieren war, mit ihren kranken Organen still vor sich hin hauste, begriff ich sofort, dass ich hier nichts zu suchen hatte. Wahrscheinlich durfte ich nur hinein in dem stillschweigenden Einverständnis, dass ich unsichtbar sein und bleiben musste. Ein Hausgeist, im Grunde ohne menschliche Funktion. Denn um ehrlich zu sein, ich war ein reiner Eindringling, mir blieb nichts verborgen, ich konnte ungeniert in die Wäsche der Frau Mackbett sehen, ich konnte die Namen ihrer Medikamente lesen, ich sah das unaufgeschlagene andere Bett, ich wusste, ob ihre Kleider schäbig waren oder gut, ich sah, wie viele Haare ihr in der Nacht ausgefallen waren. Ich konnte zwar so tun, als sei ich ein *unsichtbarer* Hausgeist, aber damit wurde ich noch lange nicht zu einem *nicht sehenden* Hausgeist. Ich sah alles. So nahe kommt man einem Menschen doch sonst nicht. Nur ein Arzt vielleicht. Bald würde aber ich von den Ärzten alles sehen, ich musste dauernd daran denken, es regte mich auf.

Frau Sörensen sagte, es müsste sehr sauber sein, sehr sehr sauber. Auf einmal glänzten und schimmerten ihre Augen, und sie sagte, in wenigen Tagen beginnt hier der Ärztekongress. Da kommen Ärzte aus allen Teilen Deutschlands! Sie kommen hierher, zu mir. Schon seit vielen Jahren. Immer wieder. Und vor Aufregung und aus Anteilnahme an allem, was sie sagte, begannen auch meine Augen zu glänzen und zu leuchten. Die Ärzte kamen! Was denn für welche? Gute Ärzte? Kluge Ärzte? Vielleicht auch – schöne Ärzte? Was denn für welche? – Gynäkologen, sagte Frau Sörensen. Alles: Gynäkologen. Und deshalb – muss hier alles, alles sauber sein …

Also holte ich schon mal Eimerchen und Lappen und Besen aus dem großen Putzschrank am Ende des Flures und reinigte nach Anweisung von Frau Sörensen – das Waschbecken, die Brause und die Läufer. Ich machte die Betten und schüttete den Papierkorb aus, wischte den Tisch ab und den Staub von den Lampen, zog die Vorhänge zurecht und ließ das Fenster auf Kippe. Bis alles wieder aussah wie am Nachmittag in der schlafenden Stille einer friesischen Sommerpension.

Auf einmal sah mich Frau Sörensen mit einem gewissen Wohlwollen und Augenzwinkern an, und da wusste ich – sie vertraute mir. Nicht für alle Zeiten und auch nicht mehr als ein paar Zimmer weit, aber sie kramte in ihrer Rocktasche und holte etwas Dickes heraus. Es klirrte und rasselte und sollte von nun an meinen Aufenthalt bestimmen.

Es war ein Schlüsselbund. Eine einfache, dicke, mit einem Ring zusammengehaltene Sammlung primitiver Schlüssel zu den Zimmern.

– Hier, sagte Frau Sörensen. Die passen überall, da noch ein Schlüssel für den Fahrradschuppen, dieser ist für die Haustür, und hier, Ihr eigener Zimmerschlüssel, das ist der Dachboden, die Schlüssel für die Gästezimmer sind eigentlich alle gleich, Sie sollen zwar nur den dritten Stock machen, aber prinzipiell passen die Schlüssel überall in jedes Gästezimmer.

Das hätte sie vielleicht nicht sagen sollen. Ich war vom Gewicht und dem kühlen Metall des dicken Bundes wie elektrisiert. Ich hatte noch nie einen Schlüssel gehabt. Daheim auf dem Dorf standen alle Türen offen. So einen dicken Bund ... ich hatte sofort das Gefühl, mir gehört jetzt das ganze Haus. Zugang zu allen Räumen, das war die reine Macht. Ich war fasziniert und außer mir und wollte mir doch nichts anmerken lassen, und ich umklammerte den Bund fest mit der Hand.

– So, ich lasse Sie jetzt alleine, sagte Frau Sörensen. Da sind also noch die Zimmer Zwölf, Vierzehn und Fünfzehn zu machen. Sie wissen ja, wo alles ist.

Ja, ich wusste, wo alles ist. Aber weil ich es ganz genau wissen wollte, ging ich die Runde noch mal. Der schöne Putzschrank in Stockwerk drei. Weißgetüncht, mit einer Muschel oben am Sims, die war vergissmeinnichtfarben, und Zierleisten in Vergissmeinnicht, der Schrank hatte sogar ein geschnitztes Giebelchen – was für ein Putzschrank, den hätte ich gerne als Kleiderschrank gehabt. Drin war alles, was sich eine Putzende nur wünschen konnte, Eimer, Lappen, Bürsten, Gummihandschuhe, Dreckschippen und so weiter. Ich machte schnell wieder zu. Dann besah ich mir die Zimmertüren noch einmal. Jede einzelne Zimmertüre war eine Augenweide. Jede Tür war gefasst von einem vergissmeinnichtfarbenen Holzrahmen mit einem sanften Bogen über dem Sturz, und in den Holzrahmen waren nochmal Rillen eingeschnitzt, wolkenweiß war die Tür selber, mit Kassetten und Stäben verziert, und etwa in Augenhöhe sah einem die Messingzahl entgegen: Vierzehn. Das Schloss war einfach und hübsch, goldleuchtender Messing, zutraulich offen, als ich mit dem Schlüssel kam. Ich hatte ja jetzt Schlüssel. In atemberaubender Spannung öffnete ich. An den über die Lehnen und Bettpfosten geworfenen Klamotten sah ich sofort den leicht entgleisten Seelenzustand der Frau Erz, die auf ihren nachreisenden Mann wartete, der niemals kam. Die Gegenstände waren nicht an ihrem Ort, die Haarbürste auf dem Fensterbrett, das Handtuch hinters Bett gefallen, alles zittrig verschoben. Man sah dem Zimmer an, dass Frau Erz nur meinetwegen, nur wegen des Zimmermädchens, ins Dorf oder an den Strand gegangen war, und sobald ich verschwunden war, würde sie sich gleich wieder hierher verkriechen. Als ich geputzt und Betten gemacht hatte, sah alles auf einmal seltsam steril aus. Ich brachte wieder ein wenig Durcheinander ins Zimmer, warf die Klamotten zurück über den Stuhl, stellte den Papierkorb etwas asymmetrisch in die Ecke, schlug einen Knick an der falschen Stelle ins Kopfkissen – sonst kam Frau Erz sich noch verlorener vor. Es roch immer noch nach Unglück. Das konnte man nicht wegputzen. Vielleicht stellte ich morgen ein par Blümchen auf und sagte, die seien vom Haus.

Zimmer Zwölf, die Heidenreich und das Töchterlein. Durchtobte Betten, dem Kind gefiel es. Viel Sand aus den Förmchen überall, Schippchen, Äffchen, Lämmchen, mühsam verstautes Lego. Ich sah, dass man für mich schon zusammengeräumt hatte. Man machte sauber für das Zimmermädchen. Mensch, war ich wichtig. Zerlesene Heftchen, geeignete wetterfeste Schuhe auf der Matte, ich musste vor allem den Boden sauber machen wegen des Sandes. Kein Bild von einem Vater auf dem Tisch. Nur einige angefangene Briefe auf dem Briefpapier aus dem Hause Deichgraf. Ich fing an mich zu beeilen. Ich wollte einen guten Eindruck machen. Ich schüttelte die Läufer aus dem Fenster, wischte schneller, drückte fester den Lappen auf und war endlich fertig.

Zimmer Fünfzehn. Ich legte die Handtücher wieder zusammen, schrubbte die Seifenschale aus, schloss die Schranktür richtig zu, lüftete und leerte den Papierkorb, unversehens war ich nassgeschwitzt. Ich hatte den Ehrgeiz, vor elf mit allem durch zu sein. Später würde ich neun Zimmer haben. Zusätzlich das eine oder andere im Flur oder Treppenhaus reinigen müssen. Zweimal in der Woche alle Zimmer putzen. Frau Sörensen sollte mit mir zufrieden sein. Und so kam ich Punkt elf in den Aufenthaltsraum zurück, in dem man sich traf, um ein wenig zu essen und zu plaudern, es war ein Raum mit einem alten Küchenschrank, nicht mehr ganz modernen Stühlen und einem stabilen Tisch mit Plastikdecke, einem fahrbaren Heizkörper und einem kleinen Fernseher. Zimmermädchen-Wohnzimmer. War eigentlich ganz gemütlich. Wenn nur schon die anderen da wären.

Da erschien Frau Sörensen und fragte freundlich, wie weit ich denn sei.

– Fertig! rief ich stolz. Ich kann jetzt was anderes machen!

Aber Frau Sörensen wollte, dass ich einen Kaffee trinke. Erstmal langsam hineinwachsen in das Ganze. Es sind ja noch nicht viele da und die anderen Zimmer sind schon vorbereitet. Sie ließ sich auf den Stuhl mit dem Rattangeflecht sinken.

– Ich bin auch froh, wenn hier alles wieder losgeht. Es ist doch sehr öde im Winter. Ich freue mich auf den Sommer, wenn Leben in das Haus kommt – und mit den Zimmermädchen hatten wir immer viel Freude! Was haben wir gelacht in all den Jahren!

Sie steckte den Kopf aus der Tür.

– Nicht wahr, Frau Bärenz?

– Was?

Die Köchin hatte einen braunen Lockenkopf und sah haargenau so aus, wie man sich eine Köchin immer vorstellt. Köchin aus Leidenschaft. Sie kam morgens bis zwölf und dann wieder um fünf, um das Abendessen vorzubereiten. Mittags gab es nur eine Kleinigkeit für das Personal, abends wurde richtig warm gegessen. Frau Bärenz – dick und gutmütig war sie. Alles brach von innen aus ihr hervor. Ein prächtiges Strahlen. Das tat gut. Frau Sörensen sah aus, als müsste man sie ein wenig päppeln, Frau Bärenz sah aus, als könnte sie gut und ohne es zu merken noch einen Schwung Menschen mitversorgen. Sie war glücklich verheiratet, und das sah man ihr irgendwie an. Sie sah aus wie jemand, bei dem alles in Ordnung ist. Das konnte man bei keinem anderen im Haus sagen. Wir waren alle dünner und in schlechterer Verfassung, selbst ich, die ja noch alle Chancen hatte. Aber mit neunzehn war ich so liebeshungrig.

– Was heißt das, Ärztekongress? fragte ich.

– Nun!

Frau Sörensen war offenkundig stolz. Sie setzte sich aufrecht und fing an zu erzählen, vom Tagungszentrum, von den bedeutenden Treffen jedes Jahr, dass sie immer und zahlreiche Ärzte hatte, sie zeigte auch aus dem Fenster auf ein Gebäude, das sie Hospiz nannte, dann kam sie unvermittelt auf das Schwimmbad, die Bücherei und das Heimatmuseum, ich sollte mir doch alles einmal anschauen, ich könnte auch ein wenig einkaufen, und zwar beim Feinkost Eckhardt, da gab es, was man brauchte.

– Auch Shampoo?

– Ich sagte doch, alles!

Mehr als Shampoo brauchte ich ja nicht. Für langes, braunes Haar. Und eine Spülung noch dazu. Hätte ich auch am Nachmittag besorgen können. Aber bitte, wenn Frau Sörensen wollte? Ich brannte darauf, die Insel kennen zu lernen, und es war ein schöner Tag, die roten Backsteinhäuser leuchteten vor dem frischen blauen Himmel, ich wollte sehen, was es zu sehen gab.

– Nicht viel, sagte Frau Bärenz. Ist nur ein Kaff, da muss man mit auskommen hier. Wenn man sonst was will, muss man aufs Festland.

Egal. Mir war es eben recht. Schließlich war Langeoog meine ganze Welt, und da schadete es nicht, wenn sie überschaubar blieb.

Feinkost Eckhardt. Wo man Waschpulver und alles kaufen konnte. Ich kannte nur den Meister Eckart aus dem Religionsunterricht, der Meister Eckart hatte gesagt, dass einer das Schöne und Gute im Äußeren nur wahrnehmen kann, wenn er es selber in sich trägt. Langeoog gefiel mir ganz außerordentlich. Es lag inmitten seiner Dünen wie ein Ei im Kuchenteig, sandig ragten sie ringsumher auf und waren mit fegenden Gräsern bestückt, man konnte sich nicht verlaufen. Es gab den Wasserturm, die flachen Straßen, den guten Geruch des Windes, die Inselbahn Langeoog, die aussah wie eine rote alte Dampflok mit gelben und grünen Waggons, die vielen Fahrräder. Man konnte durch das Dorf von vorne bis hinten durchgucken, vom Anfang der Straße sah man schon auf der anderen Seite ihr Ende. Einen Künstler gab es auch, den Anselm, der malte. Und: eine Diskothek namens «Givtbude». Wie ansprechend, gleich dachte ich an Giftiges und dass von dort für mich nichts Gutes kommen konnte. Aber später sagte man mir, der Name kommt von «Hier givt watt!» Also von Geben. Das wollte ich mir merken. Jetzt ging ich erst mal durch die Straßen und versuchte, hinter jeden Fensterladen zu blicken. Alles war so schön ebenerdig. Sehr alt sahen die Häuser nicht aus. Jahrhundertealte Häuser waren wahrscheinlich längst über die Nordsee fortgeblasen. Nur das kleine Heimatmuseum war heimelig alt. Richtung Osten stand ein gruseliges großes Gebäude mit eingeschlagenen Fensterscheiben und eingebrochener Tür. Das sollte eigentlich im Krieg Adolf Hitler als Standortverwaltung dienen und eine Hakenkreuzform bekommen. Ja. Adolf hat tatsächlich seinen stinkenden Fuß auf die unschuldige Insel gesetzt und den Flughafen und die Hafenanlagen gebaut. Heute denken die Langeooger, er wäre besser nicht gekommen und sie hätten den Hafen selber gebaut. Aber wenigstens ist die Standortverwaltung nie fertig geworden, und Langeoog blieb verschont von dem schaurigen Symbol, das man vom Himmel aus hätte sehen sollen. Es liegt heute unvollendet und ohne Haken als bauliche Erinnerung auf dem Gelände.

Ich achtete darauf, wer mir begegnete. Die Insel war so klein, dass einem jeder Urlauber am Tag dreimal begegnen konnte, und deshalb musste man von Anfang an ein freundliches Gesicht zu jedermann machen. Ich stellte mir die Einwohner irgendwie besonders vor. Weil es hieß, sie seien alte Strandräuber gewesen. Es gab hier Namen wie Hofrogge und Windemuth und Haueisch, die klangen jetzt aber nicht mehr sehr gefährlich, es schien alles am rechten Fleck, Haus und Hof und Fensterläden, in den Gaststättenfenstern hingen recht viele Tafeln, auf denen Seniorenteller angepriesen wurden, auch das Hospiz und die Landschulheime ließen auf keine große Gefahr seitens der Insulaner schließen. Heute war es sogar so friedlich unter dem blauen Himmel, dass mir Langeoog eher wie Lummerland vorkam. Schließlich gab es hier ja auch eine Lokomotive. Die Lokomotive fuhr von der Fähre bis zum Bahnhof. Vielleicht drei Kilometer. Sie fuhr schnurgerade und ohne Zwischenhalt, sie fuhr hin und her, nur um Touristen zu holen oder Waschpulver und Zeitungen für den Feinkost Eckhardt, im Grunde hatte sie alles hierher geholt, wahrscheinlich die ganzen Backsteine für die Häuser, und die Fernseher und Chaiselongues und den Geldautomaten, alles was sich auf dem Festland an Zivilisation abspielte, musste mit der Emma ins Dorf geschafft werden. Wenn einmal die Fähre unterginge, dann wäre Langeoog verloren und müsste mit dem Hubschrauber versorgt werden. Sonst sah ich nichts auf Langeoog. Weiter bin ich nicht gekommen, und es gab wohl auch nicht viel mehr. Ich hatte alles gesehen auf dem Weg zum Einkaufen beim Meister Eckhardt.

Als ich zurückkam, standen schon überall die Fenster offen. Das Haus lüftete, Nordseewind überall. Ich dachte, dass die Nordsee eines Tages der Pension die Fenster einschlagen würde. Immerhin hatte sie hier mehr als einmal ihre Verwüstungen angestellt. Wenn ich Glück hatte, konnte ich auch eine Verwüstung erleben, ich war ja erst neunzehn und dankbar für alles Außerordentliche. Aber zunächst war das einzige, das zu erwarten war, die Flut der Ärzte. Ich weiß nicht, wer mehr wartete, Frau Sörensen oder ich. Um die Zeit zu überbrücken, schlug ich ihr alle möglichen Arbeiten vor.

– Wissen Sie, als Erstes möchte ich gerne mal die Sam-

meltoiletten im Erdgeschoss richtig ordentlich saubermachen.

Frau Sörensen wirkte zu Tode erschrocken. Ich glaube,
Schuld war der peinliche Geruch, der von dieser antiqua-
rischen Entleerungsanstalt mit Spülsteinen und Pissbe-
cken ausging und an den sie nicht erinnert werden wollte. Tiefschwarze, an den Rändern mit gilblicher Kruste
überzogene Brillen, und Porzellanbecken in unterschied-
lichen Gelbfärbungen, als hätte man Revalzigaretten darin aufgelöst, seltsamer, vertrockneter Schmier um die dicken Porzellanfüße. Kurz und gut, es war der ideale Ort,
um mir die Eintrittskarte für das Leben zu verdienen. Ich
brannte auf die Klos. Frau Sörensen aber machte ein Gesicht, als habe man sie persönlich angegriffen, und sie
rang nach Luft und hob das Kinn und meinte nur, diese
Toiletten werden ja gar nicht mehr benutzt, sie dienten
nur in früheren Zeiten den Gästen, als da, wo jetzt der
Frühstücksraum ist, noch die Gaststätte war ... aber das
gibt es ja alles nicht mehr. Außerdem *sind* die Toiletten
bereits gereinigt.

Ich konnte machen, was ich wollte. Ich durfte unter
gar keinen Umständen an die Klos. Dieser Ort war ein
Tabu in diesem Hause. Ich nickte und sagte nichts mehr
und erwähnte die Sammeltoiletten niemals mehr.
– Na gut, dann gehe ich jetzt mal nach oben und putze
    alle Fenster. Die sind ja schon beinahe gelb von dem
    ganzen Sand.
Auch das war offenbar ein grober Fehler. Schon am er-

sten Tag hatte ich alles falsch gesagt, was sich nur falsch sagen ließ. Frau Sörensen wirkte irritiert, und ihre feinen Nasenflügel bebten. Sie schien zögerlich, wollte mich wohl auch nicht verprellen, ich verstand überhaupt nicht, um was es ging, was sie zögern machte. Wahrscheinlich hatte ich sie beleidigt mit den «schmutzigen Fenstern».

– Ich meine, sie sind ja nicht wirklich schmutzig! Vielleicht war heute Nacht ein Windsturm, und deshalb sind sie etwas ... verweht. Also, auf der einen Seite, da ...

– Naja, denn gehen Sie mal. Versuchen Sie Ihr Glück!

Versuchen Sie Ihr Glück. Wer wünschte denn schon Glück zum Fensterputzen. Seltsam. Dennoch begab ich mich ans Werk. Ich wollte auf keinen Fall untätig herumsitzen.

Es muss an der Luft gelegen haben, die so durchdringend in die Lungen fuhr, ich spürte jedenfalls außerordentliche Kräfte, fiel über die Flurfenster her und befreite sie vom Sand, braun und ockerfarben waren die Fenster, man konnte tatsächlich kaum noch durchsehen – dass Frau Sörensen das nicht wahrhaben wollte. In der Mitte des Giebels war ein rundes Fenster mit breiten Streben, es sah aus wie ein in Scheiben geschnittenes Ei, die anderen Fenster hatten einzelne Glasfächer, eingelassen in die dicken, weißen Holzrahmen und Gitter, unten länglich und oben in lauter kleine Karrees eingeteilt, so zählte ich in einem Fenster rund vierundzwanzig Vierecke, das mal vier genommen: Ich putzte also sechsundneunzig Ecken aus. Ich weiß nicht, wie ich es erklären soll, aber ich floss über vor Liebe zu den Fenstern. Ich wienerte die Scheiben wie vierundzwanzig Schmucksteine, rieb nach, machte sie flusenfrei und spiegelklar, einschließlich der schönen weißen, in der Ölfarbe leicht gerissenen Einfassungen, so schöne Fenster! Ich schaffte bis zur Besessenheit.

Ehrlich gesagt, als ich nach unten ging, erwartete ich Lob. Eine enthusiastische Begrüßung eingedenk des scheinenden Glanzes, in dem das ganze dritte Stockwerk im einbrechenden Sonnenlicht erstrahlte wie der junge Tag.

Nichts da.

– Frau Sörensen hat sich ein wenig hingelegt. Sie können aber auch jetzt Pause machen. Sie haben immer Pause von zwei bis um fünf. Dann machen wir zusammen das Abendbrot.

– Frau Bärenz, sehen Sie mal, ich habe die ganzen Fenster oben geputzt!!

– Aber Carla!

Die Köchin schien verdutzt und fing dann an zu lachen. Was gab es da zu lachen. Hier waren irgendwie alle komisch. Konnte nicht mal einer sagen: Großartig, wie Sie das gemacht haben! So schön hat die Fenster noch keiner geputzt, und zwar nicht in den letzten zwanzig Jahren!

Dafür stellte mir die Köchin eine reichhaltige Gemüsesuppe hin, die schmeckte großartig, und ich mit dem neu erwachten Nordseelufthunger aß und aß Teller und

Terrinen, bis der Topf leer war, tunkte Semmel um Semmel, ich aß nicht, ich fraß, bis mir die Arme leblos vom Körper baumelten.

– Na, denn sehen Sie sich mal schön um auf unserer Insel! Und besuchen Sie auch mal den Friedhof, wo die Lale Andersen begraben liegt!

Lale Andersen. Ein Schiff wird kommen, und das bringt dir den einen, den du so liebst wie keinen. Lale Andersen! Vor der Kaserne, vor dem großen Tor! Die lag hier und verkam im nassen Sand zwei Meter unter dem Graskamm! Die ein Lied in die Welt getragen hatte, das in den schlimmsten Zeiten der Geschichte Millionen von Soldaten samt ihren Bräuten zum Weinen gebracht hatte! Die lag hier auf dem Dünenfriedhof.

Das war wunderbar. Aber dann überlegte ich es mir wieder. Ich ging jetzt besser nicht zum Dünenfriedhof, denn wenn in den nächsten Wochen nur Trostloses geschah, dann hatte ich immerhin noch einen Höhepunkt vor mir und konnte an das Grab der Lale Andersen gehen, um mich notfalls mit ihr zu trösten, denn ihr ging es ja auch jetzt nicht mehr sehr gut.

Ich sollte vielleicht aber erstmal ein wenig schlafen. Mich im Meerjungfrauenzimmer den Eindrücken überlassen, die mir in den vierundzwanzig Stunden zugeströmt waren – mal alles auf mich wirken lassen, sehen, was mir in die Träume nachgegaukelt kam. Ja. Das wollte ich tun. So ein Zimmer war schließlich ein Genuss, man musste auch ruhig mal drinnen bleiben. Tagebuch schreiben. Ja. Ich legte den Löffel hin, satt und voll, aber es war mir, als müsste ich mich immerzu weiterbewegen, vollgefressen weiterwälzen, vom Tisch in das Meerjungfrauenzimmer auf das Bett und vom Bett wieder auf den Stuhl. Ich blätterte mein Tagebuch auf und schrieb:

Das Meer rauscht.

Jetzt erst kam ich auf die Idee, dem Meer nachzulauschen. Wie in einer Muschel klang es, so sagt man. Das Rauschen des Meeres ist ewig. Wenn es ewig war, dann hatte es auch noch Zeit. Ich wollte gerne schöne Gedanken haben und sie als ewige Erinnerung behalten, und jetzt konzentrierte ich mich auf mein Inneres, ich war die Muschel, und wo war mein Gesang? Ich wollte Schönheit! Doch kam mir die unmäßige Suppe in die Quere, sie schwappte in mir als ein See von Gemüse, wie konnte man nur so viel essen, dass einen sogar flüssige Nahrung drückte! Ich kam nicht in Einklang mit mir. Mein Körper litt und war müde, doch wenn ich mich legte, floss die Suppe aus mir heraus, und wenn ich saß, fühlte ich mich aufgeschwemmt, ich beschloss, meine körperlichen Beschwerden durch die Macht des Geistes zu besänftigen, der Geist *musste* stärker sein als das Fleisch. Darum schaltete ich alles Denken an den Bauch aus und stützte mich auf mein grünes Tischlein mit dem Tagebuch, schloss die Augen und konzentrierte mich auf das, was als Erstes vor meinem inneren Auge erschien. Ich dachte, es könnte der Schimmelreiter sein. Oder die Anmut der Frau Sörensen, wenn sie auf ihren dünnen Fesseln die

Treppe herunterwehte. Oder vielleicht waren es die sechsundneunzig Ecken der friesischen Fenster vor dem Meereshimmel.

Es kam nichts, und es kam nichts und wieder nichts. Das Meer kam schon gar nicht, als würde es mich gar nicht interessieren, als wäre es für die ganze Insel bloß ein nasser Rand. Wobei sich anderorts Leute schon umgebracht hatten für das Meer, an Heimweh gestorben waren, Gedichte und Epen verfasst hatten. Ich gab nicht auf und hielt mir die Augen zu und schaute nach innen. Was war für mich das Wichtigste gewesen von dem, was mir begegnet war? Es musste aufsteigen! Ich durfte sonst nichts denken.

Da endlich! Es glitzerte, es prangte so sehr, wie es in Wirklichkeit gar nicht prangen konnte! Es war gestochen scharf abgezeichnet, faustdick, und es rasselte. Ich hörte es genau. Es war der dicke Schlüsselbund, den Frau Sörensen mir in die Hand gedrückt hatte. Ich sprang sofort auf und wühlte in meiner Schürze. Da war er. Kühl, massiv, erloschenes Metall, aber als ich es anfasste, da schien es zu glühen. Was war das? Ich glaubte, es war nichts Gutes. Wenn einem ein Bild aus der Seele heraufsteigt, musste es doch etwas Gutes sein. Aber die Energie, die von diesen Schlüsseln ausging, war durchaus zweifelhaft. Natürlich brauchte ich die Schlüssel, um sauberzumachen. Aber so viele? Brauchte ich wirklich so viele? Was war denn mit den anderen? Ich hatte meinen Gemüsebauch vergessen. Ich schlüpfte in meine Turnschuhe und ärgerte mich einen Moment, weil die Sohlen so dünn waren, wie bei chinesischen Schläppchen, dann holte ich mir eine kurze Strickjacke und ging los. Es war schließlich meine Pflicht, die Funktion der Schlüssel zu erproben. Ich musste nur leise sein, denn Frau Sörensen schlief ja. Es war zunächst lediglich die Rücksicht, die mich ermahnte, leise zu sein. Und schon bei der ersten Tür, die ich probierte, hatte ich das Gefühl, etwas Verbotenes zu tun. Es war der Schuppen mit den Fahrrädern. Ein kleines Vorhängeschloss an einem Riegel. Kleinigkeit. Ich musste hineinsehen! Vielleicht müsste ich irgendwann einem Gast behilflich sein, der sich Räder leihen wollte. Und gleich daneben war eine Tür mit der Aufschrift PRIVAT. Ich überlegte kurz, ob ich eigentlich auch privat sei. Ich gehörte ja eindeutig hinter die Kulissen, und darauf war ich auch stolz. Nun, ein Blick durch das Fenster genügte: Hinter der Tür waren Schubkarren, Rasenmäher und Gartengerät. Nicht weiter wichtig. Ich stockte. Allein der Gedanke, ein einziger Mensch könnte mich sehen, wie ich hier die Türen aufschloss, erfüllte mich mit solcher Scham, dass ich auf der Stelle innehielt.

Ich ging zurück ins Zimmer und schämte mich noch einmal fünf Minuten. Ich war ans Meer gefahren. Dann musste ich jetzt gefälligst auch das Meer bewundern. Ich warf den Schlüsselbund in meine Tischschublade, zog festere Schuhe an und ging hinaus in den hier offensichtlich ständig wehenden Wind.

Ich war allein am Meer. Das Meer hatte sich zurückgezogen. Die wenigen Spaziergänger standen in der Ferne wie vergessene Stöcke am Wasser. Ich saß in der Düne, und hinter mir ragten die struppigen Sandhaufen auf, mit Kerben und Dellen wie mit dem Löffel ausgehoben und Strandhafer, der wiederum von kleinen Sandlawinchen verschüttet war, aus denen sich einzelne Hälmchen jämmerlich emporreckten, es war keine harmonische Düne wie auf einer japanischen Tuschzeichnung. Es war ein schmutziges, verwittertes, abgestürztes Teil einer Befestigung, die Stürmen und Meeren trotzen sollte. Der Sand zu meinen Füßen hatte schwarze Schlieren, kurzes, wie gehäckseltes Stroh lag in unordentlichen Haufen herum, das Dünengras bog sich, ein paar Meter weiter eine angeschwemmte Baumwurzel, mit Algengemüse behängt, ich sah keine einzige Muschel. Der Sand war grau.

Ich weiß nicht, warum meine Stimmung plötzlich so abrutschte, dass ich sofort begann, die Landschaft in meiner Wahrnehmung zu verschandeln. Eben noch war Langeoog die Insel meiner Träume gewesen. Und jetzt auf einmal war sie ein schmutziger, zerklüfteter Sandhaufen im Meer. Plötzlich erschienen, wie zur weiteren Bestätigung, im Hintergrund vereinzelt Strichmännchen, die mir bekannt vorkamen: mal die alleinige Erz und mal die alleinige Mackbett, und irgendwo zerrte die Heidenreich ihr Kind zu einem Kiosk. Jawoll, so konnte es mir auch gehen eines Tages. Meister Eckart. Man sieht nur das, was man im Inneren mit sich trägt. So waren die Fräuleins auf einmal eine düstere Prophezeiung. Strandkrähen. Dünne, den Mantel festhaltende Weibsen. Wenn das Meer kam und sie auffraß, merkte es keiner. Vielleicht wünschten sie sich das. Und wenn das Meer sie wieder an Land warf, kam kein Strandräuber, um sie aufzulesen. Diese Fräuleins las niemand mehr auf. Das durfte nicht sein. Nein, das ging nicht. Man kann keine alten dürren Fräuleins vom elenden Sturm verwehen lassen wie vertrocknetes Gras, und wenn sie fort sind, fragt keiner mehr nach ihnen. Ich hatte es gesehen und fühlte mich verantwortlich.

Ich hätte gerne die Gabe gehabt, alte Damen glücklich zu machen. Aber bei Frau Sörensen hatte es heute Morgen leider nicht geklappt. Ich hatte sie nur wütend und betreten gemacht. Noch immer wusste ich nicht, weshalb sie sich über meine Fenster nicht freuen konnte.

Eine halbe Stunde später wusste ich es.

Kaum hatte ich meinen kalten Hintern aus der Düne gehoben und war noch einige Meter am Meeressaum spazieren gegangen, kaum kehrte ich nach Hause zum herrschenden Deichgrafen zurück, da sah ich das ganze Malheur. Die Fenster des obersten Geschosses waren sandig braun und undurchsichtig und sahen wieder aus wie am Morgen. Der Wind war schuld, er allein, er hatte meine ganze Arbeit zunichte gemacht – kaum war ich aus dem Haus gegangen, waren alle Fenster wieder zugeweht, zerschrammt und zerkratzt vom wehenden Sand.

Die neuen Zimmermädchen waren nicht das, was ich mir vorgestellt hatte.

Wir ähnelten uns nur im Alter und in den Jeans mit unifarbenen T-Shirts, die Bäuche allesamt rausgequetscht im Versuch, auf dem Boden zu sitzen, und die Beine krakenartig auf dem Zimmermädchenfußboden verteilt zwischen Bett und Eimer und Schrank. Kerstin hatte eingeladen ins orangerote Zimmer. Gudrun wie ein früherer Blaustrumpf mit riesiger Brille und dünnen aschefarbenen Haaren. Kerstin mollig riesig mit allem, und die Haare blond und struppig. Ich hörte sie reden und sah sie trinken durch einen bläulichen Qualm, und dazu stieg der Dampf aus den blaugemusterten Teetassen in ihren Fingern voller Mondringe – auch ich hatte eine Teetasse und verbrannte mir den Mund.

Kerstin hatte ein Stövchen mitgebracht und kochte mit einem Tauchsieder Vanilletee, drehte Javaanse Jongens und redete ununterbrochen. Eigentlich hätte ich ja einladen sollen und drauflosreden, ich war doch hier quasi der alte Hase, die Eingearbeitete, die Wisserin und Bescheid habende, die kulant Begrüßende. Ich hatte auf sie gewartet, Mädels in meinem Alter, endlich, aber Gudrun und Kerstin waren Freundinnen schon seit langem und sie redeten wohl schon seit der Zugfahrt aus dem Sauerland und hatten nicht gemerkt, dass sie inzwischen auf der Insel waren und angekommen in einer Pension, wo andere Menschen waren, Gudrun und Kerstin redeten immer noch aus dem Sauerland und von der Schule und von dem, was sie werden wollten, die eine Beschäftigungstherapeutin und die andere Arbeitstherapeutin in Köln oder wo. Ich wollte gerne Krankenschwester werden oder Bewährungshelferin oder Journalistin, also erst mal ein Freiwilliges Soziales Jahr machen zur Orientierung – bis ich mich fertig orientiert hatte, war mein halbes Leben um. Aber das konnte ich nicht sagen, denn immer wenn ich was sagen wollte, war Kerstin oder Gudrun schon dran, und ich verschwand hinter weiteren weißen Wolken vom Javaanse. Mir blieb nichts übrig, als all ihre Absichten gutzuheißen und über ihre Witze zu lachen und ihre Sprüche über Klassenkameraden interessant zu finden, damit überhaupt irgendein Kontakt stattfand. Dabei hatte ich vieles auf der Zunge, wollte erzählen von Frau Sörensen, wie sie immer so schön die Treppe herunterschritt, ich wollte erzählen von der Krankheit der Frau Mackbett und von dem Mann der Frau Erz, der niemals kam, auch von meiner Heimat hätte ich was erzählt, auch mit Einzelheiten aus meinem vergangenen Liebesleben hätte ich nicht gespart und wäre auch indiskret geworden. Überhaupt hätte ich viel gelacht an diesem Abend. Aber ich war wie der Friesengeist, der immer versuchte, auf Menschen einzureden, die ihn nicht hörten. Ich konnte mir noch so viel Mühe geben, die halb kniende Gudrun in ihrer Körperhaltung nachzumachen, die

Tasse Tee mit Bedeutung zu schlürfen, eifrig zu nicken oder an den richtigen Stellen mehr als notwendig zu lachen, ich war nach anderthalb Stunden immer noch nicht eingeklinkt. Sinnlos. Verlorene Liebesmüh.

Nun gut, wenn man neu in eine bestehende Freundschaftsgemeinschaft kommt, muss man ja erst einmal zuhören. Aber sie merkten nicht mal, dass ich zuhörte. Ich saß mit meiner Tasse auf dem Boden im Nebel versunken, und je mehr sich die Luft in dem Schiffskajütchen verdichtete, um so weniger konnten sie mich sehen. Ich war längst nicht mehr da. Ich konnte auf meine mangelnde Anwesenheit nicht reagieren. Ich hätte einfach gehen sollen oder einen Witz reißen oder sonstwie auf mich aufmerksam machen. Stattdessen glaubte ich, dass sie irgendwann etwas von mir wissen wollen *müssten* oder dass von selbst irgendetwas aus mir herauskam. Immerhin musste ich an diesem Abend eine Freundschaft begründen, wenigstens für die nächsten Wochen, damit ich heil durch den Sommer kam, da brauchte man doch seinesgleichen. Ich brauchte eine Freundin.

Ich qualmte inzwischen ebenfalls, und das Zimmerchen hob beinahe ab. Ich rauchte sonst nur selten, je nachdem, auf wen ich was für einen Eindruck machen wollte. Manchmal rauchte ich auch viel, hemmungslos und ohne Maß und ohne Ziel, da kannte ich nichts. Im Augenblick war dergleichen nicht notwendig, denn ich konnte mühelos in diesem Javaansehimmel mitrauchen, ohne eine einzige Zigarette in den Mund zu nehmen. Mir wurde schlecht. Besser ich ging doch, ich konnte hier sowieso keinen Blumentopf mehr gewinnen.

– So, naja, ich gehe dann mal.

– Ja, ist gut, tschüss dann, bis morgen.

Ich ging sofort hinaus in den wilden Nordseewind, er sollte mich reinigen und die Pestschwaden und auch die trüben Gedanken fortblasen, denn ich fühlte mich einsamer als vorher, als nur andere einsame Fräuleins da waren. Ich konnte mir nicht eingestehen, bei den beiden nicht gelandet zu sein. Eher noch redete ich mir eine lahme Hoffnung ein:

Das kann sich noch entwickeln! Mein Gott, wir können in die Givtbude zum Tanzen gehen, bestimmt haben sie mal Krach in ihrer Freundschaft, und dann, schwupps, sitze ich mitten drin, und eine heult sich bei mir aus, wahrscheinlich die dünne, schmächtige Gudrun, der die Zigaretten noch den letzten Rest Leben heraussaugten, denn diese Futterwanne Kerstin mit ihrem kurzen blonden Haargestrüpp war ja wie ein Brecher, die brauchte so schnell keinen Trost, die konnte sich schlimmstenfalls ein Loch in den Bug rammen und absaufen.

Gudrun hatte den Vorteil, dass sie schon einmal hier war. Sie wusste alles. Sie konnte mich nicht mal dazu brauchen, sie in alles einzuweihen. Im Gegenteil. Sie konnte auch Kerstin alles erklären. Die beiden brauchten keine Silke Sörensen und keinen Hausmeister und kein gar nichts.

Wie nett war doch Frau Sörensen, kam es mir in den

Sinn! Sie hatte es ja noch viel schwerer! In ihrem Alter so eine große Pension zu führen, mit so vielen Gästen, und das ganz alleine! Und sie war immer freundlich, man durfte nur die Sammeltoiletten nicht erwähnen. Und was machten überhaupt die anderen alten Fräuleins? Im Aufenthaltsraum war kein Licht mehr. Bestimmt lagen sie alle eine jede in ihrem Bett und lasen noch einen Liebesroman oder heulten sich die Augen aus. Aber vielleicht ging es ihnen auch gut. Vielleicht ging es ihnen ja einfach gut. Ich war es, die ihnen das Unglück anhexte. Jeder, der mal im Urlaub seine Ruhe haben wollte, dem dichtete ich das Elend der Welt an.

Aber für alle Fälle überlegte ich mir immer kleine Nettigkeiten für die Fräuleins. Lavendelduft im Zimmer. Ein neues Angebot für eine Kutschfahrt. Wann war Heilige Messe. Ich erkundigte mich jeden Tag, was sie erlebt hatten und machte meine Witzchen. Bestimmt haben Sie vom Moorgeist getrunken. Bestimmt sind Sie vom Pferd gefallen. Oh – Sie haben ja einen Gang drauf wie Marlene Charell! Oh, Sie haben ja nur das blaue Tuch an, weil es so blau wie Ihre Augen ist. Wahrscheinlich stellen Sie heute wieder die ganze Insel auf den Kopf.

Ich pflückte jeden Tag Blumen, um sie den Fräuleins auf die Zimmer zu stellen und legte Kekse aus der Küche daneben und eine Zeitung oder was ich sonst fand. Ich machte mir einen unbeschreiblichen Stress um sie. Aber sie dankten ja auch alles. Sie dankten jedes einzelne gute Wort, das ich mir ausdachte am Morgen und am Abend, um es ihnen mit den Brötchen und der Wurst und den Bratkartoffeln zu servieren. Sie übersahen keine einzige Primel, die ich ihnen schenkte. Keinen Zuckerwürfel an der Kaffeetasse. Keine Fliege, die ich von der Semmel fegte. Sie nickten und lächelten zu allem und allem. Darüber war ich froh, und am Ende eines Tages waren wir immer quitt.

Es war tiefschwarze Nacht auf Langeoog. Ich rannte immer im Kreis, so konnte man auf der Insel stundenlang herumspazieren, ich rannte über die Dünen und sah dem Meer zu, wie es schwarze Lachen mit weißem Serviettenrand ausbreitete, vergehen ließ und neue darüber schüttete. Ich wurde nass und hatte Streifen auf den Wangen von der sprühenden Gischt. Es konnte mir gar nicht kalt genug sein, die Kälte klärte.

Es war elf Uhr, und ich wusste nicht, wohin mit mir. Ich musste noch etwas hören. Ich wollte noch etwas sehen. Ich wollte nicht mehr meine eigenen Gedanken denken.

Da ging ich ins Kino, und wenig später wurde es flimmernd hell vor meinen Augen, da kam er, da ritt er, Hauke Haien in fliegenden Fetzen mit Hut, geisterhaft flatterte er über die Dünen, hoch warf das Ross seine knochigen Knie, und der Sand sprengte von seinen Hufen, ich saß unten, nur ich und drei andere, aber da oben, da war er, mein Trost, meine Unterhaltung, meine leuchtende Erscheinung, es war der Schimmelreiter auf seinem Gaul.

In der zweiten Woche hatte ich die neuen Zimmer bekommen. Zimmer Sechzehn bis Einundzwanzig, juchhe. Ich rechnete schon aus, in welche die Ärzte kamen. Einer in Sechzehn, einer in Achtzehn, Neunzehn, Zwanzig. Die geschwungenen, goldenen Zahlen auf den Türen, ich war vernarrt in die Zahlen. Vier Doktoren. Das waren mir eindeutig zu wenig. Die anderen Mädchen hatten viel mehr Ärzte, das war gemein, sie konnten ja doch nichts mit ihnen anfangen, sie hatten ja sich selber. Aber was wollte *ich* mit ihnen anfangen? Sie waren bestimmt zu alt für mich. Aber wahrscheinlich war ich nicht zu jung für sie. Ich war in dem Alter, mit dem sich ein älterer Herr gerne schmückt und an dem er sich gerne berauscht. Aber ich wollte nicht, dass einer seine alte Nase in meinen frischen Busen steckte. Ich wollte einen Alten erst, wenn ich selbst eine Alte war. Aber was wollte ich sonst von den nahenden Ärzten? Was denn? Der Gedanke an sie machte mich so unruhig.

Aber da waren noch die alten Mädchen. Ich musste mich um sie kümmern. Mir fiel schon was ein. Als erstes setzte ich sie kurzerhand zusammen. Ich dachte mir: Minus mal Minus gibt Plus. Ich stellte einfach ihre Frühstücksteller zueinander. Die Aktion verlief so einfach wie selbstverständlich. Ich sagte ihnen, auf diese Weise müsste ich nicht so weit laufen beim Bedienen, und sie könnten sich die Zuckerdose teilen, am besten wäre auch, sie kämen um die selbe Zeit, immer um neun und abends um halb sieben, da müsste ich auch nicht alles, was es Neues gab auf der Insel, dreimal erzählen, schließlich würde ich extra ihretwegen das Nordseeblatt lesen. Und sie sollten unbedingt immer alle dasein, sonst müsste ich davon ausgehen, dass das Meer sie vielleicht aufgefressen hätte oder die Strandräuber sie gefangen hätten, und dann müssten wir einen Suchtrupp losschicken und würden uns die größten Sorgen machen.

Frau Erz und Frau Heidenreich freuten sich sehr, Frau Mackbett freute sich mittel. Vielleicht dachte sie nur noch an den Tod und mochte nicht mehr soviel Leben haben vorher. Wenn ich in ihrem Zimmer wischte, nahm ich nur ein leises Staubtuch. Trotzdem setzte sie sich mit an den Fräulein-Frühstückstisch und willigte gar ein zu einem gemeinsamen Spaziergang mit den anderen. Das war gut.

Als die Ärzte endlich kamen! Da hatte schon hundertmal der Wind über uns Sand und Dreck geschleudert und die Wäsche von den Leinen gerissen. Und als die Ärzte endlich kamen, hatte die Küche den zweiten Frühjahrsputz erlebt, und den Treppen hatte man den Dreck aus den Geländerritzen gepult, und die Gardinen hingen strahlend weiß. Und als die Ärzte endlich kamen, da leuchteten die Straßen von der Bimmelbahn bis zu unserer Haustür, vor die der Hausmeister die Koffer warf. Frau Sörensen aber tänzelte auf den Pumps und griff sich an die Perlenkette und sagte:

– O wie schön, dass Sie da sind, wir haben schon gewartet, wir wussten ja nicht, welche Fähre Sie nehmen, ich hoffe, Sie hatten eine gute Fahrt und die Reise war nicht zu beschwerlich!

Daran konnte man sehen, wie sehr Frau Sörensen gewartet hatte und wie lang ihr Winter gewesen sein musste. Sie atmete durch. Sie verjüngte sich. Sie hatte etwas Mannhaftes bekommen, jetzt da sie alle gekommen waren. Würde und Kraft. Und dieses Selbstverständliche. Von einer Minute auf die andere war alles selbstverständlich. Frau Sörensen ging es bestens, sie sah auch sehr gut aus, sie schwenkte sogar ein wenig den Hintern, wenn sie vorüberging.

– Darf ich Ihnen Ihr Zimmer zeigen, wie war noch mal Ihr Name? Wissen Sie, ich bin die Dame des Hauses.

Ich aber war wie erschlagen von der Belanglosigkeit der heranrollenden Ärzte. Sie sahen alle aus wie mein Hausarzt Doktor Freitag. Sie hatten nichts Besonderes an sich und machten kein besonderes Wesen, sie ließen sich die Koffer nach oben tragen, und manche kannten sich schon, sie waren nette, durchschnittliche Männer und wären mir sonst nie aufgefallen, nur der Schwarzhaarige mit den äußerst glatten Haaren wirkte sehr nervös, der war in Zimmer Neunzehn, dem normalen Doppelzimmer, natürlich ohne Frau. Komischer Typ.

Ich war nahezu ohnmächtig vor Enttäuschung. Ich weiß nicht, was ich mir vorgestellt hatte. Männlichkeitskolosse oder verwegene, fliegende Ärzte ohne Grenzen oder eine Vorform von Emergency Room oder eine überalterte wie Doktor Dolittle oder was? Selbst mit neunzehn konnte ich nicht so naiv sein, Ärzten irgendwelche merlinhaften Fähigkeiten anzudichten, sie waren hier wegen eines Kongresses, um etwas zu lernen, fertig. Ich konnte nur froh sein, dass keine Ärztin dabei war. Das immerhin. Alle, alle waren uninteressant. Ich hielt meinen Aufenthalt auf Langeoog für gelaufen. Doofe Zimmermädchen, die mich nicht sahen, kaltes Wetter, alte Fräulein, Seniorenteller und belanglose Ärzte. Das heißt, der eine schien vielleicht noch halbwegs passabel zu sein, ich sah nochmal hin. Da war so ein ganz großer, langer, mit Sommersprossen, immerhin, Sommersprossen. Er war bestimmt fünfunddreißig, also steinalt. Er sah aus wie einer aus dem Fernsehen, der nach einem langen, heißen Tag seinen Blick über die glühenden Felder schweifen ließ und noch einen Jack Daniels zu sich nahm. Nein, sagte ich mir, ich wollte mir nichts einbilden, er war arrogant, sah man doch. Er war einer, der ständig in die Ferne schaute, und was vor seinen Füßen lag, zertrat er genervt und gelangweilt. Mich sah er sowieso von vornherein nicht. Er schwankte hoch hinauf über die herrschaftlichen Treppen mit den türkisen Läufern zu seinem Zimmer im mittleren Geschoss und verschwand durch den vergissmeinnichtblauen Rahmen und schloss hinter sich die Tür mit der goldenen Zahl Elf. Die Zahl Elf brannte sich in mir fest. Wieso hatte Gudrun den gekriegt und ich nicht?

Mein Gott, er konnte mir doch egal sein, der war doch nichts, dieser fühllose Rennfahrerverschnitt, der hatte doch kein Herz im Leib, sah man doch gleich.

Aber für die Not! sagte ich mir. Für die Not! Mein Gott, ich war auf einer einsamen Insel. Vielleicht war er wenigstens ein adäquater Gesprächspartner. Man musste doch mit irgendeinem über irgendwas reden können! Ich hatte den Reinfall mit den symbiotischen Zimmermädchen-Freundinnen noch nicht überwunden. Jeden Mittag war ich alleine am Strand. Oder im Heimatmuseum. Oder spazieren auf dem Flinthörn. Ich schluckte und schluckte. Aber es konnte nicht sein, dass es mir schlecht ging. Frau Sörensen war so lieb. Und die Köchin ebenso. Und erst die Damen, unser Besuch. Es musste doch noch irgendwas Gutes kommen in den folgenden Wochen! Aber ehrlich gesagt, sah ich schwarz. Blutleer sah ich noch eine Weile den eintreffenden, langweiligen Ärzten zu, schälte mich dann vom Türrahmen ab und war ohnehin bis fünf entlassen.

Einst ging ich am Strande der Donau entlang, ohoo olallalla. Dieses schlechte Lied sang man bei uns daheim auf jeder Feier. Ich sang es auch jetzt an der Nordsee, während ich kilometerweit am Wellenrand entlanglief, und ich sang es aus Verzweiflung. Ein schneeweißes Mädchen am Ufer ich fand, ohoohoo olallalla. Vielleicht war jetzt der Zeitpunkt gekommen, zum Dünenfriedhof zu gehen, um Lale Andersen da liegen zu sehen, der es noch schlechter ging als mir. Aber ich dachte mir, es konnte ja vielleicht noch schlimmer kommen. Ich hatte ja nur sentimentale Anwandlungen, und ich hatte einen endlosen Sommer vor mir. Das nächste Mal wollte ich mich als Zimmermädchen nach Spanien oder Korsika bewerben. Wenn überhaupt.

Aber es hieß, dass das Meer den Langeoogern immer etwas angespült hatte. Vielleicht konnte es auch mir etwas herbeitreiben, das mich fröhlicher machte oder mir irgendwie die Zeit vertrieb. Ich wollte dann auch eine Strandräuberin sein und es an mich raffen, egal was es war. Wer es zuerst fand, dem gehörte es, so war das alte Gesetz. Ich setzte mich auf den von der Flut freigegebenen Sand und starrte auf das Meer. Es rauschte mir entgegen, es ging wieder fort. Wenn ich mir fest einbildete, dass jetzt etwas kam, dann musste es kommen. Das war Magie. Meereszauber. Ich hatte die Macht der Jungfrauen. Nein, das stimmte leider nicht mehr. Aber ich hatte vielleicht doch irgendetwas rübergerettet. Jedenfalls wünschte ich in jede Welle hinein, dass etwas kam. Lale Andersen: Ein Schiff wird kommen, und das bringt mir den einen, den ich so lieb wie keinen. Aber ein Schiff konnte hier gar nicht landen. Es würde schon fünfzig

Kilometer vom Strand entfernt in der Brandung umgeworfen werden. Dafür fiel mir auf einmal ein meterdicker schwarzer Schweif vor die Augen und eine Stimme fragte:

– Hasse ma Feuer?

Es war ein dunkles Mädchen, kurz vor farbig, und es fiel ein solcher Haarwust von ihr herunter, dass man daraus einen Teppich hätte knüpfen können. Er musste etwa taillenlang sein, man sah es nicht so genau, denn er wehte von mir in Richtung Wasserturm. Sie trug eine Jeansjacke und hatte sehr weiße Zähne und gezupfte Augenbrauen und so dicke Schenkel, dass die Doppelnaht der Levis spannte. Ich fischte nach einem Feuerzeug.

– Auch eine?

Sie hielt mir eine Marlboro hin.

– Ja klar. Bist du im Urlaub hier?

– Nee, ich bin Zimmermädchen in 'ner Pension hier.

Ich wollte gleich aufheulen vor Erleichterung.

– Echt, ich auch. Im Deichgrafen.

– Nee, ich bin da hinten im Feuerschiff.

– Ist das gut?

– Jou, ist o.k.

Sie hockte sich neben mich und war ein Strandgut wie eine eben vom Schiff abgebrochene Galionsfigur, so sah sie auch aus, ich dankte der See, hätte ich sie nur früher gefragt, Mensch war das gut. Schon, ihre Stimme war rau und brüchig, da kam der halbe Kohlenpott raus, egal, und wenn sie gesprochen hätte wie ein rollendes Ölfass auf Schotterwegen, für mich war es der reinste Harfenklang.

Jetzt, wo das Gespräch eröffnet war und ich endlich jemanden vor mir hatte, der nicht wenigstens vierzig Jahre älter war als ich, da brach nach zwei einleitenden Silben schon alles aus mir heraus, und ich überrollte sie mit einem Redeschwall wie ein Mähdrescher. Die anderen Zimmermädchen seien Aasgeier, Biester im klassischen Sinn und doof noch dazu, nur wenigstens Frau Sörensen sei eine freundliche Dame. Ich weiß nicht mehr, was ich genau sagte, aber es schoss aus mir heraus, und ich übertrieb ohne Maß und Ziel, es war die lodernde Empörung, wie konnte man sich dauernd zu zweit absetzen und einen nicht mal mitnehmen, sie müssten reden, reeeden! Ja, und ich, musste ich nicht auch mal reden? Einen nicht mal mitnehmen an den Strand! Und ich ereiferte mich, weil Kerstin und Gudrun sich weigerten, in die Givtbude zu gehen, weil sie Grüne waren, die gingen in ihren ausgelatschten Tretsandalen nun mal nicht in Glitterschuppen, aber so grün konnte man doch gar nicht sein, dass man nicht mal an den einzigen Ort ging, an dem hier etwas los war, da muss man doch mal gucken ... ich konnte gar nicht mehr aufhören.

Sie hieß Marlies. Und sie lachte immer kurz auf und nickte wissend, als sei sie dabei gewesen. Blies erwachsen und überreif die Wolken übers Meer.

– Dann können wir ja mal in die Givtbude gehen.

Damit war ich mehr als einverstanden. Getröstet und rehabilitiert für die ganzen Ferien. Das war doch was, oder? Da brauchte ich mich auch nicht mehr an die dicken

Hausärzte zu hängen. Nicht abends bei der Köchin sitzen. Mein Tagebuch vollschreiben mit danebengegangener Melancholie. Marlies war echt in Ordnung. Jetzt war ich zufrieden mit jedem, der mir begegnete. Ich hatte einen Arzt, von dem man vage und eventuell träumen durfte, eine Chefin, die ich mochte, ein hübsches Zimmer und Marlies, mit der ich weggehen konnte.

Ich würde mir also für die Dauer meines Aufenthaltes von jedem Menschen die jeweiligen Bruchstücke seiner Persönlichkeit nehmen, die ich zur Vervollständigung meines Selbst brauchte. So war das. Alles ganz einfach. Und jetzt wollte ich nicht mehr meutern und der Lale-Andersen-Friedhof rückte wieder in die Ferne, ich hatte eine Freundin gefunden und die Aufgabe, Fräuleins zu versorgen, und im schlimmsten Fall gab es sogar noch einen Doktor mit dem Flair eines taubstummen Bodyguards, aber das machte nichts.

– Heute Abend?
– Heute Abend? – Ja, von mir aus! Ja klar! Da treffen wir uns, und dann gehen wir in die Givtbude!

Kerstin und Gudrun weigerten sich zu bedienen. Sie hatten keine Lust, sich in diese schwarze, antiquierte Dienstkluft eines fehlgeleiteten Frauenbildes stecken zu lassen. Mit dem Servierschürzchen herumzulaufen, das sähe man, das würde ich ja bereits sehr gut machen. Besonders in diesen … Schuhen!

Gudrun und Kerstin fanden das so komisch, dass sie sich vor Lachen am Treppengeländer festhielten, mit dem ausgestreckten Finger auf meine Stöckelschuhe mit Fesselriemen zeigten und immer wieder losprusteten.

– Ja – haben Sie denn keine schwarze Kleidung dabei, wie es in dem Anschreiben stand? fragte Frau Sörensen stirnrunzelnd.

Seit die Ärzte da waren, hatte sich ihre Stimme um eine halbe Oktave gesenkt.

– Nö, sagte Gudrun. Sie hätte keine solche Kleidung, und das liege ihr auch nicht, so etwas anzuziehen.

– Mir auch nicht, sagte Kerstin.

– Tja.

Frau Sörensen war ärgerlich und verwirrt und sah mich bedauernd an.

– Dann müssen Sie das wohl alleine machen.

– Tja, sagte ich.

Mein Blick fiel auf meine Schuhe. Ich konnte jetzt auch keine anderen mehr kaufen. Außerdem liebte ich die Stöckel. Aber ich war verunsichert. Denn ich musste auf diesen Haxen noch unzählige Teller mit Labskaus und Gurken hinaustragen. Die Köchin hatte ein randvolles Buffet hingestellt. Durch die friesischen Spitzengardinchen in den Glasfenstern sah ich, wie sich der Speiseraum hemmungslos füllte. Es hatte keinen Sinn. Ich griff mir, soviel ich tragen konnte, und ging trotzig und die Tür mit dem Hintern wegfegend hinaus. Ach du mein Gott, da saß schon der Lange mit den Sommersprossen. Das schoss mir in die Magengrube und brachte mich aus dem Tritt. Ich steuerte zielsicher auf den Tisch mit Frau Erz, Frau Heidenreich und dem Kind und der kranken Mackbett zu.

– Ja hallo! Da ist ja unser Sonnenschein!

Das war ich. Ich war der Sonnenschein. Ich fühlte, wie ich mich mit Glanz und Silber füllte, und begann zu strahlen.

– Mensch, das können Sie doch gar nicht alles tragen, geben Sie her! Oh, das sieht ja lecker aus! Wir haben solchen Hunger, wir sind zusammen übers Flinthörn gewandert, das macht Appetit!

Ich stellte alles ab und bedankte mich. Wieder einmal kriegte ich meinen Teil zurück. Die alten Fräuleins waren der reinste Kraftquell, und das nach einem Tag zusammen an der frischen Luft. Ich konnte die Kraft gut brauchen. Denn in der Küche warteten die biestigen Mädel, die jetzt zum Abwasch verdonnert waren, und da draußen saß der lange Arzt, der so undefinierbar und unnahbar dreinsah, und neben ihm saß der fettige Arzt, dessen bläuliche Gesichtsfarbe an Leute hinter Blaufilter in einem Fassbinderfilm erinnerte. Ich ging an diesem Abend auf den Stöckelschuhen durch die menschlichen Energiefelder wie durch ein Tretminenfeld. Gott sei Dank hatte ich stabile Oberarme, bei dem ganzen Gewicht, das ich zu schleppen hatte. Ich stolperte nicht ein einziges Mal, schon aus lauter Wut auf meine Kolleginnen nicht, die mir gackernd beim Bedienen zusahen und eine giftige Bemerkung nach der anderen machten. Schön geradeaus! Und auch den Kopf schön gerade halten! Und nichts verschütten!

Frau Sörensen verzog das Gesicht, aber sie wollte keinen Ärger. Sie wollte einfach keinen. Darum tat sie, als hätte sie die beiden nur am Rande gehört, wie eine Fliege einem durchs Gesicht streift. Jetzt die Ärzte. Es gab kein Entkommen. Frau Sörensen hatte mir alles genau beigebracht. Der Salatteller oben links. Das Glas rechts oben. Die Bestecke von außen nach innen. Den Tee von Zeit zu Zeit nachschenken. Es war alles gerichtet. Jetzt musste ich dem Langen sein Labskaus mit Spiegelei hinstellen. Da er mir unglaublich versnobt vorkam und ich ihm auf keinen Fall nachstehen wollte, bemühte ich mich um eine Art Paradeschritt und eine Kopfhaltung, die ich mir anmutig und unbesiegbar vorstellte. Wenigstens sollte er aber tadellose Körperformen bei mir vorfinden, wenn ich mich über ihn beugte. Ich steuerte ihn also geradewegs an, zog den Bauch ein, war mir bewusst, wie mein T-Shirt den Busen nachzeichnete und beugte mich über ihn. Aus Versehen ist mir der Teller regelrecht aufgeknallt, ein Ausdruck meiner überschüssigen Verachtung für ihn, aber ich konnte es jetzt nicht mehr ändern. Es war vielleicht nur eine winzige vorbeugende Rache gewesen für eine mögliche Kränkung, die er mir zufügen könnte, falls er mir gefallen würde und ich ihm nicht. Aber der Doc war offenbar sofort sauer. Nicht sehr. Nur portionsweise, distanziert sauer.

– Hee, Sie!

Wen meinte er. Mich?! Mit: Hee, Sie? Ich drehte mich verschärft langsam um.

– Ja bitte?

– Ich brauche noch eine Serviette. Meine ist voll Tee.

Ich erschrak. Ich war es noch nicht gewöhnt, Befehle entgegenzunehmen. Ich wollte verweigern. Dann nehmen Sie eben ein Tempo. Wir haben keine Servietten mehr. Dann aber nahm ich eine Serviette vom Nachbartisch und legte sie neben seinen Teller. Er sagte nicht einmal Danke. Das war's. Der Arzt war unten durch. Hee, Sie, kein Danke. Vielleicht hätte ich die Serviette nicht so provokant runtersegeln lassen sollen. Sie einfach nur hinlegen. Fest stand nur: Ich war dabei, mich aufzuführen. Wir hatten uns in Nuancen einer Begegnung gegenseitig wütend gemacht. Es ging von Anfang an schief. Was für ein Anfang eigentlich. Ich war die Kellnerin, das Zimmermädchen, eine Unberührbare. Es war ohnehin egal. Verstört ging ich trostsuchend zurück zu den alten Fräuleins, für die ich immerhin der Sonnenschein war. Ob sie noch etwas brauchten. Aber sie brauchten, wie meistens, nichts.

Auf einmal war ich es leid. Wieso musste ich mich so herumschleppen, vor allen Leuten, wieso sah mich jeder? Aber gnadenlos kamen die gefräßigen Gäste, und ich atmete und schuftete und schleppte und bediente mit acht Armen und drei Beinen, und dauernd hatte einer den Tee leer oder das Bier alle, und irgendjemand wollte noch ein Ei oder Süßstoff oder Jodsalz oder irgendetwas anderes. Sie kosteten mich Kraft, sie kosteten mich Nerven, sie kosteten mich zwei Millimeter meines Stöckelabsatzes.

Aber ich hatte gelernt, darauf zu laufen. Schließlich, nach zwei Stunden, war es vollbracht. Ich band mir die Schürze von meinem schweißnassen Leib und öffnete mir das Gummiband von meinem Pferdeschwanz, weil sowieso alle Strähnen rausgefallen waren.

– Anstrengend, was?

Gudrun grinste und leckte noch einen Kochlöffel mit kaltem Kartoffelbrei ab, bevor sie ihn in das Spülwasser steckte. In die Geschirrspülmaschine durfte kein Kochgeschirr.

– Weißt du was, du bist eine unheimlich blöde Kuh.

Ich sagte es so laut und so inbrünstig, dass Frau Sörensen am Buffettisch zu Tode erschrocken herumfuhr. Ein Eklat? Ein Eklat in der Küche am Tag, als die Ärzte kamen, Unfrieden, Streit, das Personal in Aufruhr, wie konnte das geschehen, wie war das gemeint, was konnte sie tun, sie, Frau Sörensen, so etwas durfte auf keinen Fall passieren, auf gar keinen.

Sie legte ihre Hände auf den Tisch und fuhr mit dem Blick in jedes einzelne unserer Gesichter, sie hatte wohl doch blaues Blut, man sah es ganz deutlich, in den Händen und unter den großen, grauen, verschleierten Augen, sie biss unsere Worte zurück wie ein Hündchen die Schafe, bevor eine noch etwas sagen konnte. Sie sprach schnell und viel, und die Stimme war wieder da oben, wo sie hergekommen war.

– Wir wollen doch hier wohl keinen Streit, nicht wahr, wir wollen doch fröhlich zusammenarbeiten, fröhlich!

Wir wollen uns doch vertragen, ich bitte Sie, das sind alles nur Scherze, das Fräulein Carla hat jetzt eine Aufmunterung verdient nach dem ganzen Abendessen, setzen wir uns doch zusammen, jetzt sind die Gäste bedient, jetzt essen wir selber, nicht wahr? Und da will ich kein böses Wort hören, hören Sie? Kein böses Wort!

Frau Sörensen stellte hektisch noch einige Mixed Pickles auf den Tisch. Die Spülküche ging nahtlos über in den Aufenthaltsraum für das Personal, in dem der kleine Fernseher und die heruntergekommenen kostbaren Stühle standen und in den man ein fahrbares Heizöfchen geschoben hatte und aus dessen Fenster man das kleine Kino sehen konnte, das jeden Abend für mich den Schimmelreiter spielte.

– War ja nicht so gemeint, sagte Gudrun und hieb mir aufs Kreuz. Das hast du jetzt in den falschen Hals gekriegt.

Dabei lachte sie schon wieder lauthals, und ich traute ihr nicht von hier bis zum Buffetschrank. Frau Sörensen wurde fürchterlich nervös. Sie schob Gudrun an den Tisch und stellte ihr Essen vor die Nase.

– Hier, fangen Sie schonmal an. Bitte auch die anderen. Den Rest spülen wir nachher. Bitte. Bitte!

Kerstin drehte sich vom Geschirrbecken weg und setzte sich dazu, während Frau Sörensen unentwegt weiterredete.

– Ich möchte nunmal keinen Streit. Wenn eine was hat,

kann sie jederzeit zu mir kommen. Man kann über alles reden. Ich habe für alles Verständnis. Jeder hat mal was anderes, da geht es dem einen so, dem anderen so, man hat nicht immer einen guten Tag. Aber dann müssen wir uns aussprechen und gemeinsam hinsetzen – und dann geht es wieder besser. Es kommt nur darauf an, dass jeder einen guten Willen hat, dann kann man seine Arbeit mit Singen und Pfeifen gemeinsam machen. Darum versöhnen Sie sich bitte, und lassen Sie hier keine Animositäten aufkommen. Ja?

Gudrun und ich sahen uns an. Wir nickten geflissentlich. Aber es hatte gut getan, sie eine blöde Kuh zu nennen. Ich hätte gerne noch mehr gesagt. Mir fiel noch alles mögliche ein. Aber nachdem ich mich schon bei Marlies über alle beschwert hatte und wenigstens einmal ein klares Wort erlösend hervorgeschossen hatte, wollte ich mich zufrieden geben. Denn ich hatte ja Besseres vor.

Ich traf mich hinterher mit Marlies, meiner neuen Freundin, und wir würden uns aufmachen zu dem sechseckigen Glückspilz von einer Diskothek, die lag an der Nordwestseite des Hügels, nicht weit vom Wasserturm, nicht weit von allem. Ich freute mich auf die Musik, ich freute mich auf die glitzernde Kugel, die sich drehte, und ich wollte tanzen die ganze Nacht.

Am nächsten Tag wurde ich wach, und anders als zu Hause war ich hier auf der Insel auf der Stelle hellwach. Wie eine Schneedecke vom Dach herabrutscht, so fiel der Schlaf von mir, ich kam darunter hervor und war vollkommen frisch. Es war, als würde der liebe Gott mich mit dem Schubkarren wieder ins Leben kippen. Gleich fuhren mit dem Nordseewind alle guten Geister in mich hinein, der Moorgeist aber war ausgefahren, und ich merkte nichts mehr von ihm. Die guten Geister bliesen so viel Leben in mich hinein, dass ich durch das ganze Haus wehte wie ein Schellengeist, der den Winter austreiben soll. Nach dem Frühstück raste ich durch mein Stockwerk, machte mich über den Putzschrank her und stürzte mich wie besessen auf Zimmer und Waschbecken, ich riss Fenster auf und warf Spinnen hinaus und schrubbte gerne auch die Fußleisten. Ich musste die Kraft austoben, und ich wollte immer noch, dass Frau Sörensen ein gutes Gefühl bei mir hatte, nicht reingefallen zu sein und nicht auf ihre alten Tage hinters Licht geführt zu werden, vielmehr ernst genommen und respektiert, ich wollte irgendetwas gutmachen. Mit meiner übermächtigen und überschüssigen Kraft entwichen mir auch Töne. Ich sang immerzu. Wenn ich Schrubbbewegungen machte, mussten es stakkatohafte Lieder sein wie: Wenn die Elisabeth nicht so schöne Beine hätt. Wenn ich großflächigere Schränke abwischte, gab es eher Getragenes: Heho, spann den Wagen an. Bei glasklaren Flächen, in die der blaue Himmel hineinschien wie etwa in einen Spiegel, mussten es Marienlieder sein: Segne all mein Denken, segne all mein Tun, lass in deinem Segen Tag und Nacht mich ruhn.

Ich weiß nicht, ob es dieser Morgen war oder ein anderer, als mir zum ersten Mal der Blick auffiel, mit dem Frau Sörensen mich musterte, wenn ich mich auf ein ungemachtes Bett stürzte. Irgendetwas lag in diesem Blick. Ich ereiferte mich noch mehr. Sang ein wenig verhaltener. Putzte schneller. Ich wurde den Blick nicht los. Na, wenn sie jetzt nicht mit mir zufrieden war, dann wusste ich auch nicht. Es war doch kein Vergleich zur lahmen Gudrun und zur schweren Kerstin, die schon Mühe hatte, sich einmal umzudrehen. Die beide nicht bedienen wollten und alle fünf Minuten Zigarettenpause machten.

Aber je mehr ich die Porzellanbecken wienerte und die Abfalleimer polierte, je mehr ich sang, um so besorgter sah Frau Sörensen mir hinterher. Irgendetwas an meiner Fröhlichkeit schien ihr verdächtig vorzukommen. Sie verstand nicht meine Motivation. Sie dachte vielleicht, ich bin ein Ungeheuer. Vielleicht verstieg sie sich zu der Vermutung, dass ich nur so viel putzte, um davon abzulenken, dass ich heimlich klauen wollte. Sie konnte sich nicht vorstellen, dass ich putzte um des Putzens willen und weil die Geister in mich gefahren waren. Vielleicht war es der ganze Wind, den ich machte. Ich machte Bohai. Was auch immer. Ich verstand aber nicht, was es Verdächtiges an mir geben sollte und war gekränkt und verfiel verunsichert in eine noch gewaltigere Fröhlichkeit, ich schwenkte den Putzeimer, stieß mich am Geländer und schleuderte die Tropfen vom Lappen johlend durch das Giebelfenster. Ich hielt einen Moment inne, drehte mich verstohlen nach meiner Gebieterin um, aber da verschwand sie wieder, lautlos, übergangslos verwischte sich ihre Gestalt mit den Spitzengardinen hinter den großen Glastüren, die die Stockwerke von den Treppen trennten.

Dafür lief mir wenig später der lange Doktor hinterher. Ach du mein Gott. Er hieß Doktor Pietras, das wusste ich inzwischen. Ich wischte gerade Staub im Aufenthaltsraum. Er trug eine Zeitung unter dem Arm und wollte sich offenbar hinsetzen, als er mich beim Wedeln und Wischen erblickte. Seine Hose war hell, und das Hemd war hell, der gepflegte Jung-Arzt. Sein Haar hatte heftige Locken, seine Augen waren grau, und überall die Sommersprossen. Ich wurde knallrot und fing sofort an, französisch zu singen. Juliette Greco. Donne-moi, donne-moi, donne-moi, donne-moi – toi! Ich hatte Zeichen der Unterwürfigkeit gezeigt.

– Oh, ich störe wohl.

Ich aber konnte nichts anderes denken, als dass er mich bestimmt sowieso nicht wollte, und mir sank der Staublappen in der Hand, und flügellahm sagte ich:

– Keineswegs, Sie können sich gerne setzen. Ich kann

später weitermachen. Ich putze hier bloß, weil einige Gäste noch in den Betten liegen und ...

– Wie kann man bei einem solchen Wetter nur im Bett bleiben!

– Da haben Sie recht.

Mehr fiel mir nicht ein, und die Konversation war erledigt. Der Doktor wollte auf keinen Fall bleiben und mich beim Putzen stören. Das war eigentlich sehr nett. Ich war beschämt. Man bezichtigt großgewachsene Menschen schnell der Arroganz oder beschimpft einen, bloß weil man ihn nicht kriegt. Nach dieser kurzen Begegnung starrte ich ihm hinterher, wie er über den Flur ging und irgendwann die Tür mit der Nummer Elf hinter sich zuzog. Elf, Elf, Elf, prangte es golden in meinem Kopf. Wieso durfte ich das Zimmer nicht haben? Wieso war es nicht meines? Egal, schlag dir das aus dem Kopf. Ich konnte nur noch ganz langsam Staub wischen. Es ging mir nicht mehr von der Hand. Ich fing an zu träumen.

Der letzte Gast, der noch nicht aufgestanden war, war der Doktor Wüllner, der aussah wie der blutunterlaufene, blaue Fassbinder-Darsteller. Er erschien auch nicht am Frühstückstisch. Endlich hörte ich ihn aus dem Zimmer kommen und die knarrenden Treppen heruntersteigen. So, dann konnte ich ja jetzt endlich in die Neunzehn. Ich nahm mir Eimerchen und rosa Gummihandschuhe und frische Handtücher und holte meinen allgewaltigen Schlüsselbund hervor. Dieses Geräusch liebte ich am meisten, das Geräusch des drehenden Schlüssels im friesischen Schloss, wumms, das Klacken, die Tür öffnete sich. Sesam, Sesam. Ich sah erstmal nicht viel. Alles war dunkel, und eine eigenartige Schwüle erfüllte das Zimmer. Es roch nach schwerem Parfüm und Räucherwerk und Körperausdünstungen und heftigsten menschlichen Gefechten. Es lag noch in der Luft. Aber wie sollte der Doktor Wüllner das alleine hinbringen, in der ersten Nacht auf Langeoog, eine solche Geruchsintensität und gleichzeitig schwüle Schwingungen wie nach einer schweren, arabischen Nacht? Ich stieß die Fensterläden auf und ließ Licht herein und sah mich erstmal um.

Mein Gott. Was war hier passiert? Beide Betten aufgeschlagen, was heißt aufgeschlagen, eine Decke lag auf dem Boden, die Laken waren von den Matratzen gerutscht, die Tische mit Wein und Asche besudelt, die Laken beschmutzt, mit, nun ja, mit dicken Streifen von bräunlich-gelbem Geschmier. Die Handtücher konnte ich gleich alle wechseln, die Bettwäsche auch, das Waschbecken war voll mit eingetrocknetem, undefinierbarem Schaum. Der Doktor Wüllner. Ich brauchte genauso lange, um mich zu fassen, wie ich brauchte, das Zimmer wieder herzurichten und rückzuverwandeln in friesische, saubere, schlafende Nachmittags-Pensions-Stille. Wen hatte er nur hier eingeschleust? Das hatte er nicht alleine gemacht. Fest stand, Doktor Wüllner war auf keinen Fall wegen des Kongresses hergekommen. Wüllner kam zum Ehebruch. Mach' einer seinem Zimmermädchen etwas vor. Ich wusste gleich, dass ich an den nächsten Tagen

mehr Zeit einplanen musste für diese Stockwerksecke. Für den Unrat vom Wüllner brauchte ich genauso lange wie für drei andere Zimmer. Na, vielleicht trieben sie es nicht jede Nacht so toll. Keine Anstalten, irgendetwas zu verwischen. Nein, er ließ alles stehen und liegen, und bestimmt sah er heute noch schlechter aus als gestern, und da sah er schon schlecht aus. Welche Art Doktor war er wohl? Wie mochte er mit seinen Patienten umgehen? Ich konnte mir nur vorstellen, dass er Pathologe war, da könnte er seltsamen Neigungen nachgehen, ohne jemandem noch zu schaden. Aber es waren ja alles Gynäkologen, hatte Frau Sörensen gesagt. Das hatte ich vergessen.
– Was? Was war in dem Zimmer?
Bei der Mittagssuppe machte ich gegenüber Gudrun und Kerstin einen entscheidenden Stich. Ich hatte zu berichten über das verwüstete Zimmer von Doktor Wüllner. Sie konnten gar nicht genug hören und wollten alle Einzelheiten wissen. Morgen, sagten sie, wollten sie kommen und auch mal sehen. Gudrun und Kerstin ergingen sich in Vorstellungen, was stattgefunden haben könnte und wollten wissen, ob am Bettgestell noch Lederriemen oder anderes hing, ob ich auch Pariser oder irgendwas gefunden hätte. Sie wollten in der Nacht lauern, wen der Herr Wüllner wohl mitbringen würde und wie sie aussah. Ob ich rote oder blonde Haare gefunden hätte. Kerstin hatte ihre leicht basedowschen Augen aufgerissen, und die blonden Wimpern staken rund und kurz um den Augapfel herum. Sie hielt sich den Mund zu und gackerte. Ihre

Haut musste unbeschreiblich weich und zart sein. Auch das leichte Doppelkinn war samtig und weiß. Im Barockzeitalter wäre Kerstin eine große Schönheit gewesen. Eigentlich war sie es auch jetzt. Wenn man anfing, sie zu mögen. Ihr Mund schnappte zu, als ich von dem gelben Schaum erzählte.

– Patentex! schrie Gudrun. Patentex Oval!

– War vielleicht auch Bierschaum, jedenfalls isser jetzt weg.

Ich wollte nicht mehr drüber nachdenken, mir war schon ganz schlecht von den bildlichen Vorstellungen, die in meinem neunzehnjährigen Kopf Gestalt annahmen. Jedenfalls stiegen meine Aktien bei den beiden erheblich.

– Wenn du willst, kannst du ja heute mal mit uns Tee trinken, heute nachmittag.

Selbstgefällig überlegte ich, ob ich kommen sollte oder nicht. Ob ich überhaupt Lust hatte.

Schließlich gab es auch noch Marlies. Ich wollte mit Marlies gehen. Die späte Aufnahme in den engen Freundespasch von Gudrun und Kerstin bedeutete mir aber trotzdem etwas. Ich war irgendwie stolz darauf, dieses eiserne Band zu brechen. Wie ein sozialer Aufstieg. Dabei hätte ich mir verbieten sollen, jetzt angekrochen zu kommen. Hätte sagen müssen, ihr seid blöd, jetzt nicht mehr, jetzt könnt ihr mich auch mal. Stattdessen gefielen sie mir auf einmal.

Ich fand Gudrun in ihrer notorischen Uneitelkeit mit dem geraden Schnittlauchhaar und der Brille und ohne jede Schminke oder Haartönung beneidenswert unabhängig. Sie war nicht einmal sonderlich freundlich, um sich Zuneigung zu erwerben. Das beeindruckte mich. Mich beeindruckte jeder, der so in sich ruhte, dass er sich keiner Verbesserung für nötig befand. Ich hingegen riss das halbe Haus ab, um Frau Sörensen ein lobendes Wort zu entlocken. Aber es war wie immer: Je mehr ich etwas wollte, umso weniger kriegte ich es. Vielleicht sollte ich auch mal schlampen. Der Unterschied zwischen mir und Gudrun war: Ich bemühte mich um meine Umwelt, und Gudrun ließ sie links liegen. Sie ließ ganz Langeoog links liegen. Sie nahm den Strand, naja, soso, was ist schon ein Strand, auch egal. Sie nahm das Meer, da rauschte es, soso, naja, was ist schon das Meer, was ist Langeoog, was ist die Welt, eine einzige Langeweile. Mit zwanzig des Lebens überdrüssig bis zum Tod. Gudrun hatte alles, was es gab, erfasst, durchblickt und beiseite gelegt.

– Ich weiß noch nicht. Ich gehe jedenfalls erstmal an den Strand. Ich treffe da eine vom Feuerschiff. Auch Zimmermädchen, die ist gut. Vielleicht komme ich dann später mal vorbei.

Das war ihnen dann auch egal. Ob ich jetzt kam oder nicht. Scheiß-egal-Zimmermädchen. Sie qualmten zur Verdauung der dünnen Suppe dicke Gauloises in die Luft.

– Wieso geht ihr nicht mal an den Strand? Es wird schön, die Sonne kommt raus, man kann jetzt sogar Sonnenbaden.

– Am Strand verbrennen wie die Bratwürste? Nä. Da
haben wir was Besseres. Du kannst ruhig deinen Bikini mitbringen. Sonne kriegst du bei uns auch …

Sie keckerten. Das Keckern ging mir schon wieder auf
den Keks. Ich fragte extra nicht nach, was sie damit mein-
ten und wie man bei ihnen im Zimmer überhaupt Spuren
frischen Äthers an die Haut kriegte, und verließ unseren
Aufenthaltsraum. Die Köchin hatte längst alles Geschirr
in die Spülmaschine gestellt und war nach Hause gegangen zu Mann und Kind. Frau Sörensen hatte sich zurückgezogen und ruhte. Es war ein stiller, heller Nachmittag, sogar der Wind war still, und das war selten auf
der Insel.

Ich hatte meine rote Herzschürze ausgezogen und ein
lachsfarbenes T-Shirt an und ging zum Strand. Eine Ba-
detasche gepackt, für alle Fälle. Es war immer noch frisch,
aber unsere Fräuleins konnten das Wetter nicht genug
loben. Frau Sörensen hatte sich nicht durchringen können, mit den Damen etwas zu unternehmen, denn sie waren nunmal Gäste. Etwas Distanz musste sein. Vielleicht,
dass man am Tag ihrer Abreise nochmal gemeinsam mit
einem Glas Wein anstieß. Es könnte ja dann recht nett
werden. Die Fräuleins waren zufrieden, jemanden zum
Spazierengehen zu haben. Das genügte ihnen schon, und
sie plapperten aufgeregt.

Ich streunte mit meiner dicken Basttasche strandauf,
strandab, die Kinder spielten mit den Förmchen, hier war
es, wo ich Marlies gestern getroffen hatte, Ruhrpott-

Marlies mit der Kippe im Mund und waagrecht abstehendem Nordsee-Haar. Wir waren doch verabredet hier, oder nicht? Oder hatte ich das falsch verstanden. Wir wollten uns hier treffen, genau hier. Ich setzte mich in den Sand und las «Tod in Venedig». Die Sonne hatte sich aufgeladen und wurde wärmer und wärmer, ich sank zurück auf die Ellenbogen, und der Sand drückte mir winzige Löcher in die Haut, ich fing an, mich aus den Kleidern zu schälen, Schuhe, Socken, T-Shirt, überall fiel die Sonne auf die Haut und schien sie für irgendetwas zu trösten, ich fing an zu summen. Wo nur Marlies blieb? Normalerweise war ich immer zu spät. Aber heute war ich pünktlich. Was machte ich denn bloß, wenn sie nicht kam? Da fiel mir wieder ein, dass ich ja nur auf das Meer schauen musste und mich darauf konzentrieren, dass es mir etwas anspülte, irgendwas, ein Schiff wird kommen, los Meer, spül mir was an, an die alte Strandräuberinsel, spül mir eine Freundin an oder besser noch einen waschechten Kerl, einen Mann, einen Mann, der noch küssen will und kann. Ich sah an meinen Unterarmen den Sand zwischen den blonden Härchen und kleine eingetrocknete Fleckchen, Minisandinselchen auf meiner Haut. Ich wurde unruhig. Niemand kam. Das durfte nicht sein. Ich wurde ungeduldig und sprang auf, vielleicht weil ich meinte, das Meer stehend besser beeinflussen zu können, wenn ich ihm aufrecht in die Augen sah – das Meer hatte ja gar keine Augen, nur Quallen. Es war zu kalt, um hineinzugehen. Das Meer kam und ging und kam und ging und kam und ging, ich dachte, es geschieht nie etwas, das geht ja ewig so, und das ging es ja auch, es ging schon ewig so. Da, auf einmal geschah es wieder. Tatsächlich. Mein Herz klopfte laut, denn ich spürte jemanden. Ein Hoch der noch nicht lange verlorenen Jungfrauenmacht. Schon der Schatten war so lang, dass es Marlies nicht sein konnte, auch wenn die Sonne noch hoch stand, war der Schatten doch lang. Es war kein Pfahl, es war kein Mast, es war ein Mann.

Schon viele Ärzte waren an mir vorbeigegangen, ohne dass ich sie eines Blickes gewürdigt hatte. Aber das war Doktor Pietras. Er strich mit irgendeinem Kollegen an mir vorbei und grinste frech. Das war das Meer gewesen. Ich wollte eben anfangen, verstohlene Begeisterung zu empfinden. Er hatte mich gesehen, das immerhin. Ich hatte es in seiner Wahrnehmung vom einfachen Zimmermädchen zu einer ansehenswerten Person gebracht.

Doktor Pietras grinste und sah mich seltsam an, ich war auf einmal wie gelähmt und verunsichert und fuhr mir, warum auch immer, mit der Hand über die Oberschenkel. Pietras aber im winzig karierten Hemd lungerte im Stehen, stopfte seine Fäuste in die Cordhose, sagte irgendwas zu seinem Kollegen und kam dann auf mich zu. Ich konnte mir beim besten Willen nicht vorstellen, was er wollte, und eine ängstliche, überkommene Ehrfurcht vor einem Doktor stieg plötzlich in mir auf – da fasste er mich am Arm und sagte:

– Sie haben den ganzen Hintern voller Sand, verzeihen Sie, wenn ich Ihnen da etwas behilflich bin.

Schon schlug er mir mit der freien Hand auf den Hintern – klopfte einfach drauflos. In sprachloser Starre konnte ich einen Moment lang nichts machen.

– Sie haben wirklich ein knackiges Ärschlein. Das hätte ich gar nicht gedacht, als ich Sie in der Schürze gesehen habe. Ich dachte, Sie seien eher eine Dicke.

Mir blieb die Spucke weg. Ich war so vollständig und abgrundtief geschockt, dass mir meine nun folgende Aktion nicht wirklich glückte. Ich dachte in Zeitlupe, der braucht mal einen Dämpfer, und schlug ihm verlangsamt meine Basttasche gegen den Schädel. Es gab einen dumpfen und matten Badetaschen-Aufprall, und Doktor Pietras lachte und hielt sich die Arme vor den Kopf und drehte sich einmal um sich selbst. Dann bückte er sich schnell, packte mich um die Taille und drehte mich überkopf, so dass meine Beine nach oben schlugen und mein Kopf blutrot nach unten fiel, er jedoch wiederum meinen Allerwertesten direkt vor der Nase hatte. Ich taumelte wehrlos in der Luft, dann hieb und trat ich derart um mich, dass mich niemand mehr hätte halten können, allenfalls ein Baukran vielleicht. Der Doktor kam aus dem Gleichgewicht, ließ mich auf den Sand plumpsen, schlenkerte nochmal den Arm und ging dann lachend mit dem anderen Doktor weiter.

– Die ist bei uns Zimmermädchen, hörte ich ihn noch sagen.

Ich war außer mir. Er ging einfach weiter! Die! Die ist Zimmermädchen. Dieser hergelaufene Gynäkologe, wenn hier von einem Arsch die Rede war, dann konnte es sich doch nur um ihn handeln, um diesen sogenannten Frauenarzt! Frauenverächter. Fleischbeschauer. Hätte ich ihn doch bloß richtig geschlagen! Ihm eine solche gescheuert, dass sein Gebiss Klavier spielte, das konnte man doch nicht ungestraft lassen! Eine frontale Pobesichtigung ohne Ansehen der Person. Mich im Schleudergriff aus den Angeln gehoben und hingeschmissen und liegen gelassen. Ich schäumte immer noch und starrte den beiden hinterher, als Marlies endlich kam.

– Was hast du denn mit dem veranstaltet?
– Hast du das gesehen??
– Klar habe ich das gesehen. Wer war denn das?
– Ein *Frauenarzt*. Der wohnt bei uns. Ein Tag, an dem er keinen Frauenhintern von nahem sieht, ist für den nicht zum Aushalten.

Marlies grinste dreist.

– Der gefällt dir aber, was?
– Quatsch!

Ich war beleidigt. Und in meiner ganzen Wut fühlte ich mich ertappt. Das konnte wohl nicht sein.

– Nein, der gefällt mir nicht! Das ist ein arroganter Sack!
– Das meinst du nicht wirklich.

Marlies grinste schon wieder. Inzwischen war ich auch wütend auf sie, wie konnte sie das sagen, ich durfte den ganzen Tag von allen Seiten mittelschwache Herablassungen einkassieren – ich hatte restlos die Schnauze voll.

- Wollen wir Kaffee trinken gehen? fragte Marlies.
- Ich dachte, wir sonnen uns mal!
- Pfft. Da steh ich nicht drauf. Ich gehe nie sonnen. Lass uns doch lieber da oben in dem Café was trinken.

Na gut, von mir aus, dann gehen wir eben. Ich sammelte meine Strümpfe ein und streifte das T-Shirt über und zwang meine schlechte Laune wieder rückwärts den Schlund runter.

- Wieso gehst du nie sonnen?
- Ich habe doch Farbe genug? Ist doch langweilig, da rumliegen. Eigentlich gehe ich nachmittags immer ins Bett, da ist man fit für die Nacht.

Ich hatte mein Handtuch zusammengerollt und die Tasche umgehängt und stapfte los. Aber ich war noch in zänkischer Stimmung und schimpfte unentwegt mit den Sanddornsträuchern, die den Weg bis hinauf zum Café mit der Aussichtsterrasse säumten.

- Ich verstehe nicht, wieso ihr hier alle ans Meer kommt, wenn keine das Meer überhaupt ansieht, ich meine, wenn sich keine mal an den Strand legt oder am Strand spazieren will, da kann man genauso gut Zimmermädchen sein im Hunsrück oder in Pforzheim oder was, dann bringt doch das alles gar nichts, und wenn ich dann schon dort den ganzen Nachmittag im Bett liege, ... dann kann ich doch gleich mit dem Hintern daheim bleiben und brauche nicht, um Anderleute Dreck wegzumachen, durch ganz Deutschland zu fahren und mit der Fähre auf eine Insel überzusetzen, wo liegt denn da der Sinn, das ist dann doch eh alles scheißegal, also ehrlich.

Marlies hörte sich alles geduldig an. Sie hatte überhaupt geduldig zugehört, gestern und heute. Eigentlich hatte sie noch überhaupt nichts von sich erzählt. Marlies war eine machtvolle Schönheit. Eine, die auf eine Harley Davidson passte oder in eine Jazzkneipe in New Orleans. Auch als Pott-Kumpel war sie astrein. Keinesfalls passte sie auf einen Laufsteg. Im Nachhinein war ich beeindruckt von ihrem nachhaltigen optischen Eindruck. Wahrscheinlich hatte sie schon viele Männer gehabt.

– Hast du einen Freund? fragte ich sie im Aussichtscafé über den Dünen, als sie beim Rauchen über das Meer schaute.

Ach, winkte sie ab. Ein Freund war nur ein Ach. Aber eines, das sagte: Da war immer noch einer, der ging ihr auch nicht aus dem Schädel, aber das war schon zuviel.

– Magst du ihn nicht mehr?

Marlies winkte ab. Jetzt verstand ich, wieso sie mir solange zuhörte, ohne dazwischenzugehen. Sie hatte keine Lust, selbst etwas zu erzählen.

– Und du?

Ich schämte mich, weil ich nichts zu erzählen hatte. Deshalb griff ich auf meinen Freund von vor anderthalb Jahren zurück.

– Ich war zusammen mit James Lawrence Sefcik Conolly.

– Whow! Wer ist das?

– Das war ein waschechter Indianer. Mutter Deutsche, Vater Indianer bei der US-Army.

– Conolly ist doch kein Indianername.

– Ist er doch!!

Ich regte mich auf. Natürlich war Conolly ein Indianername. Auf der anderen Seite hatte Conolly natürlich noch mehr Ungereimtheiten an sich gehabt als nur seinen Namen. Er sollte mir doch wenigstens diese letzte Möglichkeit zur Verklärung im Nachhinein lassen.

– Wie soll er denn sonst heißen?? Hugh oder Manitou oder Großer Bär oder was?

– Nee, ich weiß auch nicht, wie die heißen. Aber nicht Conolly.

– Aber doch! Er war Indianer! Er hatte fast keinen Bart!

– Ach was. Der hat dich verarscht.

Ich hätte ihr am liebsten ein Büschel von ihren viel zu vielen Haaren ausgerissen. Diese blöde Kuh. Ich kochte vor Wut. Ob es Gudrun oder Kerstin oder Marlies war. Dauernd sagte eine was, das mich ärgerte. Das fing ja wieder gut an heute. Erst dichtete Marlies mir eine Zuneigung zu dem Gynäkologen an, der Ärschlein gesagt hatte, und jetzt bezeichnete sie meine romantische Vergangenheit als Humbug, auf den ich dummdämlich reingefallen war. Ich würde ihr kein einziges Wort mehr von meinem schönen Indianer erzählen. Überhaupt, wieso hatte ich mich eigentlich einfach so vom Strand wegziehen lassen, wo ich mich seit Monaten auf einen Tag am Wasser gefreut hatte, wieso machte ich eigentlich immer, was andere wollten? Das war doch die pure Einfältigkeit.

- Sag mal, hast du eigentlich immer diese dicke Jeansjacke an? fauchte ich. Es ist draußen warm!

Sie schien zu zucken. Eine erste Schwäche bei diesem ab-
gebrühten Ruhrpott-Weib.

- Na und? Mir ist nicht warm! Mir geht es gut! Das ist
  eine Gewohnheit. Überhaupt liege ich um die Zeit eigentlich im Bett.

Ich wollte mich eigentlich sonnen. Ich wollte schön
braun werden und nicht wie ein weißer Mehlwurm wieder nach Hause kommen. Es zeichnete sich ab, dass ich
mich jeden Nachmittag alleine an den Strand legen konnte. Wie öde. Aber wenn Marlies unbedingt ihren Mittags-
schlaf brauchte, von mir aus. Ich war ja auch eingeladen
bei Kerstin und Gudrun. Sonnen bei Gudrun im Zimmer,
bring den Bikini mit, hatten sie gesagt. Vielleicht ließen
sie das Fenster offen? Ich wollte es morgen ausprobieren.
Für heute trank ich meinen Kaffee mit Marlies und gab
mir nach einer Weile beleidigten Schweigens Mühe, wieder in ein freundliches Gespräch zu kommen. Musik.
Über Musik konnte man gefahrlos reden.

- Was hörst du denn gerne?
- Bon Jovi.

Gut, dazu konnte ich was sagen. Bon Jovi. Ich konnte
nicht wirklich viel dazu sagen, ich las gerne und hörte
Liedermacher. Aber Bon Jovi tat keinem weh, und ich
konnte nachplappern, was ich von anderen auf dem
Schulhof gehört hatte. Da fing sie dann an zu erzählen
und zählte mir haarklein ihre Plattensammlung auf. Ich

kriege jetzt CD's, sagte sie. Von dem Geld hier kaufe ich mir einen CD-Player.

CD-Player, wow. Das hatte bei uns noch keiner. War mir auch egal. Ich wollte nur einen erfolgreich verlaufenen Nachmittag mit Marlies. Ihre Muffigkeit imponierte mir irgendwie.

Wir verabredeten uns für die Diskothek. Givtbude am Abend, mal sehen, was dabei rauskam. Ich dachte noch an Doktor Pietras und wie schade es war, dass ein so doch einigermaßen gut aussehender Mann einen solchen Eindruck machen konnte, dass man sich ekelte, ich ekelte mich davor, wie er das Wort Ärschlein gebraucht hatte, es war das widerlichste Wort, das ich je gehört hatte. Ich sprach ihn ja auch nicht auf seinen … Dödel an. Ich kannte keine Frau, die einem Mann in aller Öffentlichkeit Kommentare zu seinem Schwänzlein oder seinem Heiligen Bimbam oder seinem Zuckerdödel gab. Je mehr ich darüber nachdachte, umso ekelhafter fand ich ihn. Allein, dass ich beim Abendessen und auch noch auf dem Weg zur Givtbude und auch auf dem Weg von der Givtbude nach Hause und noch in meinem schilfgrünen Meereszimmer vor den jaulenden Waschmaschinen dauernd über ihn nachdenken musste, gab mir zu denken.

Frau Sörensen betrachtete mich schon wieder. Ich wusste es genau. Ich konnte sie durch die Wände wahrnehmen. Es war ein zarter Duft von Lilien, der von ihr ausging. Wasserlilien. Das Knistern des Meergespensts.

Es war ein junger Junimorgen, und ich machte das Zimmer eines älteren Ehepaars, das am Vortag eingezogen war. Es war eine leere Flasche Franzbranntwein im Papierkorb gewesen und eine leere Schachtel von Palmolive, außerdem eine zusammengeknüllte Feinstrumpfhosenverpackung. Der Läufer war ein wenig verrutscht, und eine Zeitung lag auf dem Stuhl, ansonsten war alles sauber, weder auf dem Waschbecken noch auf dem Spiegel auch nur ein Zahnpastaspritzer, ich hatte nicht viel Mühe, nahm den Staubwedel und summte herum.

– Was machen Sie da eigentlich so lange?

Das Meergespenst war ins Zimmer getreten, ich erschrak so sehr, dass mir der Staubwedel beinahe aus der Hand fiel. Frau Sörensen sah sehr besorgt aus. Ich konnte mir nicht vorstellen, dass sie wirklich unfreundlich wurde, sie war eine richtige Dame.

– Ich – ich wische Staub! Ich will alles so gut machen wie möglich.

Frau Sörensen hatte einen regelrechten Schmollmund und drückte das Kinn auf den Hals.

– Nicht dass Sie denken, ich kontrolliere Sie! Ich will

nur mal nach dem Rechten sehen! Ich meine nur – die anderen Mädchen – die sind immer sehr viel früher fertig.

– Das kann ich mir denken! platzte ich raus.

– Was meinen Sie damit?!

Jetzt jemanden in die Pfanne hauen war auch nicht in Ordnung. Ich dachte: rauchen, rausrennen, sich drücken. Jawoll. Aber rumstänkern konnte ich jetzt auch nicht. Das waren schön spießige Vorstellungen vom Saubermachen, die ich da hatte. Aber Frau Sörensen wusste ja auch nicht, dass ich an der Eintrittskarte für mein Leben herumschrubbte und daher jede Amöbe im Teppich aufspürte, um sie zu entfernen. Der Zen-Buddhist findet seine Glückseligkeit im innigen Schrubben eines Bodens. Ich konnte Frau Sörensen auch was erzählen von Gudruns gänzlicher Unabhängigkeit, von ihrem Desinteresse, gelobt zu werden oder eine Arbeit wirklich gut zu machen, wohingegen bei mir noch eine gewisse Bedürftigkeit vorlag, sie, Frau Sörensen vielleicht einmal sagen zu hören: Mensch, das haben Sie gut gemacht! Statt alledem kriegte ich nur raus:

– Naja, die sind eben schneller.

– Das meine ich auch!

Frau Sörensen rieb ihre schlanken und schlecht durchbluteten Hände ineinander.

– Sehen Sie, ich will Ihnen ja keineswegs Vorwürfe machen! Ich will Sie nur darauf aufmerksam machen! Ansonsten machen Sie das alles ja recht schön, sehr sauber, nur – man möchte halt nicht, dass sich jemand an der Arbeit – äm – so lange festhält!

– Klar. Nee. Ich bin dann auch hier fertig. Ich muss ja nur immer ewig warten, bis der Doktor Wüllner aus seinem Zimmer kommt!

Frau Sörensen zog ein erschrockenes und sorgenvolles Gesicht. Auch ihr schwanten die gruseligsten Dinge, und zwar aus einer Welt, von der sie nichts verstand. Aber darüber sprach sie nicht.

– Gut. Aber Sie können auch runterkommen und etwas anderes machen. Sie können zum Beispiel der Frau Bärenz helfen oder was einkaufen.

– Gut, in Ordnung, dann komme ich gleich.

Mein Gott. Musste ich mir jetzt die Uhr stellen für jedes Zimmer, das ich putzte? Hatte sie schon mal einen Menschen gehabt, der ihr alles so sauber machte wie ich? Davon, was ich hier veranstaltete, konnte sie noch Jahre zehren. Hatte ich nicht sogar die Heizkörper abgewaschen, die ein Muster unter der dicken Ölfarbenschicht offenbarten: verschlungene Fische, die umeinander sprangen, zum Beispiel? Hatte ich nicht jeden einzelnen Fisch gewienert? Registrierte sie das überhaupt? Gut, wenn ich weniger arbeiten sollte, bitteschön. Das konnte ich auch. Kein Problem. Ich konnte so faul sein, wie ich wollte. Wenn mein Einsatz nicht erwünscht war, bitteschön. Ich war trotzig und schwenkte den Staubwedel nur noch lässig an der Schlaufe über der Fingerspitze, ich konnte den Staub auch verteilen, wenn ich wollte. Ich konnte ihn laut singend umherschleudern und auf die Gäste schütteln. Da kam schon einer die morschen Stiegen heraufgepoltert. Ich sang:

– Donne moi – donne moi – donne moi – donne moi – *toi*!

Es war der gruselige Doktor Wüllner. Er schien ganz leutselig mit einem seiner Kollegen, Doktor Freitag, die Treppe heraufzukommen wie ein normales menschliches Wesen, und die beiden sahen mich und schubsten sich, zeigten mit dem Finger auf mich und kicherten. Dann trennten sie sich, und Doktor Wüllner ging die Treppe wieder hinunter und verschwand in der Sammeltoilette. Ich war wie vom Donner gerührt. Der Doktor Wüllner verging sich in der unaussprechlichen und tabuisierten Sammeltoilette. Er hatte doch ein eigenes Klo! Außerdem hatte ich nicht mitgekriegt, dass er schon zum Frühstücken gegangen war, ich dachte, er sei noch im Zimmer. Der Doktor Freitag jedoch ging an mir vorbei, ohne mich groß zu beachten. Es war tatsächlich so, dass man als Zimmermädchen für viele Gäste einfach unsichtbar war. Sehr seltsam. Ich wusste nicht, ob mir das gefiel. Wenn ich allzu unsichtbar war, fing ich sofort an zu singen, und Frau Sörensen runzelte die Stirn. Ich aber gab es auf – es Frau Sörensen recht zu machen war mir offenbar nicht gegeben. Irgendetwas an mir fand sie problematisch. Trotzig sang ich weiter. Alouette, gentil Alouette, Alouette, je t'y plumerai! Denn ich konnte Französisch, und das band ich jedem auf die Nase oder ins Ohr. Das französische Zimmermädchen.

Der Nachmittag war verregnet. Der Himmel über Langeoog sah aus, als müsste gleich der fliegende Robert mit
seinem Schirm vorüberwehen, es war ein Wetter, bei dem
früher die Strandräuber wachsam geworden wären, es
konnte noch mal ein Schiff stranden und alles an Land
spülen, es war ein Wetter, bei dem der Schimmelreiter seinen Gaul sattelte.

Nur – was gab es für Zimmermädchen Besonderes zu
erleben?

Was war mit Marlies, die schlief? Es war spät gewesen
in der Disko. Mit Gudrun und Kerstin hatte ich keinen
Vertrag. Frau Sörensen ruhte. Das Haus war still. Selbst
in meinem grünen Schilfzimmerchen war es dunkel, wie
auf dem Meeresgrund. Ich saß vor meinem Tagebuch und
schrieb. Ich hätte auch ein wenig schlafen können. Aber
ich konnte am Nachmittag nicht gut schlafen. Ich wollte
«Kindheitsmuster» lesen, von Christa Wolf. Aber ich
konnte mich nicht auf die Buchstaben konzentrieren. Ich
hatte immerzu Angst, etwas zu versäumen. Etwas konnte stattfinden, und ich war nicht da – selbst wenn die
ganze Welt stillstand, konnte ich immer noch etwas versäumen. Sollte ich mal wieder ins Heimatmuseum gehen?
Natürlich, aber nicht heute. Ich saß in meinem Zimmer,
als würde sich die Welt über mir zusammenstauchen, zu-
sammenbrüten, als sollte ich selbst ausgebrütet werden.

Ich musste schlüpfen. Der Drang war unwiderstehlich. Ich schlüpfte, und wie. Ich entschlüpfte dem Zimmer in die dunkle Stille des Hauses, und was ich bei mir hatte, war der Schlüsselbund. Es war soweit. Ich hatte immer noch nicht alles gesehen. Ich war nie im Keller gewesen. Ich kannte nicht den Speicher. Ich hatte aber die Schlüssel dazu. Warum nicht mal schauen? Warum sonst hatten sie mir die Schlüssel gegeben? Ich musste doch wissen, wo ich war. Vielleicht brannte es irgendwann, und ich wusste nicht, wo der Feuerlöscher war. Es zog mich nicht in den Keller. Es zog mich unaufhörlich nach oben. Obwohl ich diese Stufen am Tage hundertmal lief, kam es mir jetzt verboten vor. Ich hatte frei. Ich trug keine Schürze. Ich trug einen alten, roten Pullover von meinem Vater und Turnschuhe. Ich hatte Zöpfe, und ich war einmal eine Indianerbraut gewesen, folglich konnte ich in vollkommener Stille die Treppen hinaufsteigen. Ich ging lautlos am Zimmer Elf vorbei. Elf, prangte es golden in meinem Kopf. Elf, Elf. Da war der lange Arzt drin, der sich unverschämt benahm. Ich war jetzt gnädiger. Vielleicht hatte er nur einen Witz gemacht, und der war einfach danebengegangen. Wie da, wo ich herkam. Da machten sie andauernd Witze, die mal mehr oder mal weniger ihr Ziel verfehlten. Na und? Da war man doch großmütig. Ich war nur spitzfindig, das lag am nahenden Vollmond. Zuviel Frauenliteratur. Ich hätte mich gerne neben den langen Leib gelegt. Irgendein langer Körper, es kam doch nicht so genau drauf an. Wenn er auch nicht charmant war, so immerhin physisch präsent, atmend, warm, genug Kerl neben einem. Wie konnten wir nur alle so alleine in unseren Betten liegen. Wir hatten ein einziges Ehepaar im Hause, alle anderen lagen jämmerlich alleine. So konnte es doch der liebe Gott nicht gemeint haben. Der Doktor Wüllner hingegen ... aber jetzt waren ja alle auf dem Ärztekongress. Moment mal. Wenn jetzt alle auf dem Ärztekongress waren ... nein. Nicht wirklich. Ich durfte nicht weiterdenken, was ich jetzt dachte. Ich durfte da jetzt nicht rein. Und was wollte ich da? Mal sehen, wie Doktors so hausen? Sah ich das nicht jeden Morgen?

Ich stand vor dem Zimmer Numero Elf, und die Zahl wirkte und schimmerte. Der Schlüsselbund klirrte in meiner Hand. Es waren dicke, lange, altmodische Schlüssel. Ich konnte mich kaum fortbewegen. Nur ein Knarren unten im Flur ließ mich zusammenfahren und weitergehen. Ich lauschte kurz an Kerstins Tür. Es klang ein Schnarchen heraus. Auch hier war es dunkel, obwohl im oberen Treppenhaus die hohen Fenster waren, der Himmel machte die ganze Welt dunkel, und vor allem dieses Haus. Ich stieg weiter nach oben, dritter Stock, dann ganz hinauf. Unterm Dach saß ein kleines Stockwerk, mit Giebelchen wie Vogelnester drangekauert, hier hatte Gudrun ihr Zimmer. Einen Moment lang war ich eifersüchtig auf das Speicherzimmer, aber ich hatte es ausgeschlagen, weil es violett war. Ich suchte und suchte, es musste noch höher hinaufgehen. Ich konnte mich nicht damit abfinden, dass Gudrun das höchste Zimmer hatte. Es musste Höheres geben als Gudrun. Neben ihrem Zimmer war noch eine Tür. Ich wusste, hier oben schlief sonst niemand. Es konnte keiner da sein. Also, was hatte ich zu verlieren, ich holte den Schlüsselbund heraus und zack, stak er drin im friesischen Schloss, der Schlüssel, und hops ging die Tür auf. Ich hatte es auf Anhieb gefunden. Ein Zimmer mit einem dicken Schornstein drin, und daneben führte eine Holztreppe nach oben. Wenn das nichts war! Ich schloss sofort behutsam die Tür hinter mir und drehte den Schlüssel zweimal um. Ich hatte mich eingeschlossen auf dem Speicher. Heureka. Jetzt hatte ich Zeit. Ich lief um den Schornstein herum, betastete liebevoll den weißen Kalk, sah um mich, nichts Besonderes. Ein altes Bücherregal mit «Patsy, der Sommer und ich», beigeverblassten Leinenumschlägen um Jo Hanns Rösler, «Liebesbriefe an die eigene Frau», und einer Bertelsmann-Ausgabe von «Geliebt, gejagt und unvergessen.»

Verlorene Zeit. Das las niemand mehr. Ich erging mich in Melancholie über vergangene Worte und vergangene Geschichten. Patsy schlief verstaubt unterm Schornstein. Eines Tages würden auch meine Tagebücher im Sperrmüll vor sich hinmodern. Eines Tages war auch ich nur noch Staub. Ich setzte mich auf den hölzernen Speicherboden. Da stand noch eine Truhe. Es war eine Truhe, auf der man sich festhalten konnte, wenn das Schiff zerbrach und man an Land gespült wurde. Natürlich. Seeräubergut. Auch Frau Sörensen hatte in frühen Jahren räuberisch am Strand herumgerafft. Jetzt wusste ich es. Ich hängte mich versuchsweise an die Truhe. Alle Schiffbrüchigen klammerten sich an Truhen. Der Halbtote, der sich an diese gehängt hatte, war sicherlich lange ersoffen, aber die Truhe hatte es überlebt. Durch die schmalen Speicherfenster sah ich den Himmel auf die Erde herunterkommen in dicken schwarzen Schwaden. Ganz natürlich, dass ich solche Gedanken hatte. Es war Weltuntergang. Gerade eben. Es gehörte doch nicht viel dazu, und das Meer wischte Langeoog weg wie eine Wanze vom Parkett. Das war doch nicht das erste Mal, hier war schon alles überschwemmt gewesen. Jetzt erwischte es halt mich.

Was war eigentlich in der Truhe? Segeltuch. Aha. War ja klar. Sonst leider nichts. Das Bücherregal sah aus wie aus der katholischen Pfarrbibliothek. Ich überlegte, ob ich meine Freizeit lesend hier verbringen sollte. Aber ich musste noch eine Leiter hinauf! Es gab noch einen Durchschlupf nach oben, unter's Dachjuchhe, das war ein Dachjuchhe, endlich. Ich kam nach oben, und da sah die Welt noch einmal anders aus. Denn hier oben sah ich das Balkengeflecht an der Spitze des Hauses, und das konnte man sich stundenlang anschauen. Ein Kreuz der vereinigten Giebel, nein, ein Faltwerk der Dächer, eine Knickkunst, ein kunstvoller Balkenstern, ein Mandala. Ich legte mich auf den Boden und sah lange in den Stern. Ich dachte mir, dass einem vielleicht doch nichts passieren kann in einem solchen Haus, das von einem solch großen Stern beschützt wird. Dass wahrscheinlich nur mir etwas passieren konnte, nämlich wenn ich mich hier erwischen ließ. Ich hätte mich an den offenen Balken hinaufhangeln und Turnübungen machen können. Ich stand auf und streckte mich und sprang an einen Balken und ließ mein Rückgrat auspendeln, ich baumelte ein wenig, dann ließ ich mich wieder fallen. Ich knallte mit einem ordentlichen Rums auf den Boden wie eine abgeschnittene Leiche. Unter mir knallte zur Antwort eine Tür. Gudrun. Ich wagte nicht mehr, mich zu rühren. Hoffte nur, dass Gudrun zu Kerstin unterwegs war, Vanilletee trinken. Aber so, auf dem Bauch, konnte ich mich umschauen, ob es sonst noch was gab hier oben. Eine Schatztruhe mit dem Brautjungfernkranz von Silke Sörensen. Aber da war keine weitere Truhe. Nur eine alte Leiter und undefinierbarer Eisendraht, ein verkleisterter Stuhl, das war's. Enttäuschend. Welch lustlose Geheimnisse. Aber was für eine weiße Staubesstille. Zeit für mich zu gehen.

Ich geisterte die Treppen wieder hinunter, gelangte lautlos vom Dachboden, verschloss ihn wieder, rutschte dann die übrigen Treppengeländer hinab und wollte zurück in mein Zimmerchen. Ich war hochbefriedigt. Was für ein verwunschener Ausflug. Ich lachte innerlich.

Als ich auf den letzten Stufen war, da kam wie ein Schatten Frau Sörensen aus ihren vornehmen Zimmern. Sie lief etwas krumm, noch benommen vom Schlaf, das Haar war ein wenig verdrückt. Aber Frau Sörensen lebte von ihren Ahnungen, und daher drehte sie sich um, folgerichtig, und sah mich auf der Treppe stehen, und ihre

Augen erweiterten sich in eine einzige Klage, eine Anklage. Ich fühlte mich schuldig. Aber was hatte ich denn getan? Ich konnte doch von Kerstin kommen oder von Gudrun, ich lief diese Treppen jeden Tag hundert Mal. Dann wandte sich Frau Sörensen wieder um und schlurfte zur Küche.

– Ich will mir einen Tee machen, wollen Sie auch einen?

Ich war mir nicht sicher, ob sie wirklich mit mir Tee trinken wollte oder nicht. Aber ich konnte ihr unmöglich etwas abschlagen. Frau Sörensen kochte den echten Ostfriesentee, sie hatte mir den Rücken zugewandt, und sie hantierte mit Kessel und Kanne und verzierten Blechdosen. Ich deckte den Tisch im Aufenthaltsraum mit Tassen und Zucker und Milch. Auf dem Tisch lag eine ältliche, durchbrochene Spitze, in Leinen eingenäht, nicht mehr sehr wertvoll, nicht gut gebügelt, einige Tabakkrümel von Gudrun zierten sie. Während des Teekochens hatte Frau Sörensen sich wieder gestrafft. Aber sie sah immer noch aus, als hätte sie etwas von ihrer Haltung aufgegeben. Als sei ihr heute gerade mal alles egal. Ich atmete auf. Da musste auch ich mich nicht so mühen.

– Oh, der schmeckt aber, sagte ich. Zu Hause trinken wir nie Tee.

– So, was trinkt man denn bei Ihnen?

– Kaffee, und abends Bier.

– Den Tee hat man hier quasi eingeführt, als die Inselbevölkerung zuviel Alkohol getrunken hat.

– Sie sind aber nicht geborene Langeoogerin, oder?

– Nein, mein Vater war Landrat und wir waren oft auf der Insel zur Kur. Eigentlich stammen wir aus Hamburg. Da lebt auch heute meine ganze Familie. Im Winter wohne ich in der Villa. Und im Frühjahr kehre ich zurück und leite die Pension.

Eine Weile klimperten wir mit den Zuckerwürfeln in den dampfenden Tassen. Winzige Röllchen der Teeblätter waren mit in die Tasse geschwommen. Ich wollte etwas fragen und durfte es nicht, und dann tat ich es doch.

– Wieso sind Sie – ein Fräulein? Waren Sie nie verheiratet?

– Nein.

In ihrer typischen Mischung aus Stolz und Kränkung legte sie den Löffel zur Seite.

– Ich war verlobt. Unsere Männer hat man totgeschossen!

Ich wollte antworten: Nein! Sie haben sich gegenseitig totgeschossen! Und unsere Männer haben angefangen! Aber dann ließ ich es lieber sein. Sie brauchte ihren Satz so sehr.

– Es war eine schlimme Zeit, sagte sie.

– Haben Sie nie einen anderen gewollt?

– Nein. Es gab keine anderen. Alle Frauen waren Witwen.

– Oh, sagte ich betroffen. ... Ein trauriges Kapitel.

Was hatte ich da wieder gesagt, ein trauriges Kapitel. Das Kapitel dauerte ja wohl ein Leben lang. Frau Sörensen seufzte auf und blickte trostlos neben die Tasse.

– Wir hatten hier so schöne Sommer. Es war immer schön auf Langeoog. Es war manchmal so lustig, die Zimmermädchen, die brachten ein Leben ins Haus, wir haben so gelacht. Wie haben wir gelacht! Aber in diesem Sommer ...

Sie winkte ab. Ich war gekränkt. Hatte ich denn nicht alles versucht, um lustig zu sein? Das Haus zu erhellen? Sang ich nicht bei der Arbeit? Mein Gott, es waren doch die drögen Tussen, meine Mitstreiterinnen, die sich jeden Nachmittag verbarrikadierten und mich aussperrten, die man abends nicht sah, weil sie viel zu sehr Grüne waren, um in die Disko zu gehen. Ich versuchte doch auch nur, glücklich zu sein und war es ja nicht wirklich. Da waren wir schon zu zweit, Frau Sörensen und ich.

– Aber abends, wenn gekocht wird und wir alle im Aufwaschraum sind, da ist es doch schon lustig.

– Ja ... aber nicht so, wie es war in den anderen Sommern! Die anderen Zimmermädchen, die waren so ... so ...

Sie machte Handbewegungen, als bausche sie einen Volant auf. Als hätten sich diese Zimmermädchen tanzend gedreht.

Ich war hilflos. Wenigstens wäre mir geholfen gewesen, wenn sie gesagt hätte, es liegt an den zwei anderen sauerländischen Töpfchen und nicht an mir. Der Gerechtigkeitssinn verlangte nach Anerkennung.

– Ich versuche immer, lustig zu sein. Aber die zwei sind gerne für sich.

– Jaja.

Unversehens steckte die Köchin den Kopf in die Tür. Sie hatte alles gehört.

– Die sind doch doof, die zwei! Wenn ich Sie wäre, die wären für mich gestorben! Mit denen würde ich kein Wort mehr reden!

Das tat gut. Das tat körperlich, geistig, seelisch und moralisch gut. Die Köchin war der beste Mensch des Hauses. Dieser verunglückte Sommer für Frau Sörensen. Ich war empört, und zwar gleich für sie mit. Ihr eine Zeit zu verhunzen, in der sie auflebte für das Jahr. Aber Frau Sörensen hatte sich schon wieder abgewandt. Zerstreut stellte sie die Tasse auf den Unterteller, schüttelte ihr Haar und rieb die Hände über den Rock.

– Es ist ja schon fünf Uhr!

Ein neuer Vorwurf, diesmal richtete sie ihn an sich selbst. Sie schoss so steil nach oben, dass ihr Schritt zu einem unfreiwilligen Hopser verunglückte. Dann trabte sie zierlich in die Küche. Ich ging auf mein Zimmer, um die schwarzen Kleider anzuziehen.

Ich musste Doktor Pietras heute Abend sein Essen bringen. Er saß hinten in der Ecke des Speiseraums direkt an die Wand gelehnt, und es war sehr viel Luft zwischen dem Fräuleintisch und der einsam noch im Sitzen aufragenden Gestalt. Er zog sich mit der Hand das Kinn länger, das

Kinn mit den länglichen Falten vom vielen Gähnen. Sein Blick reichte über die Dünen und das Meer hinweg, bis ans Festland und weit in die Bundesrepublik hinein und verlief sich am Südrand von Bayern. Seine Langeweile stand in keinem Verhältnis zu meiner Aufregung, als ich hereinkam mit dem Abendessen auf dem Tablett, den Bratkartoffeln, dem Spiegelei und der Roten Beete. Es gab hier sehr viel Gerichte mit Roter Beete. Ich war mir ganz sicher, dass meine Frisur missglückt sei, dass ich aus Versehen die rechte Seite über dem Pferdeschwanz zu hoch gebürstet hatte, dass ich also ungleichmäßig wirkte, vielleicht sogar lächerlich mit einer braunen Haube oben rechts, ich sah doof aus, ich wusste es genau. Dazu die hohen Absätze, ich hatte mich an sie gewöhnt, natürlich, nur heute hatte ich einen Rückfall, verursacht von der kleinen Holzschwelle zwischen den Zimmern, da war ich aus dem Tritt. Ich ging an den anderen Gästen vorbei, die ich zuvor einigermaßen problemlos bedient hatte, und schwenkte das Tablett nur leicht erhöht durch die Runde. Und dann erreichte ich den Tisch von Doktor Pietras und sagte Guten Abend, nur Guten Abend. Und es kam, was kommen musste. Und alles auf dem Tablett schoss nach vorne, und es ging irgendwie noch gut, nur die Rote Beete. Aus dem flachen Schüsselchen schwappte eine winzige Lache über und ergoss sich auf Doktor Pietras' Hose. Es waren nur winzige Flecken, aber so nachdrücklich dunkelrot, als seien Schrotkugeln eingedrungen, und aus den Einschusslöchern blutete es.

– Du meine Güte!

Pietras schoss zurück und halb hoch, blickte auf seinen Schenkel und rief:

– Meine Hose! Sehen Sie sich das an!

Er wollte mit der flachen Hand auf den Tisch schlagen und bremste den Schlag kurz vorher noch ab.

– Ausgerechnet Rote Beete! Das geht nicht raus! Das geht nie mehr raus!

Ich war in Panik. Ich hatte dem Arzt eine Hose ruiniert und zwar eine ganz helle, die brauchte er womöglich noch zum Operieren.

– Ich mache es weg, o.k.? Ich mache es sofort weg!! rief ich.

– Wie wollen Sie das denn machen?

– Ach Doktor – kommen Sie schnell zum Waschbecken, schnell!

Doktor Pietras stutzte und rührte sich erst nicht und folgte mir schließlich eher widerwillig durch die Tür. Am Ende des Ganges war der Waschraum, und dahin winkte ich ihn. Er sagte, so schlimm sei es ja auch wieder nicht und soviel Aufhebens nicht wert, wenn die Hose hin sei, könnte man nichts machen, es sei nicht seine beste, und überhaupt.

Ich war vorgelaufen in den Waschraum, wo jetzt weiße Berge von Betttüchern und Handtüchern lagen, die Kessel, Blechbütten und Körbe standen überall, die Waschmaschinen jaulten, und es roch nach Persil. Ich rannte an das Waschbecken und kurbelte den Heißwasserhahn auf, dann fiel mir ein, lieber kaltes Wasser zu nehmen, drehte den anderen Hahn auf und ließ beide laufen, im dicken Porzellanwaschbecken lag auch ein Stück Kernseife, und der Doktor sagte, wie wollen Sie das denn machen? Und ich rief: Geben Sie her! Ich war so besessen davon, mich zu beeilen, dass ich sein Bein auf ein Trittleiterchen stellte, das Knie fest packte und an den Waschbeckenrand hielt und mit einem Handtuch Wasser aufnahm und es in das Leinen schrubbte. Die Flecken wurden kaum heller und verteilten sich nur in einem dicken Kreis. Ich nahm mehr Wasser und noch mehr Wasser, das Knie wurde matschig rot, ich nahm Kernseife dazu und drückte sie in den Stoff, bis ich das blutrot gefärbte Fädchengewebe mit dem Seifenschmelz bräunlich zugeschmiert hatte und rosa Schaum aufstieg. Ich hatte nicht gemerkt, dass ich den Schenkel des Doktors immer fester gepackt hatte, weil ich wie verrückt daran herumarbeitete, bis ich feststellte, dass sich im Doktor eine gewisse Begeisterung regte. Ich erschrak mich zu Tode.

– Das machen Sie aber schön! sagte der Arzt.

Ich musste innehalten. Der Doktor hatte nicht seine Gedanken beisammen. Er verstand den Vorgang falsch. Aber vielleicht auch nicht, ich war mir nicht ganz sicher. Ich hob den Kopf und sah Doktor Pietras genau ins Gesicht. Er grinste. Aus unseren Augen schoss es wie mit Schweißbrennern.

– Ich kriege den Fleck nicht raus, sagte ich angstvoll und mit nassgeschwitztem Gesicht.

– Das macht nichts, sagte er und hatte auf einmal soviel
  Zeit. Ich wusste auch, warum.
Warum seine Stimme so abgerutscht war. Denn während
ich mich noch einmal über den Fleck beugte, spürte ich
mit einem Mal im Rücken ein leises Ratschen und Ziehen,
und dann wurde es um meine Hüfte so leicht. Er hatte mir
die Schürzenbändel aufgezogen. So war das bei Zimmermädchen. Man zog ihnen einfach die Schürze auf. Einen
Moment lang konnte ich mich nicht rühren. Dann richtete ich mich auf und sagte:
– Ich kann nichts machen.
Ich konnte meine Schürze nicht anfassen, denn meine
Hände waren blutrot. Deshalb fiel sie zu Boden. Ich trat
einen Schritt zurück und ließ die Hände voller Wasser
laufen, und mir schossen auf einmal Tränen in die Augen,
und ich sagte:
– Es geht nicht!
Doktor Pietras hielt einen Moment inne, dann be-
schwichtigte er mit sommersprossigen Händen, schon
gut, schon gut. Werfen wir die Hose eben weg, ist doch
egal. Ich ziehe eine andere an. Legte sich die Hand auf den
Kopf, drehte sich um und verschwand aus dem Waschraum. Ich brachte es nicht einmal fertig, das Wasser ab-
zustellen. Das Wasser lief und lief, und ich hockte mich
einen Moment in die weißen Wäscheberge.
  Dann kam Frau Sörensen.
– Carla, was war denn los?
Vor mir lag meine Servierschürze auf dem Boden. Sie war

neben einem Haufen Handtücher gelandet, ich hoffte inständig, Frau Sörensen würde sie nicht sehen. Bitte lieber Gott mach.

– Nichts weiter. Nur ein Flecken!

Frau Sörensen blickte misstrauisch. Ihre hellen Augen starrten mich an. Stehendes Wasser an ebenso hellen Ufern.

– Na – jetzt gehen Sie wieder an die Arbeit!

Sie verschwand wieder.

Ich wusch mir eilig die Hände und trocknete sie im Handtücherberg ab, hob die Schürze auf und knotete sie im Rücken, dann lief ich zurück. Vor dem Speisesaal warteten sieben vollgeladene Tabletts mit Bratkartoffeln und Roter Beete auf mich. Ich nahm eines und hastete los und vor mir schwappten die geriffelten Beetestücke in ihren Schüsselchen frech und glänzend nass in ihren roten Lachen.

Vielleicht sollte ich morgen doch einmal Lale Andersen besuchen. Nur mal so. Ich konnte ja auch ihr einmal was vorsingen. Ich konnte mich aber auch nachher ins Kino setzen, da lief Abend für Abend der Schimmelreiter, und Gert Fröbe starb jedes Mal um Mitternacht, aber das machte nichts, denn wenn ich später in meinem grünen Zimmermädchenzimmer lag und schlief, da galoppierte der Schimmelreiter weiter und weiter, die Dünen entlang durch Eis und Wind, und wer weiß, vielleicht suchte er nur immerfort Lale Andersen, die auf dem Dünenfriedhof lag, und wollte sie erlösen aus ihrem nassen Grab.

Zwei Tage sah ich den Doktor nicht mehr.

Von nun an langweilte ich mich. Ich langweilte mich mit Marlies in der Diskothek, wenn die Glitzerkugel sich endlos drehte und Marlies sich stumm und endlos drehte und niemand uns zum Tanzen holte, ich langweilte mich an den einsamen Nachmittagen am Strand, ich langweilte mich mit Gudrun und Kerstin, wenn sie über mich hinwegquasselten und tausend Gauloises drehten. Ich war plötzlich von der Langeweile angesteckt wie von einem grassierenden Virus. Meine gähnende Generation. Die verschnarchten Jahrgänge.

Am Nachmittag ging niemand mit mir. Ich aber wollte doch noch etwas gesehen haben von Langeoog. Einfach so. Das Herumliegen am Strand war auch langweilig. Es war auf der Insel niemals ganz und gar heiß, darum konnte man gut laufen um diese Jahreszeit. Ich folgte eines Nachmittags der Barkhausenstraße durch das Dorf und ging über die Wilrath-Dresen-Straße immer weiter, immer weiter, immer weiter Richtung Osten. Der Weg teilte die Insel wie der Stiel ein Buchenblatt, es ging immer schnurgeradeaus, linker Hand erschien das große Kreuz des Dünenfriedhofs, vor mir lagen die Grasfelder mit den steppenhaften Büscheln, und momentelang sah es aus, als sei die Insel ewiges Festland und als nähme es kein Ende mit dem Land und als ging es um die ganze

Erde. Für wenige Meter sah es aus, als sei Langeoog riesengroß.

Ich lief und lief und merkte, dass ich trotzig lief. Gegen einen Trotz anlief. Der Wind wollte mir den Trotz von den Wangen blasen, er fuhr mir sogar in die Nase, aber ich schüttelte mich nur. Was war das, das war der Doktor Pietras. Hatte er sich denn nicht mehr gemeldet, weil er wütend war, dass ich mir nicht zusammenhanglos die Schürze aufbinden ließ undsoweiter undsoweiter undsoweiter? Wollte er denn so gar keine Zeit mit einer sanften Annäherung verbringen, mir keine Hand halten, mir keine Blume schenken, meinen Namen nicht lernen? War ich nur da, um in den Wäscheberg geschmissen zu werden? Und wenn nein, dann tschüss? War das Zimmermädchen? Das war Zimmermädchen.

Ich konnte mich aber auch täuschen. Ich wünschte mir sehr, mich zu täuschen. Er hatte mir keinen Vorwurf wegen der Hose gemacht. Mich nicht angeschwärzt bei Frau Sörensen. Mich nicht angegriffen, nicht verteidigt, nur stehen gelassen. Einfach nur stehen gelassen. Das war auch schlimm. Aber vielleicht war er nur gegangen, weil ich sagte: Es geht nicht. Vielleicht war er beschämt. Beschämt? Meinetwegen? Vielleicht sagte er sich: Was soll ich denn mit der? Ich konnte mir nicht denken, dass er meinetwegen, wegen eines Zimmermädchens, verschwunden war. Vielleicht machte er alle Tage einer Krankenschwester die Schürze auf. Vielleicht ließen sie ihn, und darum konnte er mit meiner Reaktion nicht umgehen.

Bei jedem Grashalm, an dem ich vorüberging, kam mir ein neuer Gedanke zu ihm und dazu, was es bedeutete, wie er sich benahm. Ich wollte so sehr, dass er kein ganz und gar schlechter Mann war, wenigstens soviel kein schlechter Mensch, dass ich mir eine Romanze mit ihm erlauben und hinterher sagen konnte: Ich habe was Schönes erlebt. Aber vielleicht war es auch besser, etwas Mittelmäßiges erlebt zu haben, als dass die ganze Zeit vergangen wäre, ohne dass ich überhaupt etwas erlebt hatte. Wäre es nicht schlimm, von dieser Insel zu gehen und es war nichts, nichts geschehen? Lieber was Schlimmes als gar nichts?

Ich fragte mich ja nur, ob ich mich von ihm knicken ließ wie ein Buschwindröschen, und er roch dran und sagte, riecht gut, und dann landete ich im Straßengraben. Das durfte ich ihm nicht durchgehen lassen. Das durfte ich nicht. Und wenn ich rausbekommen würde, dass er nur im Vorübergehen knicken wollte, dann konnte ich nicht mit ihm gehen, jetzt nicht und morgen nicht und auch nicht für die restlichen Tage des Kongresses. Wäre er nur kein schlechter Mensch gewesen. Dann hätten wir einige schöne Nächte haben können. Vielleicht sogar nur eine. Aber so?

Ich hockte mich an die Große Schloop, eine riesige Wasserpfütze, im Gras versenkt, es war so sumpfig hier, bald ging die ganze Insel unter, das Wasser drang mir schon bis um die Knöchel. Ich spürte bereits, wie die Insel unter mir wackelte und schwankte, weil eigentlich das

Wasser unter uns durchlief, und die Insel schwamm darauf wie eine Luftmatratze. Ich schloss die Augen.

Wie langweilig, mit niemandem zu reden! Warum war Marlies nicht da? Warum? Wie konnte man jeden Tag drei Stunden im Bett liegen! Morgen musste ich sie holen. Wenigstens ins Café. Wenigstens mal in das Heimatmuseum! Hier musste man doch irgendetwas machen, Mensch. Sie mochte von mir aus von morgens bis abends in der Jeansjacke rumlaufen im Hochsommer, sie mochte still vor sich hinbrummen oder Töne machen wie eine aufheulende Harley Davidson, aber sie sollte mit mir gehen, irgendwohin, oder Fahrrad fahren, oder reiten … es gab doch noch mehr!

Der Weg gab nicht mehr her. Immer geradeaus, und Wiese links rechts, da noch eine Jugendherberge, dort die Meierei. Irgendwann wieder Wasser. Der Weg war zu einsam und machte mir nur mein Alleinsein bewusst, und unversehens war ich umgekehrt und hatte es kaum gemerkt. Ich wollte wieder in das kleine, bullerige Dorf, wo sich alles tummelte. Das Herz von Lummerland. Ich ging durch den Polderweg und über den Melkerpad, den Fährhusweg und die Hauptstraße entlang an den Geschäften vorbei, und wie von selbst trudelte ich wieder am Wasserturm vorbei und wollte zur alten Strandhalle, als mein Blick in ein großes Fenster fiel, mit lauter Bildern und Staffeleien, ein Atelier. Hier malte jemand. «Atelier am Meer», stand da. «Anselm». Ach. Es roch durch die Tür nach Farben. Ich sah hinter den spiegelnden Scheiben Leinwände mit Clowns, voreinandergelehnt, noch mal Clowns, da und dort Landschaften. An der Tür hing ein ausgeschnittener Zeitungsartikel mit einem Porträt des Künstlers Anselm, der 1943 in Tegernsee geboren war und aus Liebe auf die Insel gekommen war. Sein Kunstatelier sei berühmt, und es würden laufend Kurse abgehalten, in denen die Maltechniken erklärt würden, aber insgesamt sei dem Künstler das Wichtigste: die Freude am Malen, am Erschaffen eigener Werke.

Ich vermutete: die Freude an Lehm und Dreck, dem Urgrund allen Schaffens, am feuchten Lehm, in den man tauchen konnte bis zu den Oberarmen, ich roch schon feuchte Erde, ich wollte hinein, mittauchen, auch schöpfen, stand ja da: die Freude am Erschaffen. Wenn es nicht so teuer war. Der Laden war bestimmt teuer. Touristenbilder oder was. Egal: Der Duft des Schaffens und Arbeitens aus der Erde rief mich kolossal. Aber Anselm war kein Töpfer, er war ein Maler. Egal. In der Ecke saß ein Mann zwischen vierzig und fünfzig, mit dunklen, ungekämmten Haaren, das sah sehr nach Künstler aus. Ob das der Anselm selber war? Ich roch betrunken den Duft von Farbe und Kunst durch die Türritzen. Stinkendes Terpentin erfüllte meine Zellen wie frisches Lebenselixier. So sollte meine Zukunft riechen, genau so.

Aber ich wagte es nicht, hineinzugehen und drückte mir die Nase platt und besah mir jedes Bild und jeden Rahmen und auch die Postkartenstapel. Ich hätte mir gerne ein Bild gekauft. Aber ich hatte kein Geld, ich sparte schon in der Disko an jeder Cola. Tja, sagte ich mir. Ohne Moos nix los. Aber irgendwie hatte der Anselm meinen Blick bemerkt, er hob den Kopf und zwinkerte mir zu. Dann beugte er sich wieder über einen kleinen Tisch – ich konnte nicht sehen, was er tat. Vielleicht sagte ich ihm eines Tages, dass er einen zu krummen Rücken machte bei der Arbeit.

Aber Anselm hatte mir zugezwinkert! Das begriff ich jetzt. Meine Laune stieg. Es war die Kunst selber, die mir zugelacht hatte! Ein Zeichen. Mein Lebensweg zeichnete sich ab. Da war der Prophet meines künftigen Lebens. Ein struppiger Künstler. Mal dachte ich daran, in schwelgende Bilder zu tauchen. Dann wieder wollte ich auf alle Bretter, die die Welt bedeuten. Eine Chansonsängerin wollte ich werden. Oder aber Journalistin, die in sämtliche Länder flog und Politikern das Mikrofon ins Gesicht drückte. Aber natürlich wollte ich schreiben. Schreiben bestimmt. Damit hatte ich schon angefangen. Darum hatte ich immer das Tagebuch dabei, immer. Aber beim Schreiben musste man stets sitzen, still sitzen, und dafür brannte es mir zu sehr in den Gliedmaßen, dem Schreiben mangelte es an Bewegung, am Überschäumen. Überschäumen nur im Geiste, dafür hielt mein Körper nicht still genug, und deshalb musste ich beim Schreiben noch turnen.

Ich wollte sofort zurückgehen in mein Zimmer und das Tagebuch im zart gefleckten Einband mit Lederschnüren aufschlagen. Mir waren wieder wichtige Gedanken gekommen. Aber sie sollten nicht nur wichtig sein, auch schön. Ich trachtete jeden Tag danach, etwas besonders Schönes zu denken. Das war so schwer, dass mein Tagebuch noch fast leer war.

Vor den Mauern des Deichgrafen in den violetten Hagebuttensträuchern saßen die Fräuleins. Überall saß bei uns still ein Fräulein in der Ecke. Auf der Bank unterm Efeu. Hinterm Haus vor dem Rosenbeet. Auf gedrechselten Stühlen und Samtkissen unter jeder Treppe jedes Stockwerks fand sich irgendwo ein Fräulein. Sie lasen, sie schauten, sie warteten auf jemanden, der vorüberging.

Frau Mackbett wartete nicht. Sie saß abweisend im Garten und richtete von Zeit zu Zeit den Brillenbügel. Dann beugte sie sich stumm vor und hielt sich den kranken Leib, in dem der Krebs fraß. Je feiner ihre zarte Kleidung mit marineblauem Strick und weißen Sommerhosen, desto schlechter verhielt es sich in ihrem Bauch. Ihr Gesicht war leicht gebräunt und glänzte ein wenig, sie nahm Ellen Betrix, das wusste ich genau. Der Tiegel stand vor ihrem Spiegel neben der Miss-Fenjala-Seife.

Ihr Koffer war nie ganz ausgepackt. Immer lag alles aufeinander, fein gebügelt und von bester Qualität. Es war reichlich von allem da. Nachthemden, Seidenpyjamas, gute, tragfähige Wäsche, nagelneue Hauspantoffeln, selbst die Zahnpastatube war immer voll, und an den Socken hing noch das Preisschild. Zeitungen, reichlich. Bücher. Rätselhefte. Was sie bei sich hatte, war nicht für einen Urlaub, sondern für einen Krankenhausaufenthalt gedacht. Frau Mackbett hatte alles dabei, um bei plötzlicher und vollkommener Ohnmacht von fremden Menschen vier Wochen lang bestens versorgt werden zu können. Sie war vorbereitet. Wir hatten doch so viele Ärzte im Haus. Konnte sich nicht einer auf sie stürzen, um ihr die Krankheit aus dem Leib zu reißen?

Doch wenn ein Arzt kam, wandte sie sich ab und setzte sich in den Schatten.

Da drüben saß Frau Erz. Wenn man näher kam, flammte ihr Geplapper auf, loderte hell und versiegte nur langsam, wenn man schon um die Ecke verschwand. Darum konnte ich von Frau Erz nicht weg. Ich wollte ihr nicht aus den Worten heraus fortrennen. Frau Erz plapperte fiebrig die Schmach nieder, dass ihr Mann nicht gekommen war. Sie sah einen flehentlich an wie eine in früheren Zeiten verstoßene Adelige, die herumirrte und nicht zurechtkam. Dann wieder, in einem Anfall von Würde, richtete sie sich auf und tat, als bräuchte sie nichts und niemanden, schlug ihr Buch auf oder ging ein paar Schritte. Wenn es warm war, legte sie das Strickjäckchen beiseite und offenbarte die hauchzarten Träger ihres türkisfarbenen Hemdchens. Frau Erz war auf edelste Weise ein wenig abgehalftert, und jetzt sah es aus, als würde sie alles um sich her brauchen und betrachten, um sich aufzurichten. Wenn sie auf ein Blatt im Hagebuttenbusch starrte, so meinte man, es könnte sich jeden Moment entzünden, als hätte man eine Lupe darauf gehalten – Frau Erz entzündete sich an allem, sie brannte für jede Muschel, jede Beere, jeden Baum.

– Sieh mal, wie hier der Sanddorn steht! Der ist so heilsam!
– Und das ist das Haus der Lale Andersen!
– Und da hinten steht der Birkenwald!

Sie lobte die Farbe des Himmels und jede verkrumpelte Butterblume und jede Silbermöwe, die vorüberflog. Am letzten Tag der Reise saugte sie von Langeoog noch die Sonne auf.

Um die Welt so wahrzunehmen wie Frau Erz, hätte man Marlies LSD geben müssen.

Wahrscheinlich ging es ihr sehr schlecht. Ich blieb stehen und lauschte.

Die Fräuleins saßen auf der Bank hinter dem Haus, um dem Hausmeister zuzusehen, wie er die Heckenrosen schnitt. Sie saßen im Fernsehzimmer, um abends die Nachrichten zu hören und ein wenig zu plaudern. Sie saßen in der vorüberfahrenden Inselkutsche und winkten von oben auf mich herab. Überall im Haus saßen sie. Das war in der Vorsaison. Im Sommer, wenn die Ehepaare kamen, würden sie verschwinden.

Es war erst eine Stunde vergangen. Eine Stunde? Ich war spazieren gegangen, hatte an der Großen Schloop gesessen und hundert rote Backsteinhäuschen passiert, ich hatte bei Anselm Kunststudien absolviert und ewig der Frau Erz gelauscht, die über das Essen sprach und über das

Dünensingen und den Vogelsang und die Fähren! Ich verstand die Zeit nicht. Jetzt musste ich noch zwei Stunden warten, bis die Arbeit weiterging. Zwei Stunden. Ich war untröstlich. Ich warf das Tagebuch in die Ecke. Ich hatte schon genug Zeit mit meinen eigenen Gedanken verbracht. Ich konnte meine Gedanken nicht mehr ertragen. Sollte ich gegen die Wand laufen? Aber mir fehlte doch keine Bewegung, ich hatte den ganzen Tag geputzt und war spazieren gegangen. Meine Ungeduld. Ich warf mich aufs Bett und wälzte mich hin und her und lauschte. Als Frau Erzens Geplapper verstummt war, versank das ganze Haus in Grabesstille. Mensch, war mir langweilig! Mich trieb zu sehen, was noch kein Mensch gesehen hatte. Und weil sich just in diesem Moment vor dem grünen, wehenden Vorhang in meinem Zimmerchen der Himmel etwas bewölkte, wurde es dunkler. Weil es dunkler wurde, fühlte ich mich verborgen vor der Welt und also wieder unsichtbarer. Ich konnte mir nicht helfen.

Dann ging es auf einmal sehr schnell. Ohne zu wissen, was ich tat, riss ich in einem Anfall die dick gepinselte Schranktür auf, öffnete die Querschublade, und da lag er. Der dicke Schlüsselbund. Ich war angezogen und fasziniert und hingegeben, das war mein Schlüsselbund. Meiner. Und es gab Türen, die wollten geöffnet werden. Ich wusste plötzlich: Es war der Doktor Wüllner, um den es jetzt ging. Zum Doktor Wüllner durfte ich! Sogar ganz offiziell. Ich musste bloß sagen: Habe vergessen, den Papierkorb zu leeren. Das war alles. Vor allem war er ja jetzt auf dem Ärztekongress. Aber hatte ich mir je die Mühe gemacht zu sehen, was wirklich in ihm vorging? Was außer den Verschmutzungen sonst noch bei ihm zu finden war? War er denn für mich nicht einfach nur ein seltsamer Mann, irgendwie schlimm, Perversling, mit der leichenweichen Ausstrahlung eines Kirchhoffledderers? Hatte er nicht doch etwas bei sich versteckt, einen Ring, einen Reif, ein Wasser, das ihn zu dem gemacht hatte, was er war? Ein schlechter Zauber oder ein böses Buch, ein böses Buch kann einen Menschen verändern. Der Doktor Wüllner war möglicherweise besessen. Ich war besessen. Ich war besessen herauszufinden, was es mit ihm auf sich hatte. Ich hätte ihm sogar die Matratzen umwühlen können und den Teppichboden herausreißen, ich konnte alle Flaschen aus dem Allibert kippen und den Rasierapparat zertrümmern! Am besten, ich machte eine Razzia. Auf geht's. Keine Zeit verlieren! Ich zog die weichen Turnschuhe an, pfui wie feige, ein Gefühl von Selbstverachtung überkam mich. Aber dann dachte ich nicht weiter nach. Etwas musste passieren, irgendetwas! Der Doktor Wüllner hatte es nicht besser verdient. Er hatte Heimlichkeiten. Ich hatte Heimlichkeiten. Wir trafen uns auf unterster Ebene, im Zwielicht unlauterer Moral, vom Dämmer sanft verhüllt.

Ich hatte das Recht, so schlecht wie der Doktor Wüllner zu sein. Oder der Doktor Pietras. Oder die Hälfte der restlichen Welt. Hah, ihr Doktoren der Weltgeschichte!

Jetzt kam ich. Ich war sogar die Treppenstufen laut hinaufgegangen, ich machte mir keine Mühe, leise zu sein. Ich sah mich nicht mal um! Nein, ich steckte – in vollkommener und aufrechter Haltung, vom Glück der Schlechtigkeit beseelt – den Schlüssel in das ostfriesische Schloss. Vorsichtshalber steuerte ich zielsicher auf den Papierkorb zu. Hätte ja mal anklopfen können. Aha, keiner da. Na, hervorragend. Jawoll! Ich brachte es fertig, auch von innen zuzuschließen. Denn ich wollte ungestört sein. Als erstes drehte ich mich und warf mich in hohem Bogen mit dem Rücken auf das Bett. So. Dieses Bett hatte ich selbst gemacht, das durfte ich auch selbst wieder zerstören. Die frischen Bügelfalten. Jeden Tag frisch Gebügeltes für den sudeligen Wüllner! Sie Ferkel, Sie! Hätte der Doktor jetzt im Bett gelegen, hätte ich ihn verprügelt. Vielleicht stand er da drauf. Aber jetzt wollte ich wissen, welchen Dreck er in den Schränken hatte, mit was er sich und seine geheime Lustfrau in der Nacht beschmierte, was da eigentlich vor sich ging. Ja, hatte der denn nicht mal ein Bild oder was? War sie so geheim und unvorzeigbar, dass nicht eine Locke von ihr übrigbleiben durfte? Nur Geschmier? Von einer Frau, die keiner sah?

Na, das würde ich mir selber ansehen. Mit einem Mal war ich wild entschlossen, mir die Dame anzusehen. Je mehr er sie verbergen wollte, umso mehr wollte ich sie kennen, das musste sein! Ich würde sie schon kriegen!

Also öffnete ich erst mal alle Schränke. Es musste Indizien seines Triebes geben. Da stand ein Herzmedikament. Oh. Das tat mir leid. Coronare ... irgendwas. Er hatte vielleicht ein Loch im Herzen. Und weil er ein Loch im Herzen hatte, konnte er nicht richtig lieben, und was er liebte, fiel durch das Loch hindurch. In diesem schwarzen Loch war seine arme, arme Frau zur Nacht. Zweitfrau, Nebenfrau, Nachtfrau. Das war schlimmer, als wenn man eine Frau so verschleierte, dass sie am Tag weniger sah als die Eulen in der Nacht. Diese Frau aber durfte nicht einmal am Tag gesehen werden, es blieb nicht mal der Schleier selber, nur noch der Atem und der Duft, den sie in der Dunkelheit verloren hatte.

War es denn so schlimm, was sie machte?

Der Doktor hatte es am Herzen. Deshalb sah er so schlecht aus. Aber vielleicht trieb er es so schlimm, dass er sich ein Loch ins Herz gehaust hatte. Armer Doktor. Ach was. Was sagte ich da. Es hat noch nie einen armen Doktor gegeben! Arzt, heile dich selbst!

Und doch war der Doktor ein armer Mann. Denn wenn er durch das Haus des Deichgrafen ging, stand in jedem Gang ein Zimmermädchen und sah ihn an, und manchmal grinste es oder spießte ihn auf mit seinen Blicken, und er erschrak und sah unter sich und beeilte sich und gelangte nur in sein Zimmer, demütig wie ein Hund.

Als ich die Schublade der Kommode öffnete, schrak ich zusammen. Was machte ich da überhaupt? Von einem Moment zum anderen erwachte ich aus meinem Rausch und sah meine Hände in einer Schublade stecken, die mich nichts anging. Eine Schrecksekunde. Eine Sekunde zu lange war meine Hand in der Lade vom Doktor Wüllner. Lange genug, um zu erkennen, dass Seile darin lagen, Seile mit verwelkten Blütenblättern, die in den Fasern steckten. Eine harmlose Spielart der Liebe. Mir aber schien dies der Gipfelpunkt der Phantasie eines unbeschreiblichen Wüstlings. Aber schlimmer noch war, dass ich meine Hand in dieser Schublade stecken hatte. Von einem Moment zum anderen überfiel mich eine tiefe Reue, sodass ich sofort die Lade wieder zuschob, aufsprang und gehen wollte. Das Bett musste ich noch machen, und alle Spuren von mir verwischen. Alle Spuren verwischen! Wie das klang. Nichtsdestoweniger musste es sein.

Ich musste fort von hier, fort, schnell schnell. Ich stopfte das Laken wieder fest und zog es glatt, warf die Decke in die Luft und faltete sie in der Mitte, schob alles, was ich aufgemacht hatte, wieder zu. Wieso hatte ich das alles aufmachen müssen? Hatte ich sie noch alle? Es genügte doch vollkommen, was bei Wüllners am Morgen übrig blieb, was er wegzuräumen vergaß, was ich ganz beiläufig fand. Außerdem müssen Zimmermädchen blind sein. Einfach blind. Solange ich keine Blutpfützen fand, musste mir alles andere egal sein. Ich schlüpfte aus der Tür und schlich wie eine Diebin die Treppen wieder hinunter. Wie eine Diebin! Ich kam mir grausam schlecht vor.

Es war gut gegangen. Zu Unrecht gut gegangen. Niemand hat mich gesehen.

Aber natürlich ist mir an diesem Tag noch der Doktor Wüllner begegnet, natürlich. Er wagte es nicht, mir in die Augen zu sehen und wollte, irgendetwas murmelnd, im Gang an mir vorbeischleichen. Und ich wagte es auch nicht, ihm in die Augen zu sehen und starrte demütig auf den Läufer, und so schlichen wir, einander unterwürfig zuknicksend und uns verbeugend und uns entschuldigend und auf den Boden starrend, aneinander vorbei.

Jetzt war ich in seiner Schuld. Ich hoffte, er stellte heute Nacht nichts Schlimmes an.

Ich würde so oder so morgen schrecklich sauber machen müssen.

Es war Abend. Ich hielt das Tablett für Doktor Pietras in der Hand. Seehecht. Ein gutes Essen. Ein gutes Essen für einen schlechten Menschen. So schien es mir. Noch immer war meine einzige und durchdringende Frage: War Doktor Pietras ein guter oder ein schlechter Mensch. Wenngleich ich jetzt auch ein wenig schlecht und ihm daher näher gekommen war. Aber: Er hatte mir eine ruinierte Hose durchgehen lassen, ohne Aufhebens zu machen bei Frau Sörensen. Das mit der Schürze war sicherlich nur ein Witz gewesen. Ich hatte ihn angestarrt wie einen Triebtäter, und davon überfordert hatte er den Waschraum verlassen. Darum war er nicht mehr zum Essen gekommen – weil er seinem Zimmermädchen nicht mehr in die Augen sehen konnte. So war das. So oder anders, wie auch immer. Ich wollte noch mal neu anfangen. Ich hatte mir die Haare schön gekämmt, einen Duft von Bergamotte aufgelegt und brachte nun das Essen mit einem sanften Wiegeschritt. Es war gut zu denken, dass er ein guter Mensch war. Oder jedenfalls gut genug.

– Guten Abend, Doktor Pietras, sagte ich abermals sanft. Haben Sie großen Hunger?

– Nicht besonders.

Er taxierte mich von oben bis unten, die grauen Augen blieben ungeniert auf Körperteilen haften. Er war ein schlechter Mensch. Hätte er sich nur ein wenig besser verstellt, dann hätten wir niemals ein Problem gehabt. Es war die reine Dummheit seinerseits. Nichtsdestoweniger begann ich, verschiedentlich zu glühen.

– Dann lassen Sie, was Sie nicht mehr essen können, einfach stehen.

– Jeden Tag Fisch.

– Nicht jeden Tag Fisch. Sie waren ja zweimal nicht da.

– Das ist Ihnen aber aufgefallen.

Peng. Ich wurde schon wieder rot. Ich stellte die restlichen Schälchen ab.

– Wie war es denn auf dem Ärztekongress?

– Langweilig. Diese ätzenden Langweiler.

Schon wieder das Wort Langeweile. Ich versuchte, die Gedanken des Doktor Pietras noch einmal ins Gute zu drehen.

– Was haben Sie denn heute gelernt?

– Ach, da so'n Quatsch über... wenn ich Ihnen das erzähle, vergeht Ihnen der Appetit.

– Aber *Sie* sollen doch essen.

– Ich habe keinen Hunger.

In diesem Moment verlor ich meinen Respekt vor dem Doktor.

– Gefällt Ihnen denn gar nichts hier?! Hunger haben Sie keinen, Fisch wollen Sie keinen, der Kongress ist langweilig – das ist ja alles für Sie rausgeschmissenes Geld.

Der Doktor schob sich die flache Hand durchs Gesicht und sah wieder hinaus auf die Felder.

– Könnte man sagen, ja.

– Dabei gibt es hier so schöne Sachen! Sie sollten mal die Seehundbänke sehen oder die Vogelkolonie, oder mal durchs Watt wandern, Sie machen ja gar nichts, Sie fangen ja mit Ihrer Zeit gar nichts an!

Irgendwie sah der Doktor belustigt aus. Musterte mich wieder. Dann fragte er:

– Gehen Sie abends tanzen?

– Ich gehe mit meiner Freundin Marlies öfter mal in die Givtbude. Die Disko da oben.

– Hm. Naja, vielleicht komme ich heute abend auch mal. Obwohl ... naja, mal sehen.

Doktor Pietras in der Givtbude. Doktor Pietras unter der drehenden Glitzerkugel mit den gitterklein zersägten Spiegelchen geklebt auf einem Ball. Doktor Pietras in Bewegung mit langen, schlenkernden Tanzschritten, zu Diskomusik und unter lauter Achtzehnjährigen. Das konnte ich mir einfach nicht vorstellen.

Er kam bestimmt nicht! Nie kam er. Nie!

– Heute abend kommt vielleicht der Doktor Pietras in die Disko, sagte ich zu Marlies.

– Der Frauenarzt?

– Ja, der.

Marlies grinste unverschämt.

– Oh, da freut sich aber jemand!

– Gar nicht! Ich will gar nichts von dem! Ich habe nur gesagt, dass er vielleicht kommen will!

Wir saßen noch eine Weile auf einem hölzernen Steg und stocherten mit den Gummikappen unserer Turnschuhe in den Ritzen. Im grünlich-gelben Wasser erkannte man bewachsene Steine, und der Flausch schwamm hin und her und folgte den Bewegungen des Wassers. Gekriech und Gefleuch unter Wasser. Huschende Flecken, die verschwanden, bevor man sie als Fischlein oder Wasserkäfer erkannte. Der Wind blies lau. Neben mir Marlies mit ihrem undurchdringlichen Blick. Marlies' wenige Worte hatten mich schon wieder aufsässig gemacht. Dauernd stachelte sie einen auf. Ich wurde gehässig.

- Der Doktor würde viel besser zu dir passen. Vielleicht versuchst du es mal. Du langweilst dich mit allem, er langweilt sich mit allem. Da könnt ihr zusammensitzen und euch vor Langeweile gegenseitig an den Knochen nagen.
- Pfft. Der ist gar nicht mein Typ.
- Auf welchen Typ stehst *du* denn? Auf Harley-Davidson-Kerle mit Bart und Tätowierungen, oder was?

Marlies schwieg. Dann sagte sie:
- Mir ist gar nicht langweilig. Es ist alles okay. Ich bin klar mit mir.

Ich gab mich nicht zufrieden.
- Ehrlich, ich verstehe das nicht. Du tanzt ja zum Beispiel stundenlang und sprichst kein Wort. Was *denkst* du dir denn in so einer Zeit?
- Nichts. Was soll ich denn denken? Ich tanze einfach.
- Das gibt es nicht. Leute sagen oft, dass sie nichts denken. Besonders Männer. Aber es gibt keinen Kopf, in dem nicht die Gedanken wimmeln. Das sagst du nur, weil du nicht sagen willst, was du denkst.

Marlies schwieg einen Moment.
- Nein. Nein, ich denke wirklich nichts, ich gehe so mit, mit der Musik. Ich höre zu.
- Man kann nicht nichts denken.
- Klar doch.

Marlies' Gedankenwelt war eine uneinnehmbare Festung. Diese Granitbirne – mit den schönsten Haaren der Welt, sie bedeckten den ganzen Rücken.

- Wahrscheinlich hast du gar keine so dicken Haare. Das gibt es oft, sie sind nur entsprechend wellig und stoßen sich voneinander ab, und dadurch verteilen sie sich so prächtig. Aber wenn man sie zusammenpackt, hält man nur einen dünnen Faden in der Hand.
- Mach doch.

Ich wagte mich vor und sammelte ihr ungeheures Haar zusammen und hielt es in der Hand. Es war ein knatterschwarzes, hanfdickes Seil, und es duftete nach Apfelshampoo.

- Gut, o.k., das Haar ist echt dick. Aber wieso läufst du jeden Tag bei Wind und Sonne und Tag und Nacht mit dieser Jeansjacke rum?
- Sag mal, was hast du eigentlich?
- Nix. Nein, ihr nervt mich alle, weil mit euch nichts los ist.
- Wieso denn?
- Du tust doch rein nichts. Gar nichts. Jeden Nachmittag im Bett. Jede Nacht stundenlang schweigend abhotten. Das ist doch kein Leben!
- Wieso? Wieso ist das kein Leben?
- Weil man mal ... was machen muss! Wenn du schon nicht schwimmen gehst! Hier gibt's doch zum Beispiel Pferde. Sowas!
- Willst du reiten gehen?
- Naja, ich kann nicht reiten, aber ...

Marlies zuckte die Schultern.

- Von mir aus können wir reiten gehen. Du musst einfach was sagen, Süße. Wenn du Bock hast, reiten wir eben mal, ist nicht schwer.

Ich war verblüfft. Dass man Marlies einfach um etwas bitten konnte. Sie gewährte es nachlässig. Egal. Egal, wie sie was gewährte. Hauptsache, wir unternahmen irgendetwas. Vielleicht konnte man sie noch mehr fragen.

– Ich würde viel lieber noch was anderes machen!
– Ja, was denn?
– Ja und zwar ist doch bei uns der Doktor Wüllner.
– Der nachts immer so'n Dreck macht?
– Genau. Und dem seine Geliebte. Die würde ich gerne mal sehen.
– Wieso?

Wieso. Phantasieloses Ungeheuer. Ich konnte es nicht fassen.

– Das ist doch interessant! Eine Frau, die niemand je zu sehen kriegt! Wer weiß, wie die ist?
– Wird halt irgendso'ne Tussi sein. Sowas interessiert mich nicht.

Ich war beleidigt. Ich sprach kein Wort mehr. Marlies war wie ein Brett vor dem Kopf. Natürlich, *sie* hatte die edlere Gesinnung, dachte das, was besser war, sie stand über diesen Dingen, seit Jahren, schon immer. Ich wusste nicht, ob ich mich über Marlies mehr freuen oder ärgern sollte. So eine miserable Freundin, von Anfang an. Jedenfalls war ich in Missstimmung, als wir endlich um genau Viertel nach neun die Disko betraten. Wenn nur nicht der Doktor schon dagewesen war. Aber wer ging denn schon vor zehn Uhr in die Disko? Vielleicht jemand, der am nächsten Tag ausgeschlafen sein musste. Ich fühlte mich unterlegen, weil ich wartete. Ich wartete, und der Doktor überlegte vielleicht, ob er sich wirklich mit einem Zimmermädchen abgeben sollte, das ihm womöglich noch Briefe schrieb und ihm hinterhertelefonierte und das er anschließend die ganze Zeit am Bein hatte. Vielleicht vertrug er keinerlei Abweisung, und nach der Schürzenbandgeschichte war ich im Grunde genommen Luft für ihn. Jedenfalls musste ich eine Erklärung finden für die schlendrige und unentschlossene Annäherung. Ich durfte eigentlich gar nicht mehr mitmachen bei dieser schludrigen Annäherung. Die eigentlich gar keine war, sondern nur ein Ach Gott, dann lassen wir uns mal treiben, vielleicht wird man irgendwo an Land gespült oder auch nicht. Ich war aber nicht aus dem Hause der Strandräuber. Ich las nicht auf, was sich ohnmächtig antreiben ließ, kaum gesteuert durch Gedanken. Je länger der Abend dauerte, desto ungeduldiger wurde ich.

Nein, ich konnte es mir nicht erlauben, mich der Trägheit auf zwei Beinen auszuliefern, ich war Zimmermädchen, aber keine Hand, die man sich zum Gähnen vor den Mund hielt. Marlies hatte eine Whisky-Cola bestellt, und es dauerte nicht lange und sie ging auf die Tanzfläche und tanzte auf Manfred Mann's Earth Band. Ihre Schenkel hoben sich gleichmäßig und schwer. Sie hätte einen LKW fahren können. Nur der Oberkörper bewegte sich seitwärts hin und her. Um die Tanzfläche herum tauchten einzelne, blasse Jungens auf und sprachen miteinander und zeigten auf die Tanzenden. Urlaubersöhne. Die Einheimischen hockten an der Theke.

Ich war in Stimmung, mich zu besaufen und konnte es mir nicht leisten. Andauernd schielte ich nach der Uhr. Ich hatte mich mit Doktor Pietras niemals wirklich unterhalten. Was verband uns schon, außer dass wir aus der Entfernung betrachtet am ehesten etwas miteinander haben konnten von allen, die da waren auf einer einsamen Insel. Ich sah den Kringeln hinterher, die die Glitzerkugel um die Wände wandern ließ, Kringel wie Rauchringe tanzten und tanzten um den Raum, und ich wurde seekrank. Ich grämte mich über alles, was Doktor Pietras über mich denken mochte und vor allem darüber, was er nicht dachte, dass er gar nicht an mich dachte, über meine Belanglosigkeit in seinem Gehirn.

Und als ich mich genug gegrämt hatte und mir elend war von Marlies' Schweigen und den schwankenden Kringeln, erhob ich mich und verließ die Disko, stieg die Treppen hinauf und atmete draußen tief die Nordseeluft aus der Nacht über dem Meer. Ich wollte nicht erleben, dass Doktor Pietras nicht kam. Wer um halb elf nicht da war, hatte kein Interesse, oder sein Triumph würde zu billig sein. Ich beschloss zu gehen. Punkt. Trug die Kränkung in mir, unstet wie in einer Schiffschaukel, den kurzen Weg bis an das Wasser. Dort setzte ich mich in den kalten Sand. Ich war hoffnungslos verloren. Reif für den Lale-Andersen-Friedhof. Morgen wollte ich sie besuchen. Das Wasser war so still heute Nacht. Wäre nur Hauke Haien gekommen und hätte mich fortgerissen auf seinem Schimmel. Es wäre mal Bewegung in mich gekommen, etwas Leben in das trostlose Dasein. Es fragte ja doch niemand nach mir. Der Doktor nicht, Marlies nicht, Gudrun und Kerstin nicht, die Fräuleins würden demnächst abreisen. In meiner Stimmung sank ich auf den Meeresgrund. Ich lud alle Seeungeheuer ein, jetzt hervorzukommen und mich zu besuchen, Olme, Lurchsmäuler, schleimige Morchelfratzen, kommt her, es ist eine gute Nacht dafür. Oder aber der Sturm sollte sich augenblicklich entfesseln, ein Schiff sollte auftauchen mit Segeln in Fetzen und mit lauter Gerippen an Bord, und es sollte genau vor mir stranden. Ich wollte die Skelette im Sand vergraben und ihnen sagen, wie sehr ich sie verstand.

Schließlich war es elf. Ich ging schnurstracks in das kleine Kino, bezahlte sechs Mark und versank wenig später in den cordsamtbezogenen Sitzen, und es wurde abermals dunkel, und der Vorhang öffnete sich, und der Schimmelreiter erschien und wehte in einem endlosen Ritt über die Dünen der Leinwand. Es war gut, dass ich gekommen war, denn ich vertraute mein Elend dem Schimmelreiter an, und der stopfte es sich unter den Mantel und trug es auf seiner Mähre in die weite weite Nacht davon.

Ich glaubte, dass der Schimmelreiter mit meinem Elend lange davon war, als ich benommen das Kino verließ und die wenigen Meter zum Deichgrafen ging. Aber da hörte ich Stimmen. Irgendwo aus den Dünen lärmte ein Gelächter herbei, und es wäre mir egal gewesen, hätte ich nicht Marlies gehört, so laut lachen wie nie, und ich konnte nicht glauben, dass sie so ausgelassen und lustig und irgendwie triumphal herumplärrte. Marlies und plärren. Ich kannte sie eigentlich nur stampfend und schweigend, allenfalls lästerlich. Aber keinesfalls so überhoch lachend und geschmeichelt flatternd, das war eine Wesensveränderung um hundertachtzig Grad. Sie lachte wieder girrend, wie ein betrunkener Vogel, und das Lachen schwirrte im Loch des Dorfes von Düne zu Düne, es schwirrte überall umher.

Da war ich neugierig und suchte den Weg zu den Tönen, und die Töne kamen auch immer näher zu mir. Auf einem der Pfade, die sich zum Meer winden, sah ich sie. Marlies umringt von blassen Jungens, von jüngeren, schmaleren, bemühten Jungens, und Marlies warf ihr Haar. Sie bewegte sich wie eine gewichtige Königin mit aufgeregter Kindchenstimme in der wogenden Schar und in der Anbetung der Hänflinge. Ich dachte immer, ein schwerer Heavy-Metal-Typ könnte ihr gefallen. Ein Mann wie ein Amboss, ein dicker Kerl, der sie besiegen konnte wie einstmals Siegfried die Brunhilde. Aber Marlies ließ sich beglücken von den Jünglingen. Wer würde sich auf sie wagen? War das die Idee? Oder war eine allgemeine Anbetungsschar vonnöten, und dann ging sie heim, allein? Wenige Meter, und Marlies sah mich geflissentlich.

- Machst'n du hier?
- Ich war doch noch im Kino.
- Oh, ja, ach so. Dein Doktor war auch da.
- Was?!
- Ja, ich habe sogar mit ihm getanzt. Der ist ganz schön lang, der.

Marlies grinste ihr unverschämtes Grinsen. Ich achtete nicht auf die Jünglinge um sie herum, ich wollte nur ihr an die Gurgel, glühende Pfeile, selber der Giftpfeil sein, der sich ihr in den Hals bohrte, noch sprühte es nur aus den Augen, doch o, hätte ich nur eine Harpune schicken können, sie mit einem Enterhaken zu Boden werfen.

- Marlies, das ist nicht wahr! Du hast nicht mit ihm getanzt!
- Doch, habe ich!
- Du hast ihn angequatscht!
- Ja, habe ich, ich habe ihn gefragt, ob er auch auf dem Ärztekongress ist und ob er nicht aus dem Deichgrafen kommt, weil da ein Zimmermädchen ist, die mir von ihm erzählt hat.
- Echt?! Und? Was hat er gesagt?
- Ich weiß nicht. Komisch gegrinst.

Arschloch. Dachte ich. Blöder Sack. Jedenfalls war nicht er mit ihr heimgegangen, sondern es gab nur diese spät-pubertierenden Kerlchen, in deren Anbetung sie sich suhlte wie in Diamonds Are a Girl's Best Friend. Diese Kerlchen wären mit vierzehn für mich interessant gewesen, aber jetzt wollte ich sie auf den Mond schießen und

Marlies noch dazu, und zwar mit einer Kanone. Schlechtes Schicksal! Diese Gemeinheit. Diese ewig falsche Richtung meiner Gedanken und Entschlüsse. Trotzdem hatte ich eine Frage.

– Wie ist er denn heim? Wann denn?
– Frag ihn doch. Er ist eben heim. Wenn du dich beeilst, kriegst du ihn noch zu fassen. Du bist doch selber schuld, wenn du nicht warten kannst. Er war doch da. Du kannst doch nicht solche Spielchen machen. Er ist ein ausgewachsener Mann.

Ach so. Das hatte ich nicht bedacht. Vielleicht war er jetzt sauer auf mich. Vielleicht war ich ab sofort wieder unsichtbar für ihn, denn ich hatte ihn praktisch versetzt. Als Zimmermädchen einen Arzt versetzen, das war das Letzte, oder? Kränke einen Mann in seinem Ehrgefühl! Das würde ich büßen müssen!

– Hat er denn nicht gefragt, ob ich komme?
– Ich weiß nicht. Die Musik war so laut.

Ich hasste Marlies. Ich dachte nur: fiese Ziege. Ich wollte sie nicht mehr sehen, sie nicht und nicht ihr ganzes dickes Fell von Selbstgefühl. Sollte sie heute nacht jede Menge Frösche verschlucken, ich mochte sie nicht mehr sehen. Ich log:

– Du, Marlies, morgen kann ich nicht. Wir gehen weg mit unseren Zimmermädchen, wir machen einen Ausflug.
– Ich dachte, die kannst du nicht leiden.
– Ach doch, ist besser geworden.

– O.k.!

Sie hörte gar nicht mehr zu und scherzte schon wieder mit ihrem Gefolge. Lehr mich die Menschen kennen, hatte Oma immer gesagt. Mist und nochmals Mist.

Ich drehte mich abrupt um und lief zurück.

– Wer war die denn? hörte ich noch einen sagen.

Doch während ich durch die Nacht stolperte, kam es mir zu Bewusstsein: Er ist da gewesen! Und ich fühlte einen glühenden, köstlichen Sirup in den Magen tropfen, an der Stelle, wo sich die Rippenbögen trafen. Es tut mir Leid! schrie ich in Gedanken. Es tut mir Leid, es tut mir Leid, es tut mir Leid! Ich hätte mit dir tanzen sollen, ich, ich, ich! Nicht die schwere Braut Marlies! Es gab damals dieses Lied, das dröhnte mir in den Ohren, ouhou Marlies, dann fehlte mir der Text, ouhou Marlies. Während ich nach Hause ging, schwirrte mir ein Mückenschwarm mieser Gedanken um die Ohren, ich wurde ihn nicht los, bis ich in die Haustür lief. Die Vorstellung, dass er wenige Momente vor mir hier hineingegangen war. Ich hatte ja den Personaleingang, hinten an der Wäscherei, mit dem Bullauge. Aber heute ging ich stolzen Fußes den gleichen Weg wie er, durch die kostbare, große Eingangstür mit der edlen Verglasung, hier wollte ich hereinkommen und seinem Schritt nachlauschen. Er ging jetzt ins Zimmer Elf, Elf, Elf. Es prangte und leuchtete golden in meinem Kopf, das Zimmernümmerchen. Ich konnte ihm doch nicht hinterherlaufen, das ging doch nicht. Aber ich konnte ihm über den Weg laufen. Ach, sind Sie auch gerade erst heimgekommen, ich auch, so ein Zufall! Wo waren Sie denn?

Aber so sehr ich auch die Wege des Hauses und all seine Treppen in Gedanken ablief, ich konnte es nicht mehr schaffen, seinen Weg zu kreuzen. Es war zu spät. Ich konnte ihm nur noch folgen. Ich machte kein Licht mehr und knarrte über die Stiegen. Das Zimmer Elf war im mittleren Geschoss, ganz am Ende. Ich orientierte mich nur noch am Lichtritz aus der Tür, der Lichtritz war mein Hoffnungsschimmer. Ich versuchte, das Knarren zu vermeiden, wurde immer leiser und versuchte schließlich sogar, das Atmen einzustellen. Da war ich, an der Tür, nur wenige Zentimeter hinter diesem weißgetünchten Holzflügel stand er, ging er, ich konnte es hören. Er sang nicht. Er hatte kein Radio, ich hörte ihn nur einige Male hin und her gehen, auftreten auf dem hohlen Boden. Dann klang es, als würde er den Hörer vom Telefon abnehmen, eine Ziffer wählen, wieder auflegen. Es war halb zwei. Ich war nicht müde. Die Nordsee verkürzte meinen Schlaf, ich schlief im Augenblick des Hinlegens ein und konnte nach fünf Stunden wieder aufspringen und war gestärkt für den Rest meines Lebens. Und jetzt klopfte mir noch dazu das Herz. Ich fluchte unentwegt vor mich hin. Hatte ich eine Chance verpasst? Hatte ich mich um die allereinzigste Chance gebracht, die mir hier auf der Insel zuteil wurde? Mensch, war ich ein Vollidiot. Jetzt konnte ich vor der Tür sitzen anstatt dahinter. Ich hockte mich hin und verschränkte die Arme auf den Knien, wippte auf und ab. Wenn ich nur dieses Zimmer hätte putzen dürfen. Dann hätte ich ihm nahe sein können ohne Ausrede. Aber nein, ich war im dritten Stock. Ich dachte nicht mehr darüber nach, ob er ein guter Mensch oder ein schlechter war. Es war egal. Ich wollte nur bei ihm sein. Statt Marlies. In diesem Hause Deichgraf war er mein. Für eine Nacht voller Seligkeit. Das hatte ich beschlossen. In diesem Augenblick. Die Sehnsucht mit neunzehn ist riesengroß.

Es knarrte schon wieder. Ich hörte Geräusche von unten. Auch welche, die versuchten, leise zu sein. Wieso hört man die Leisen am lautesten? Wer, um Gottes Willen, hatte es im Deichgrafen nötig, leise zu tun? Ein helles Lachen, halb erstickt. Ein ganz kurzes Grunzen. Ich war noch wacher. Man sollte mich doch hier nicht vor der Tür sehen, unwürdig dahockend wie ein rausgeworfener Hund, wie ein Säufer, vors Loch geschmissen. Eine Sekunde dachte ich daran, mich notfalls doch beim Doktor Pietras in die Tür zu werfen und zu sagen: Ach, Doktor, Entschuldigung, ich muss mich mal eben einen Moment bei Ihnen verstecken, ich will nicht gesehen werden von denen da draußen, die nicht gesehen werden wollen! Das Grunzen hallte mir noch nach. Schlagartig wusste ich: Es war das Rainer-Werner-Fassbinder-Grunzen. Das Grunzen aus einem Gesicht wie von einem sehr alten Führerscheinbild, mit zu starkem Blaufilter.

Mensch! entfuhr es mir. Der Wüllner mit seinem sudeligen Glück! Hoffentlich entdeckten sie mich nicht!

Gingen vielleicht einfach das Treppenhaus hinauf, ohne mich zu sehen. Ich musste es riskieren und blieb, wo ich war. Da gingen sie, da huschten sie vorbei, nur ein Schatten im Treppenhaus – ich begriff, dies war die einzige Gelegenheit zu sehen, wen der Doktor Wüllner nach Hause brachte. Ich konnte sie sehen, jetzt! Die geheimnisvolle Nachtbraut, die man bei Tag nicht vorzeigen konnte, keine Tageslichtbraut, bestimmt war es eine verheiratete Kollegin, es konnte anders nicht sein! Oder ein stattbekanntes Callgirl! Vielleicht war sie zu schön, als dass sie jemand sehen durfte? Eine Fee? Eine Erscheinung? Oder irgendein Wesen, das in Strapsen über die Insel stakste, etwas Ungehöriges, es konnte doch nur etwas Ungehöriges sein. Jedenfalls hörte man außer dem nachthellen Lachen gar nichts von ihr, sie hatte keine hohen Hacken, und sie war auch nicht schwer, denn es knarrte kein bisschen, nur Doktor Wüllners schwarze Lacktreter hörte man auf der Treppe. Sie hingegen flog. Vielleicht trug er sie? Ich musste es sehen. Schon war ich durch den Gang geeilt und konnte die Treppen hinaufsehen, die beiden hatten ebenso wenig Licht gemacht wie ich, es war dunkel, und nur der Mond schien durch das Etagenfenster auf die Kommode, ich sah auf der letzten Stufe noch ein Bein des Doktor Wüllner mit einer Bügelfalte, dann wurde auch das hochgezogen und verschwand. Mist! Ich eilte und eilte lautlos die Treppen hinauf, den Läufern sei Dank, doch als ich über die letzte Stufe schaute, hörte ich schon das Türschloss aufgehen, und wieder sah ich nur noch genau ein Bein von Doktor Wüllner. Ich hatte sie verpasst! Ich hatte sie verpasst! Heute verpasste ich aber auch alles. Enttäuscht und beschämt erklomm ich die letzten Stufen und hockte mich leise vor ihre Tür. Was soll's. Ich hatte ja schließlich Gefallen gefunden an meiner neuen Schlechtigkeit. Konnte ich ebenso gut hier rumhocken. Zimmer Neunzehn. So machte ich meinen Weg von Tür zu Tür.

Wie würde ich morgen wieder aufräumen müssen! Was würden sie wieder anrichten in genau diesem Augenblick. Aber die Spur, der ich gefolgt war, die Spur, die der Doktor und seine Unaussprechliche hinterlassen hatten, roch süß, sie roch nach inniger Zuneigung, der Doktor, der so schlecht aussah, ließ einen Duft von Blumen hinter sich. Aber auch Friedhofsblumen riechen gut. Wer immer da verschwunden war, hinter diesen Türen, war sehr glücklich. Ich seufzte. Ich hörte gar nichts. Ich schämte mich wieder. Konnte ich nicht schlecht sein, ohne mich zu schämen? Es lag an der Doppeltür, die Neunzehn hatte eine Doppeltür. Es gab nichts zu hören, es gab für mich nichts zu hören, recht so. Ich blieb sitzen und seufzte das Schmachten meiner ungeliebten Seele, die Tage vergingen, schnell vergingen die Tage und die Nächte langsam, aber selbst die Nächte vergingen zu schnell, um meinen Doktor Pietras noch zu halten. Oder zu kriegen. Es war jetzt endlich still im Haus. Oder? Ich saß auf dem Läufer mit den bläulichen Rosen, der mit goldenen Stangen auf dem Boden gehalten wurde, und versuchte, eine Schlinge aus dem Muster zu zupfen. Es ging nicht. Es ging einfach nichts. Nichts mehr für mich, in dieser Nacht.

Nein, da kamen unzweifelhaft wieder seltsame Töne durch die Dunkelheit. Wer wollte denn jetzt das Auftauchen von Doktor Wüllner noch übertreffen?

Es war die Nummer Vierzehn. Seidenweiche Töne. Ein sanftes, unaufhörliches Plappern. Wie ein gurgelnder Fluss. Ein Bergquell in der Pension. Das kannte ich. Es war das Plappern der Erz. Erz plapperte noch mit sich selbst. Vielleicht rund um die Uhr? Es klang wie eine Melodie. Angestrengt presste ich das Ohr an die Tür. Was erzählte sie sich, wenn keiner da war, um diese Zeit.

Ihr Mann war nicht gekommen. War es das? Wer holt mich denn vom Flughafen ab, war es das? Ach, ich fahre ja mit der Bahn. Da kann man das ganze Land an sich vorbeigleiten sehen. Ach, es war schön auf der Insel, ja, sehr schön ist Langeoog, das war ein Glücksfall hier, in diesen Wochen. Ich habe mich so erholt! Ja, ich habe sehr nette Menschen kennengelernt, stell dir vor, hier war ein Ärztekongress zur *selben* Zeit, als wir da waren, jaha … es war sehr nett … ich bin mit einem wunderschönen, weißhaarigen Internisten aus Hamburg am Strand spazieren gegangen – nein, kein Grund zur Eifersucht, Schatz, nein, … es war nur … obwohl … ich habe mich gefühlt, wie … nun ja … haha …

Frau Erz übte ihre Antrittsrede für die Ankunft zu Hause.

Es war die einsamste Stimme in der Nacht, viel einsamer als mein Lauschen. Morgen wollte ich Lale Andersen besuchen. Es war soweit. Vielleicht hätte ich Frau Erz mal mitnehmen sollen. Und das Lied vor der Kaserne, vor dem großen Tor, das passte in alle Zeiten. Dazu brauchte man nicht mal einen Krieg. Vielleicht würde ich mir mal eine Kassette von Lale Andersen besorgen.

Ich ging endlich ins Bett, und als ich im Dunkeln die Decke über mich zog, fragte ich mich, ob Lale Andersen gut lag in dem feuchten kalten Sand. Bestimmt nicht. Auch mir schien es gleich kühler zu werden in der Kiste meines Kajütchens, ich wickelte die Decke um mich und zog sie fest und roch den blassen Duft vom Leinen. Und bevor ich endlich in den Schlaf fiel, sah ich in Gedanken, wie der Schimmelreiter kam und über die Insel ritt und Lale Andersen suchte, und dann fand er sie und grub sie wieder aus und nahm sie mit und heiratete sie, da irgendwo in den grauen Wolken, wo der fliegende Robert wohnt.

Ich wurde als Zimmermädchen liederlich. Man kann es nicht anders und auch nicht schöner sagen. Dazu kam, ich war heute unausgeschlafen, zum ersten Mal. Ich fühlte mich, als hätte man mich durch nassen Sand in den Tag gewälzt. Ich wollte schon gar keinen Putzeimer anfassen, erst recht nicht einen tragen. Nicht mal sehen. Wenn man es genau nahm, brauchte ich gar keinen. Ein Staubwedel tat es auch.

Ich stakste und schlenderte bockig über den Gang, ich wischte aber gar nicht Staub, ich ließ nur den Staubwedel vor den Möbeln hin und her pendeln und sah ihm dabei zu.

Da Frau Sörensen meine Arbeit ohnehin nicht würdigte und meinen Gesang nicht genoss, konnte ich ebenso gut machen, was ich wollte. Heute wollte ich gar nichts. Es würde mir sowieso nicht von der Hand gehen. So, Laken bisschen glatt, Bett aufschütteln, mal ein Wisch übers Waschbecken, Schranktür zu, Mülleimer raus, fertig. Das war schon mehr als genug. Den Sand ließ ich in den Läufern. Oder ich schüttelte die Läufer so aus, dass die Hälfte drin blieb. In diesem Stil trödelte und bockte ich von Zimmer zu Zimmer. Meine Eintrittskarte ins Leben, na und, wenn schon. Wurscht. Ich sang auch nicht mehr, machte höchstens: Temderemtemtem. Es tat gut, liederlich zu sein. Es fühlte sich großartig an. Wenn Frau Sörensen jetzt kam und mich sah, wie ich inzwischen meine Arbeit verrichtete, dann ließ sich das halt auch nicht ändern. Sie hatte meine guten Absichten nicht geschätzt, jetzt konnte sie meinen Widerwillen ernten. Basta. Sie hatte es nicht anders verdient. Sie sollte sehen, wozu ihr Misstrauen die ganze Zeit gut gewesen ist. Damit sie hinterher sagen kann: Ja, so ist sie nun mal, faul und liederlich, wusste ich doch gleich. Jahaha.

Nur die Fräuleins, die liebte ich. Bei denen machte ich

es etwas besser. Ich zog die Laken glatter und versprühte überall Lavendelduft aus einer Dose Lukiluft. Ansonsten? Was jetzt? Vielleicht ging ich mal in den Aufenthaltsraum und inspizierte ihn, wo war der Dreck, ich sah keinen. Also beschloss ich, die Zeit für den Aufenthaltsraum abzusitzen. Ich konnte nicht anders. Ja, es war Platz genug da, und ich musste schließlich auch mal Pause machen, nicht wahr, und ich hatte mehrere Wochen Pause übrig. Da stand neben den orangekarierten wehenden Vorhängen das breite, grüne Sofa mit dem Couchtisch und den Zeitungen darauf. Ich machte mir einen Spass daraus, mich so richtig auf die Sitze zu flegeln, und irgendwo, Achtung, hatte ich sogar noch eine Zigarette aufgefischt von irgendeinem abgereisten Gast. Jawoll. Das machte ich jetzt einfach. Hier war ja doch keiner. Die Fenster standen offen, ich zündete mir die Zigarette an, legte die Füße auf den Tisch und nahm mir eine Zeitung. Hier lag die NEUE POST, SIEBEN TAGE und DAS GOLDENE BLATT. Hervorragend. Ich las und las. Ich fühlte mich großartig. Es gab etwas über Prinz Charles und Lady Diana, über Silvia Sommerlath und Königin Beatrice, ich las die Rubrik: «Wie ich auf die schiefe Bahn kam» und «Ein Herz in Not». Der abgeschlossene Roman. Sogar Kreuzworträtsel waren zu lösen. Es machte großen Spaß. Ich paffte und paffte und löste Kreuzworträtsel. Temderemtemtem. Ich war ja auch nur ein Mensch.

Ich hatte schon eine gute Weile herumgegammelt, da

hörte ich auf einmal etwas an der Tür. Leichtes Bollern, die Klinke wurde niedergedrückt. Etwas Herzklopfen hatte ich doch. Wer war da? Die große Tür mit den Gardinen schwenkte auf mich zu und war so schief, und so schief war auch mein Blick. Was kam da, wer kam da, Freund oder Feind? War es Frau Sörensen? Es war Doktor Pietras. Im blauen Hemd, leicht vorgebeugt, die Zeitung in der Hand. Heureka und Sack Zement. Ich in erstklassiger Position. Und auf einmal war mir auch das wurschtegal. Ich hatte Wurschtegal-Tag. Der wollte doch nicht wirklich jetzt hier Zeitung lesen, oder? Das machte ja außer ihm um die Zeit niemand. Oder hatte er mich gesucht? Natürlich hatte er mich gesucht! Ich beschloss auf der Stelle, nur noch das zu denken, was mir gefiel oder irgendwie schmeichelte.

– Sieh an, sagte der Doktor.

Wie einer, der gerade etwas Besonderes im Fischteich entdeckt hatte. Der Doktor hatte sich verändert. Seit gestern. Sein Blick hatte sich verändert. Ich sah es sofort. Das war der Blick, der einen an die Wand nagelte. Der einen anfasste und mit dem Brennglas versengte. Vielleicht war er böse wegen gestern. War das nicht ein drohender Blick? Er hieß auf jeden Fall: Da ist sie ja. Auch ihm lief die Zeit weg. Mein Kino-Abgang hatte sich gelohnt. Gewonnen! Gewonnen! Zum dritten Mal den Schimmelreiter. Das war den Einsatz wert. Meine Strategie hatte einen Erfolg gehabt, mit dem ich nie gerechnet hatte. Der Doktor-Doktor. Jetzt war ihm nicht mehr langweilig. Ich rutschte ein wenig höher auf meinem Sitz. Der Doktor lehnte sich betont lässig an den Spieleschrank und sagte gedehnt aus etwa drei Metern Entfernung:

– Rauchen ist ungesund.

– Ich rauche nicht.

Zum Beweis fegte ich wie beiläufig mit dem Staubwedel durch die Luft und ließ die Füße schön auf dem Tisch liegen. Der Doktor rang nach Worten, sah dabei einen Moment in die Luft. Bis er schließlich einen Satz fand.

– Sie sind aber sehr fleißig heute.

– Gott, naja, man gönnt sich ja sonst nichts.

– Soso.

– Man muss mal eine Pause machen. War spät heute Nacht.

Das schien dem Doktor gar nicht zu gefallen. Er schien beunruhigt.

– So? Wo waren Sie denn?

– Was Sie nichts angeht.

Das war frech. Mensch, war ich frech. Mensch, was hatte ich mir da erlaubt! Hohoho! Mensch, war das gut. Doktor Pietras aber kniff seine Augen zusammen und auch seine Lippen und fixierte mich, und sein Gesicht nahm einen Ausdruck an wie dort am Wasserturm, wo er mich auf den Kopf gedreht und in den Sand geschmissen und liegen gelassen hatte.

– Wissen Sie, was Sie sind, Sie sind ein Fegebesen!

Er ging tatsächlich auf mich los.

Ich schrie und wälzte mich vom Sofa und sprang auf und wollte flüchten, ich war schon an der Wand, da sprang er mir mit hochgerissenen Armen in den Weg. Einen Moment lang standen wir da und starrten uns an, breitbeinig wie Catcher im Ring. Dann kreischte ich und floh zur Seite, es gelangen aber allenfalls ein paar Sprünge, bis er mich abfing, und alles andere war ein heftiges, eckiges, ungelenkes Einwickeln in seinen Arm. Ich hielt die Luft an und war starr vor Aufregung und prustete los. Ich war ihm keinesfalls an die Brust gesunken. Nichtsdestoweniger befand sie sich jetzt unmittelbar vor mir. Meine Nase kurz vor seinem Hals und dem geöffneten blauen Hemd – wie uneben ein Hemdkragen fallen kann – darunter eine helle Fläche der mir unbekannten Haut, mit leichten rötlichen Härchen, da und dort ein Fleckchen, ich kannte ihn nicht. Jetzt begriff ich, wie wenig ich ihn kannte, wie die Physiognomie seines Körpers mir vollkommen unvertraut war, vor mir lag ein Meer von unbekannten Poren. Ich atmete tief ein. Bis dahin hatte ich nicht gewusst, wie er riecht. Er roch mir fremd. Er roch auch nicht nach Doktor. Nicht nach Jod und Desinfektion und Brandsalbe. Er roch so seltsam nach gar nichts.

Es kam mir vor, als seien unsere Knochen hölzern aufeinander geschlagen. Er hatte ungemein hervorstehende Schlüsselbeine. Meinen Blick wandern zu lassen, wagte ich nicht. Ich sah nur den Halsausschnitt, einen Teil von seiner Brust, die vor mir liegende Haut. Aber sein Griff um mein Handgelenk blieb nachhaltig fest, er hielt es so fest wie beim Brennnesselspiel, es war ein klammerndes

Begehren mit einem Schuss Rohheit, mit einer Hand, die nicht vertraute, dass ich von selber blieb.

Ich hob schließlich doch den Kopf und sah die Nase, aus meiner Perspektive leicht gebogen, sah ein Lachen auf nicht sehr breiten Lippen, ich war den Sommersprossen nah wie nie. Dann merkte ich, dass unsere Körper sich in der Länge berührten, und es wogte warm von einem zum anderen. Beinahe hätte ich mich in die Wärme einschmelzen lassen, doch auch er schmolz nicht richtig, er war begehrend klamm. Der Doktor gab mir einen Stüber mit seiner Nase. Das sollte mir gefallen. Nachdem ich darüber nachgedacht hätte. Mir wurde klar: Ich feierte noch kein Sinnenfest. Ich war viel zu erschrocken. Ich empfand: Wir waren zu hart aufeinander geprallt. Dabei musste ich doch wie von aufgeregter Freude überschüttet sein, weil er mich nun wollte, jetzt war es raus, na endlich! Erleichtert, beglückt, begehrt, am Ende etwas, das sich erfüllte: ein Erlebnis auf Langeoog! Ich würde nicht fortgehen müssen, ohne etwas erlebt zu haben, ich hatte Langeoog eingelöst, nun war es vollbracht! Und doch lag ich im Schraubstock seiner Arme und war so geplättet und verblüfft, dass dieser Zustand alle anderen Empfindungen ausschaltete. Er aber hatte solche Schwierigkeiten ganz offensichtlich nicht. Denn in weiterer Umklammerung meines Oberkörpers näherte er seinen Mund meinem Ohr.

– Kann ich Sie heute Nacht mal besuchen? flüsterte er heiser. Ich meine ... morgen Nacht natürlich, heute haben wir eine Abendveranstaltung, aber morgen Nacht, morgen, das ginge doch, oder?

Wie? Ich verstand nicht. Ich hatte nicht gehört. Es war nur das Flüstern. Flüstern wie Knistern auf der Haut. Ich gab keine Antwort. Er küsste meinen Hals und ich glaubte, ich müsste Nesselfieber kriegen. Und in dem Moment, da ich drauf und dran war nachzugeben, da mir schwindelig wurde und es drohte, mir zu gefallen, in dem Moment fühlte ich auch, dass wir nicht allein waren. Ich wusste, dass man uns sah. Jemand war da. Jemand von leichter Konsistenz. Frau Sörensen war da. Hier, direkt vor mir. Nein, über mir. Sie hing an der Decke, sie stand vor der Tür, sie schwebte in den Vorhängen, überall sah ich Frau Sörensen, sie war vor der Zeit zum Geist geworden, sie lebte aus ihren Ahnungen, und die Ahnungen manifestierten sich, Frau Sörensen manifestierte sich vor uns und um uns, und sie hatte alles gewusst, der Friesengeist, das Moorgespenst. Wie wurde ich denn nur den Schatten los, der mich begleitete, bei allem was ich tat im Deichgrafen, ob ich nun trödelte oder fleißig war, ob ich spät am Abend nach Hause kam oder mir am Nachmittag verborgene Zimmer öffnete, der Schatten lag immer über mir, ob es mir bewusst war oder nicht. Jetzt war er mir mehr als bewusst. Ich löste mich mit Gewalt aus dem Griff, der mich umschlang. Ich war keine Festung, die man im Handstreich einnahm. Ich hatte jetzt Sensoren und Ahnungen und Wanzen überall, denn gerade zur rechten Zeit waren wir auseinander, als der Gast Herr

Hammbücker und seine Frau eintraten – sie bemerkten nur noch meine hochroten Wangen und eine gewisse desolate Allgemeinverfassung, runtergefallene Zeitungen und eine verglühte Zigarette. Die nahm Hammbücker zum Anlass.

– Hamse woll mal Feuer?

Und während ich aufgeregt mehrere Male das Feuersteinchen drehte und Fünkchen sinnlos in die Gegend schossen, flüsterte mir der Doktor unmerklich zu:

– Wenn morgen Abend noch Licht bei Ihnen brennt, …

Ach du mein Gott. Ich schlug den Feuerstein, bis er lichterlohe Flammen warf und den Hammbücker halb verbrannte, der Doktor verschwand, und ich konnte nicht hinterher, nicht um zu sagen: Das geht doch nicht! Nein, halt, so haben wir nicht gewettet! Nicht mein Zimmer, nicht Sie in meinem Zimmer! Mein Zimmer ist zu klein für Sie! Sie sind viel zu groß für mein Zimmer! Sie werden mein Zimmer nicht finden! Es ist versteckt zwischen Waschmaschinen! Oder aber: Wenn Sie mich suchen – folgen Sie dem Gesang der Waschmaschinen, es sind die Sirenen auf dem Weg ins Glück!

Nein, dachte ich. Nein. Nicht bei mir. Niemand soll mich in meinem eigenen Zimmer bedrohen, wo ich im eigenen Bett nicht mehr fliehen kann. Niemand soll mir mit der Tür ins Bett fallen, nie und nie nicht! Heckenrosen, Doktor! Ein windiger Spaziergang am Meer! Ein geknickter Löwenzahn hätte schon genügt, aber so? So?! Man sieht es in allen Filmen, man hört es in allen Liedern,

Doktor, man muss ein Blümchen finden, um das Herz eines Mädchens zu gewinnen. Nur ein Blümchen, ein lausiges Blümchen, ein einziger Gang ans Wasser, und der ist nicht weit! Früher musstet ihr Drachen töten, ihr Esel. Heute soll es nicht einmal mehr ein Blümchen sein. Ist der Doktor zu doof dafür? Zu blöde? Kapiert er es einfach nicht?

Ach Doktor, wieso machst du es mir so schwer. Für eine Nacht voller Seligkeit, da gäb ich alles hin. Aber ohne Gedicht, ohne Löwenzahn, rien ne va plus. I am sorry.

Wenn auch das Herz vor Sehnsucht bricht,
mein süßer Freund, ich komme nicht.
Ich bin aus festem, starkem Holz,
es sagte nein mein Mädchenstolz.

Goldköpfchen, Band drei, von Magda Trott. Goldköpfchens Backfischzeit.

Aber wenn er es nicht begriff! Wenn ich keine Chance hatte, es ihm begreiflich zu machen! Ich musste es ihm klar machen, bevor es zweimal Nacht wurde. Bevor die Dunkelheit ihn mir vor die Tür setzte, und ich die Tür nicht zuhalten konnte und eine Truhe davor stellen musste. So viel Hebel und schwere Möbel gab es gar nicht, um ihn fern zu halten. Das wusste ich genau.

Ich war aufgeregt. Und jetzt musste ich, glaube ich, irgendetwas tun. Ich platzte vor aufgeregter Energie, die musste irgendwie abgearbeitet werden. Vielleicht räumte ich doch noch irgendwo auf.

– Schönes Wetter heute! schrie Herr Hammbücker, und seine Frau sagte nichts.

– Ja, sagte ich. Da können Sie mal einen ordentlichen Spaziergang machen! Das kräftigt die Lungen!

Dann rannte ich auf den Flur. Machte mich an meinem schönen Putzschrank mit der blauen Muschel zu schaffen. Riss Bettwäsche heraus noch und noch. Denn als nächstes wollte ich zu Doktor Wüllner gehen, der musste demnächst kommen, ich hatte schon ein Rumoren gehört hinter seiner Doppeltür, alle waren längst auf, ach Doktor, mach los ... ja, konnte ich nicht mal früher hineinplatzen ... so ganz: Oh, Verzeihung? Er konnte sie vielleicht noch bei sich liegen haben ... *sie*, die Unaussprechliche. Er konnte sie doch mal vergessen haben, aus Versehen liegen lassen, einmal barmherzig mit ihr gewesen sein und sie nicht aufgejagt haben, wenn sie endlich schlief. Sollte ich nicht wie bei allen anderen Zimmertüren einfach mal probieren – wenn kein «Bitte nicht stören» draußen hing? Die meisten vergaßen das Schild. Aber Zimmermädchen wissen, wenn irgendwo einer drin ist und wenn nicht. Jetzt waren Wüllners doch noch da, oder? Ich stand eine Weile unentschlossen mit Laken und Kissen und Abfalltüte vor der Tür. Es knickste, es klickte, ich dachte an Doktor Pietras, alle Gedanken purzelten in meinem Kopf herum, und endlich öffnete sich die Tür. Ich sprang zwei Schritte zurück. Zimmermädchen vor dem Schlüsselloch, wie unangenehm. Ich versuchte dennoch, ihm so schnell wie möglich über die Schulter zu spähen. Zu sehen, ob *sie* noch da war, die arme Frau, die in Nacht und Nebel aus dem Haus gejagt wurde. Vielleicht warf er sie einfach zum Fenster hinaus in die Büsche.

Aber der Doktor war ganz allein. Verschlafen, verdruckst, die Tränensäcke tief, der ausschweifende Mensch, der Nachträuber, der Lüstling. Er hielt den Kopf gesenkt und wankte zittrig an mir vorbei. Sie hatte ihm alle Kräfte geraubt in der Nacht, sie zwang ihn in die Knie, sie machte ihn fertig, und am letzten Tag seines Aufenthalts in der Pension war er sicher tot.

Darum grüßte ich nochmal besonders freundlich hinterher, und er drehte sich erschrocken um, er hatte mich nicht gesehen, er erstarrte irgendwie, er war kurz vorm Umfallen – und kam doch erst aus dem Bett.

– Sie ... sagte er.

Dann kam wieder Leben in ihn, und er fuhr unruhig und suchend in der Hosentasche herum, zog etwas Zerknüddeltes hervor und steckte es mir fahrig in die Schürze.

– Da. Für Sie. Für Ihr ... besonderes ... Bemühen ... in meinem Fall. Ich – ich weiß das zu schätzen. Ich bitte Sie ...

– Ach ...

Ich wusste nicht, worum er mich bitten wollte, doch war es inständig, und weil mir ebenso die Worte fehlten wie ihm, versuchte ich, ihn mit Gesten zu beschwichtigen, ich senkte meine Hand wie fallenden Schnee ... und dabei gab es doch gar nichts zu beschwichtigen, Schokoreste und Breigesudel, verrutschte Matratzen und verschobene Läufer, ausgerissene Haare überall. Uferloses Sudelmeer.

Der halbtote Doktor Wüllner verbeugte sich noch einmal tief und rannte davon, bußfertig, die Beine heftig umeinander schleudernd. Ich mochte wissen, was er auf diesem Kongress gelernt hatte. Das konnte wahrhaftig die Welt nicht sein. Ich musste mir Gedanken um ihn machen. Vielleicht sah die Frau inzwischen nicht anders aus. Vielleicht sah sie am Ende schlimmer aus. Vielleicht war sie schon knüppelkaputt. War es nicht meine heilige Pflicht, ein Auge auf das Geschehen zu haben an Wüllners letzten Tagen hier? Nicht dass er – ohne es wirklich zu wollen, aber triebhaft gesteuert – womöglich eine große Schuld auf sich lud? Dagegen waren die zerkrempelten zwanzig Mark am Ende ein schändliches Blutgeld. Vielleicht ging es in der Tat um Leben und Tod? Was, wenn ich am letzten Tag mit meiner Bettwäsche vor der Türe stand und niemand, niemand öffnete mehr? Oder wenn ich den allerletzten Abfallberg im Zimmer Numero Neunzehn nicht mehr zu stemmen imstande wäre?

Dieses waren schwere Gedanken. Überschwere Gedanken. Wer um alles in der Welt konnte mir helfen? Allmählich wuchs sich mein Wissen aus zu einer Zentnerlast.

Ich ging hinein. Dasselbe Bild wie immer. Verwüstung. Marmeladenreste, oder was immer das war. Streifen, Schmieren, Schlieren. Abgestandener gelber Schaum im Becken. Dann der Geruch von Cayennepfeffer. Es roch seltsam. Vielleicht ein geheimnisvolles Aphrodisiakum. Jedenfalls war es gesundheitsschädlich. Sie brachten sich um den Verstand. Hätte er einmal selbst ein Laken glatt-gezogen, einen Läufer gerichtet, das Waschbecken gerei-nigt. Dann hätte er nie so davonkriechen müssen. Ich ver-stand den Arzt nicht. Aber ich machte mir jetzt solche Sorgen um ihn, dass ich beinahe vergaß, dass der Doktor Pietras mich morgen in der Nacht überfallen wollte wie ein Unhold. Nicht dass er am Ende ähnlich veranlagt war wie der Doktor Wüllner. Mir wurde allmählich Angst und Bange vor diesem Berufsstand. Diese Leute sollten doch heilen! Nun, ich ergab mich. Ich gab mich stumm meiner Arbeit hin und bezog und wusch und schrubbte und fegte, ich ließ den frischen Nordseewind durch die Friesenstuben wehen und die dichten Schwaden der Nacht vertreiben. Bei diesem Wrack von einem Mann verdiente ich mir die Eintrittskarte ins Leben ganz von al-lein. Ich dankte ihm im Stillen. Vielleicht sollte er seine Schweinereien noch steigern bis zum Schluss. Für mich war es letztendlich gut, denn ich wuchs daran.

Mit der Mittagssuppe und dem dicken Erbsenbrei kroch eine bleierne Müdigkeit in mich hinein. Vielleicht war et-was in der Erbsensuppe. Vielleicht war die Erbsensuppe eine Art pürierte Vollnarkose, die mich in den Tiefschlaf versetzen sollte. Die Müdigkeit war so schwer, dass sie meinen Oberkörper hin und her schwanken ließ und mich aus dem Gleichgewicht brachte und mich hintüberwarf, so dass ich nach dem Essen die Treppe hinauf und ohne Umschweife und auf der Stelle halbrückwärts, halbvorwärts in mein Zimmer taumelte. Ich raffte mich nochmal auf, um die Fensterläden zuzuklappen und kippte gleich ins Bett. Ich sank nach hinten in den Schlaf. Metertief. Als wäre ich unter dicken Wackersteinen begraben. Ich schlief so erdenschwer, dass mir der Tag und die Nacht durcheinander gerieten, ich verwechselte den Abend und den Morgen und den Himmel und die Erde. So schien es mir auch, als ich erwachte, dass ich dicke Wackersteine anheben müsste, um zu mir zu kommen. Ich atmete schwer und wusste nicht, wo ich war und wie ich hieß und wem die Schuhe dort gehörten. Meine Wange war verdrückt und glühend heiß, die Haut schien mir in Wülsten in die Augen hineingestemmt, meine Zunge war dick und trocken.

Als ich mich schwerfällig auf die Seite wälzte, fiel endlich nach langer Zeit mein Blick auf die Uhr. Es war sieben Uhr am Abend. Ich hatte geschlafen wie in der Nacht. Ich war so verdreht, dass ich es nicht schaffte, einen Senkrechtstart aus dem Bett zu machen und die drei Meter nach nebenan zur Arbeit zu rasen. Ich hätte servieren müssen! Das Abendessen war schon vorbei! Oder fast! Heiligemutter-Clara! Auch meine Koordinierungsfähigkeiten stimmten nicht: Hand, Fuß, Kopf – wie einzeln angeschraubt. Selbst mein Hals schien mir besonders dick zu sein. Eh alles zu spät, sagte ich mir. Vorbei. Alles, was ich tun konnte, war hingehen, mich entschuldigen.

Ich erhob mich in Zeitlupe. Wusch mir das Gesicht. Es war aus und vorbei. Alles im Eimer. Mein Schwarzes brauchte ich nicht mehr anzuziehen. Also blieb ich, wie ich war, in Jeans und zerknittertem T-Shirt, warf noch die Umhängeschürze drüber und ging – den Pferdeschwanz auf halb acht und auch im Hirn alles auf halb acht – reinewegs nur noch rüber, um mich zu entschuldigen.

Kerstin und Gudrun streckten die Finger nach mir aus und prusteten vor Lachen. Gudrun trug ein schwarzes T-Shirt, eine schwarze Hose und ein Schürzchen. Sie beeimerten sich bei meinem Anblick. Auch Frau Sörensen und die Köchin kamen herbei in die Abwaschküche und schmunzelten.

– Guten Morgen! sagten sie einhellig.
– Tut mir echt leid … ich hab's voll verpeilt.
– Wie du aussiehst! Du hast das Kopfkissen auf der Backe!
– Och, joh.

Frau Bärenz stellte mir einen kräftigen Ostfriesentee hin, mit Milch und Zucker.

– Gudrun hat für Sie bedient! sagte Frau Sörensen stolz. War das nicht reizend von ihr?

Ich verstand nur langsam. Gudrun hatte bedient. Sich schwarz angezogen. War das möglich? Na siehst du. Geht doch. Warum nicht gleich.

– Oh, das hast du getan, das war klasse. Super. Echt.
– Naja. War nicht schlimm. Waren ja heute keine Ärzte da. Waren ja nur die Damen da, und die konnten nix

essen vor Aufregung, weil es morgen in die Heimat
geht.

Ach ja, das hatte ich vergessen. Es war der Fräuleins letzter Abend. Meine liebsten Fräuleins. Sie rannten schon
den ganzen Tag aufgeregt durch die Gegend. Stolz, aufgekratzt, gebräunt, zufrieden. Fast tat es mir leid. Ich
setzte mich erstmal hin und schlürfte den heißen Tee, der
ein wenig bitter an meinen Gaumen drang, mir aber langsam den Verstand klärte und mir wieder ein Gefühl für
meine Umwelt zurückgab. Dann wollte ich aufspringen,
um wenigstens beim Abwasch zu helfen. Aber Kerstin
drückte mich sanft zurück. Bleib sitzen, ey. Hat doch keinen Zweck mit dir heute. Hier, iss noch das Labskaus.

Sie hatten mir einen Rest in der Schüssel gelassen.

– Morgen gibt es Granat! sagte die Köchin stolz.

– Was denn für Granat?

– Na, unser Nationalgericht, sozusagen! Wir setzen uns
 alle schön zusammen und pulen Krabben aus. Die be-
 reite ich dann zu. Wir nennen das Granat.

Ich war so dankbar, nicht gescholten zu werden, dass ich
mich erst recht hängen ließ. Das tat gut. Allerdings wirkte der Friesentee sehr belebend. Ich wurde zusehends frischer und fühlte mich plötzlich unendlich wohl, rundherum verwöhnt. Die Faulheit wurde hier mehr belohnt
als der Fleiß. Bei Kerstin und Gudrun hatte ich jetzt einen
Stein im Brett. Sie waren in Topstimmung. Aber die Dinge zwischen uns waren ohnehin schon besser gelaufen,
seit ich dem Doktor Pietras rote Rüben über die Hose ge-
schüttet hatte.

– Sollen wir dir einen Moorgeist hineinkippen? Das tut
   gut! rief Kerstin.
Ich wusste nicht, ob das stimmte. Für mich war das wie
Schnaps zum Frühstück.
   Kerstin nahm den riesigen, kupfernen Labskaustopf,
schabte ihn ganz leer und stürzte ihn in das schwere Ab-
waschbecken. Gudrun leckte den langen Holzlöffel ab
und schielte dabei und machte Fratzen.
– Ja, trinken Sie mal getrost einen! Das stärkt! Beim Kla-
   bautermann!
Frau Sörensen schien seltsam fröhlich. Ihre Stimmungen
flogen ihr aus den Bäumen zu oder aus einem Vogelsang,
sie leuchtete über das ganze Gesicht und drehte sich
spillerig mit ihren dünnen Fesseln. Manchmal war es, als
müsste man sie anbinden, sie war allzu leicht und konnte
aus dem Fenster fliegen, wenn es ihr zu hell zumute war.
Aber als hätte sie gemerkt, dass ihre Stimme in alle Hö-
hen geschossen war, setzte sie sich jetzt erst mal ganz ro-
bust an den Tisch, drückte ihre Stimme wieder runter und
sagte in unverhältnismäßig tiefem Tonfall:
– Ach, es ist doch mal ein schöner Abend! Was haben
   wir früher immer gelacht! Wie war es lustig!
Frau Sörensen schüttelte die grauen Löckchen. Ihre
Hand, mit einem alten Ring am Finger, Fräuleinhand,
fegte in der Nähe meiner Teetasse über die blitzsaubere
Tischplatte, als seien noch unsichtbare Krümel darauf, als
müsste der Tisch gereinigt werden, bevor sie ihre Hand
darauf legen konnte. Das blaue Blut schimmerte an den

Sehnen vorbei durch die dicken Adern hindurch. Ich konnte den Kopf noch immer nicht gut heben, darum sah ich die Hand so genau. Aber dann sah ich weiter oben noch eine Hand. Eine Hand schimmerte durch die Spitzengardinen in der Tür zum Flur. Eine Hand hatte sich durchgedrückt und die Finger zum Klopfen gerichtet, dann verschwand sie wieder. Wenig später war sie wieder da. Jetzt klopfte es so zart, dass offenbar nur ich es hörte, weil ich die Hand gesehen hatte. Ich ging zur Tür und öffnete sie. Es war Frau Mackbett.

– Ja – Sie habe ich gesucht!

Ich zog mich aus der Tür heraus. Hinter ihr die Erz und Frau Heidenreich. Die vermögenden Reisenden, die heute ihre Koffer packten.

– Was gibt es denn? rief Frau Sörensen mit jubilierendem Singsang.

– Ach – sie soll uns nur mal eben zur Hand gehen, rief Frau Mackbett.

– Entschuldigung, sagte ich. Ich bin etwas verknittert, ich habe verschlafen, es tut mir leid, aber wenn ich Ihnen helfen kann.

– Nein, sagte Frau Heidenreich. Heute sollen Sie uns nun gerade nicht helfen. Wir wollten Sie nur mal eben herbitten, ohne dass andere dabei zusehen.

Wir gingen nach hinten zu den Gästezimmern.

– Es ist so, sagte Frau Mackbett.

– Sie waren immer so reizend, sagte Frau Erz.

– So lustig.

Alle nickten. Ich wurde übermäßig verlegen und trat von einem Bein aufs andere.

– Ach, sagte ich. Ich mit meinen dummen Witzen. Vielleicht ein wenig derb.

– Sie haben uns in der Seele gut getan und unsere Stimmung aufgehellt. Sie waren immer freundlich. Sie waren der reinste Sonnenschein. Und dafür wollten wir Ihnen etwas schenken.

Und so bekam ich von Frau Mackbett ein friesisches Teeservice und von Frau Erz friesische Handtücher mit blauem Ornament, Zwiebelmuster über Zwiebelmuster, Frau Heidenreich hatte ein rotes Halstuch für mich.

– Wir wussten Sie sehr zu schätzen. Bleiben Sie immer so. Sie sind ein gutes Kind.

Dann spürte ich von allen Seiten kurz und plötzlich geschlossene Fäuste in meiner Schürzentasche, und die Hände wurde offen wieder herausgezogen. Die Fräuleins winkten, und dann verschwanden sie, indem sie einen Streif von Erzens Geplapper hinter sich herzogen, der noch eine Weile in der Luft hing.

Ich war wie vom Donner gerührt, und mir schossen die Tränen in die Augen. Damit hatte ich nicht gerechnet. Dass ich eine solche Bedeutung für die Damen gehabt hatte, war mir entgangen. Ich hatte ihnen das Schicksal richten wollen, schon, aber gemacht hatte ich so gut wie gar nichts. Ich war zutiefst beschämt und freute mich zugleich über die Maßen, vollkommen unbotmäßig, so dass ich fürchtete, ich könnte vor Aufregung das Service fallen lassen. Aber ich brachte mein Service und meine Zwiebeltücher und das Halstuch wohlbehalten in mein Zimmer, zog die große Kommode auf und verstaute alles wie einen kostbaren Schatz. Die Tasse war mein Heiligtum. Die Fräuleins. Meine Fräuleins. Sie waren so großzügig gewesen. Jetzt setzte ich mich auf das Bett und steckte meine Hand in die Kittelschürze. Es knisterte und es raschelte, und was ich dann sah war – sie hatten mir ganze Scheine hineingesteckt. Ich zog sie auseinander und zählte sie, und ich fühlte mich überreichlich beschenkt. Ich zählte nochmal, und weil es mir so eine Freude machte, nochmal. Ich hatte zusammen: fünfundfünfzig Mark. Ich war überwältigt. Eine Unsumme. Mit Wüllners Schweigegeld waren es sogar fünfundsiebzig Mark. Ich war sprachlos. Fünfundsiebzig Mark! Niemals in meinem Leben, weder vorher noch nachher, jemals habe ich mich so gefreut über irgendwelches Geld, das ich bekommen habe.

Schließlich nahm ich das Geld, rollte es sorgfältig zusammen, steckte es in eine Socke und wickelte die Socke in einen Pullover – als könnte es jemand stehlen.

Gudrun und Kerstin kriegten jede fünf Mark.

Als ich in den Abwaschraum zurückkam, war niemand mehr da. Frau Bärenz und Frau Sörensen, Gudrun und Kerstin waren in den Aufenthaltsraum des Küchenpersonals umgezogen und hatten jedem einen Moorgeist eingeschenkt. Sie hatten auf mich gewartet. Ich war völlig hinüber. Verschlafen und belohnt, verwöhnt und beschenkt, alles an einem Tag. Ich war eine verknitterte Goldmarie. Ich nahm meinen Moorgeist und kippte ihn in einem Zug.

– Ou Mann, sagte ich.

– Was wollte denn Frau Mackbett?

– Ach, sie kriegte den Koffer nicht zu. Wir haben uns draufgesetzt, und dann ging es.

Frau Sörensen fasste mich vertraulich am Arm und kicherte.

– Ich habe auch schon einen Moorgeist getrunken!

– Prima, Frau Sörensen. Auf einem Bein kann man nicht stehen, sagte ich und griff nach der Flasche.

– Das ist kein Moorgeist, sagte Gudrun. Das ist der Friesentod!

Wir fanden das einen unsterblich komischen Witz und tranken fortan Friesentod. Frau Sörensen nippte allerdings nur noch, Frau Bärenz hingegen konnte mächtig einen vertragen. Kerstin und ich hatten kein Maß und kein Ziel und wechselten zwischen Friesentod und Bier hin und her und hatten in Nullkommanichts einen im Ohr. Aber das machte nichts, denn Frau Sörensen ging es auch nicht besser. Offensichtlich war sie entschlossen, aus uns Zimmermädchen an Lustigkeit doch noch herauszuholen, was herauszuholen war, und nicht kleinlich zu sein – sie würde nehmen, was kam.

– ... und dann haben wir mal ... sie prustete. Dann haben wir mal – ach du meine Güte! Die kleine Brigitte in den Speiseaufzug gesetzt und nach oben gehievt! Und oben hat Frau Bärenz gestanden und wollte das Buffet anrichten, für eine geschlossene Gesellschaft – und als sie oben den Speiseaufzug aufgemacht hat – da kam ihr die Brigitte entgegen!!!

Frau Sörensen wollte sterben vor Lachen. Hielt sich die Hände vors Gesicht und kam beinahe um. Frau Bärenz lachte auch. Frau Sörensen kam aus dem Erzählen nicht mehr heraus.

– Und was wir mit den Gästen erlebt haben! Sie glauben es ja nicht!

Sie senkte die Stimme, um etwas besonders Anstößiges von sich zu geben. Neigte sich verschwörerisch Richtung Tischmitte. Auch wir neigten die Köpfe.

– Die Herren der Schöpfung! Unsere werten männlichen Hausgäste. Mein lieber Herr Gesangverein! Wenn Sie wissen, was ich meine.

– Nee, sagte Gudrun. Wissen wir nicht.

– Naja, die *Männer*!!

Kerstin und ich sahen uns an und hoben hilflos die Schultern. Frau Sörensen wartete mit entgeistertem Blick, ob bei uns nicht bald der Groschen fiel. Schließlich haute sie wieder auf den Tisch.

– Vor den Männern!! Da muss unsereins sich ganz schön in Acht nehmen! Jaha! Die! Da kommen die hierher! Da sind die in Urlaubsstimmung! Da wollen die was erleben! Da wollen die Halligalli und Hallodri! Da denken die, es gibt Halbpension und Bedienung hinten und vorne – und dann noch so ein Zimmermädchen als Nachschlag hinterher! Das können Sie glauben! Wie die da hinter einem her sind! Da muss man sich in Acht nehmen! Da muss man, wenn es sein muss, die Beine in die Hand nehmen! Oder den Herren beizeiten auf die Finger hauen! Was glauben Sie! Was die sich denken!

Frau Sörensen geriet ins Harnisch.

– Aber denen habe ich schon so manche Rechnung versalzen. Schon manche! Wenn da einer was hat oder was will – das merke ich gleich! Das können Sie glauben! Da macht mir keiner was vor! Da bin ich hinterher, na, die können was erleben, sag' ich Ihnen! *Die* können was erleben! Frag nicht nach Sonnenschein!!

Frau Sörensen musste sich erst einmal erholen von ihrem Redeschwall und trank ihr Glas aus. Frau Bärenz nickte wissend und lachte.

– Ou ja! Da war schon was los, kann ich Ihnen sagen. Wen wir da schon aus welchen Betten geholt haben! Aus der Speisekammer! Vom Boden! Ich sag es Ihnen! Manches von den Mädels war auch nicht von schlechten Eltern …

– Ja, die haben das ja richtig drauf angelegt! schrie Frau Sörensen außer sich. Da waren ja welche dabei … da … da hat man bald gemeint, sie nehmen auch noch Geld dafür!!

– Naja, den kargen Lohn mal ein wenig aufbessern … sagte Gudrun, und wir lachten alle.

– Ich finde das nicht komisch, sagte Frau Sörensen. Und

wissen Sie, wen ich diesmal von den Herren im Verdacht habe? Dreimal dürfen Sie raten!

– Den Hammbücker!

– Nee, doch nicht den Hammbücker! Ich sage Ihnen – der Pietras! Der ist kein Guter! Der hat es faustdick hinter den Ohren! Das sehe ich dem schon an! Erst tut er, als interessiert ihn das alles überhaupt nicht, und dann – schlägt der blitzschnell zu! So einer ist das! Glauben Sie mir!

Ich wurde knallrot.

– Ja – Sie! rief Frau Sörensen und zeigte mit dem Finger auf mich. Sie brauchen sich gar nicht so zu erschrecken!! Ich weiß schon, wen der auf dem Kieker hat! Jajaja!! Aber wissen Sie ...

Sie beugte sich noch weiter vor, und der Moorgeist entfaltete seine ganze Wirkung und wässerte ihre blauen Augen, die daraufhin größer und heller wurden. Frau Sörensen wurde albern und kicherte und nahm mich vertraulich am Arm.

– Wenn was ist, kommen Sie einfach zu mir. Wir finden immer eine Lösung! Wir haben schon manche Schlacht geschlagen! Ich sagen Ihnen was, das gilt für Sie alle: niemals bücken beim Bettenmachen, wenn ein Gast in der Nähe ist! Ein männlicher Gast! Die taugen alle nichts, glauben Sie mir! Kennste einen, kennste alle! Man kann nie genug Acht geben!! Hauen Sie um sich! Treten Sie, wehren Sie sich nach Leibeskräften! Man darf sich ja nichts gefallen lassen! Nichts! Die feinen Herren! Das sind alles Ungeheuer!

Frau Bärenz schlug auf den Tisch und lachte herzhaft. Gudrun und Kerstin lachten auch herzhaft. Mir hatte es die Sprache verschlagen. Immerhin war ich es, die morgen Abend einen Überfall des Ungeheuers erwartete, und ich war mir nicht sicher, ob und inwiefern ich ihn provoziert hatte. Ich trank sofort noch einen Moorgeist.

– Will sonst noch einer?

Außer mir nur die große Kerstin. Frau Sörensen winkte dankend ab, mein Gott, nein, mir ist schon ganz schwindelig. Offenbar hatte sie auch Probleme mit dem Kreislauf. Als sie sich nämlich genügend mit ihren Erfahrungen gebrüstet und fertig gelacht und auf die Männer geschimpft hatte, stand sie plötzlich vollkommen steil auf und stand eine Weile da wie ein Eislöffel, irrte schließlich zur Seite und schien sich zur Contenance zu ermahnen. In hoher Würde bekannte sie, es sei Zeit, sich zurückzuziehen, und auch die Köchin sagte, ihr Mann warte daheim, und so verschwanden sie beide um neun Uhr.

Und das war gut so. Denn in Gudrun und Kerstin hatte ich nach wochenlanger gemeinsamer Arbeit nun plötzlich ausgezeichnete Saufgefährtinnen gefunden – hätte ich das nur früher gewusst. Jedenfalls konnten sie einen Stiefel vertragen, und wir tranken uns großartig in Stimmung, und ich rauchte mit ihnen Vanilletabakstengel. In der Mitte dick und an den Enden Papierlöcher mit Krümeln. Wir waren dabei, uns hemmungslos gehen zu lassen.

– Ein Hoch auf unsere gute alte Frau Sörensen!

– Und ein Hoch auf den Deichgrafen!

Nach dem fünften Moorgeist fingen wir an zu singen, und zwar die Lieder von der Lale Andersen: Vor der Kaserne, vor dem großen Tor. Dann: Ein Schiff wird kommen ... Und weil wir sonst keinen Text von ihr konnten, sangen wir noch: Auf der Reeperbahn nachts um halb eins. Von Hans Albers. Schließlich schlug ich noch vor: Einst ging ich am Strande der Donau entlang. Ohoohohollalalla. Aber das wollte keiner mitsingen.

Dann kamen wir darauf zu sprechen, dass wir uns gar nicht so schlecht fanden. Ja – wir beteuerten uns gegenseitig, dass wir uns im Grunde genommen schrecklich mochten, und wir überschütteten uns mit Geständnissen, was wir übereinander gedacht hatten, und nebenbei beleidigten sie noch meinen Bikini, den sie am Strand zufällig gesehen hatten und der am Oberteil einen Rüschenvolant hatte, so dass sie, vom Bikinioberteil auf meinen Charakter schließend, gedacht hatten, ich sei doof. Auch war ihnen mein Fleiß übertrieben vorgekommen, und ob ich sie eigentlich noch alle hätte, laut singend und wie im Wahn herumzuschrubben, sogar die Fußleisten hätten sie mich wischen sehen. Das war ihnen ultraspießig vorgekommen und jedenfalls sehr komisch.

Daraufhin sagte ich, dass ich nur aus rein philosophischen Gründen so viel geputzt hätte, weil ich dachte, wenn man ein Klo ordentlich putzen kann und sich nicht ekelt, meinetwegen vor Schorfresten eines anderen, wenn man also praktisch den letzten klebrigen Rest ohne Ekel-

anwandlungen fortzumachen schafft, dann käme man zu einem Bewusstsein...
- ... Hör auf!! Hör auf!! Ich fass es nicht!! schrie Gudrun!
- Da ist ja wirklich hart! lallte Kerstin.

Ich merkte, dass sie für meine Philosophie rein gar nichts übrig hatten und sie sich wanden, und dass ich an dieser Stelle nicht weiterkam, auch in der Vermittlung logischer Gedankenfolgen massiv eingeschränkt war. Deshalb ging ich zum Angriff über und sagte ihnen, dass ja ich sie für bescheuert gehalten hätte, weil sie sich so verbarrikadiert hatten und dauernd nur miteinander quatschen und dann dauernd so Sauerlandkram, ja, dass sie überhaupt gemein waren und mich regelrecht geschnitten haben, und das, wo man doch wochenlang miteinander jeden Tag arbeitet und so. Und wie ich mir vorgekommen sei! Und dass ich außerdem nicht verstehen konnte, wie man in wochenlangem Hiersein nicht einmal in die Givtbude gehen konnte, dem einzigen Ort, an dem sich die Jugend trifft.

Kerstin aber nannte die Disko eine Kommerzglitter-Kacke, auf die sie nicht stünden, und sie seien Grüne, und die gingen da nicht hin.
- Ja, aber so grün kann man doch gar nicht sein, dass man nicht wenigstens mal an den einzigen Ort geht, wo was los ist! sagte ich.

Egal, wir wollten keinesfalls weiter streiten, und Gudrun und Kerstin erklärten sich plötzlich bereit, ach, vielleicht doch mal was zu unternehmen, man konnte ja auch mal die Fahrräder schnappen und über die Insel fahren, von mir aus. Und sie hätten aber auch ein Geheimnis, das ich nicht kannte und das sie bereit seien, jetzt zu offenbaren.

– So?!

– Wir zeigen es dir gleich!! Später ...! sagten sie verheißungsvoll.

Aha. Wir gestanden uns also immer mehr und mehr. Wir konnten einfach nicht mehr aufhören zu gestehen und zu bekennen, und ich fragte mich, was für ein unergründliches Geheimnis die beiden denn wohl hatten. Jedenfalls mussten wir unbedingt noch eine Flasche Bier aufmachen. Und dann wollte ich einfach nur noch alles gestehen, was ich jemals an Schuld auf mich geladen hatte und noch laden würde im Verlaufe meines Erdenlebens. Aber was sollte ich sagen. Auch im fortgeschrittensten Alkohol-Stadium war mir klar, dass ich den bevorstehenden Überfall von Doktor Pietras verheimlichen musste, weil Gudrun und Kerstin im nüchternen Zustand nicht zu trauen war. Selbst wenn sie nur dämliche Kommentare abgaben, war das zuviel, denn ich wusste nicht wirklich, ob Doktor Pietras oder ich ein Unhold war, ob nicht Unhold Unhold begegnete und wir eine wundervolle Nacht voller Schlechtigkeit haben würden, weil ich doch unbedingt etwas erleben wollte auf dieser Insel, egal was.

Maul halten, sagte ich mir. Maul halten. Wenn es noch so schwer fällt. Doch der Drang, irgendetwas herauszuposaunen, überfiel mich derart machtvoll, war derart stark und unwiderstehlich, dass ich mich nicht mehr zurückhalten konnte und in letzter Not und zum Ersatz mit einer anderen Geschichte herausplatzte.

– Ich weiß was ganz Schlimmes!

– Was denn?? kreischten die anderen.

– Der Doktor Wüllner, der ist kurz vorm Abkratzen!!! Der Hahn schrie zum dritten Mal. Sofort bereute ich, was ich gesagt hatte, denn der Doktor hatte mir doch heute morgen zwanzig Mark Schweigegeld gegeben. Aber ich war einfach zu voll. Meine Schleusen waren geöffnet, und ich erzählte alles, was ich wusste, von Anfang bis zum Ende. Jetzt steckten wir drei die Köpfe zusammen, und wir konnten nicht aufhören und tratschten und tratschten wie ein Wasserfall. Ja, wir umarmten uns sogar und drückten uns heftig und gossen uns abermals ein und schlugen uns auf die Schultern, fanden uns gegenseitig erstmals großartig. Mir ging es schon viel, viel besser, nach der Befreiung von dieser Wissenslast. Das ging doch viel besser als bei der gefühllosen Marlies. Wer hätte das gedacht. Ich musste den beiden nur mal eine Chance geben. Manches dauert eben. Jedenfalls machten wir Witze ohne Ende. Und dann kam Kerstin auf die Idee, dass es nun wirklich an der Zeit sei, herauszufinden, wie die Alte vom Wüllner aussah und was um Gottes Willen sie in der Nacht veranstalteten und ob man die beiden noch aufhalten könnte, sich gegenseitig im Wahn zu zermatschen und zu erdrosseln. Es war schließlich unsere Christenpflicht.

– Ja da ... ja da ... fing Gudrun an.

- Da können wir ja bei uns ...
- Genau, sagte ich. Ihr wolltet mir auch noch ein Geheimnis zeigen!

Es war inzwischen halb zwölf. Wir wollten den Eintritt des Doktor Wüllner nicht verpassen. Aber ich wollte auch das unergründliche Geheimnis der beiden wissen.

- Ja da weiß ich was! sagte Gudrun.
- Was denn?
- Komm mal mit.

Wir ließen alles stehen und liegen, für den Fall, dass wir zurückkamen, und schlichen durchs Haus. Wir hatten den Moorgeist unterschätzt. Es stimmte schon, er war eher ein Friesentod. Jetzt beim Treppensteigen merkten wir es. Kerstin hatte chinesische Turnschläppchen an, aber statt darin zu schreiten wie eine Gazelle, bollerte sie die Treppen hinauf, dass es durch die Nacht dröhnte. Sie hatte einen riesigen gelbbraun geblümten Rock an, darüber ein burgunderfarbenes T-Shirt, und zog sich am Geländer hoch. Ich merkte jetzt, dass es ein Unterschied ist, ob ein kleiner Mensch betrunken ist oder ein großer. Kerstin schlingerte wie ein Schiff bei Sturm auf dem Ozean.

- Hat eigentlich einer eine Lale-Andersen-Kassette?? rief ich.
- Schschsch ... machte Gudrun.
- Ja aber ...

Es war irgendwo auf der Treppe vom ersten zum zweiten Stock, als Kerstin sich nach mir umdrehte und was sagen wollte, wahrscheinlich wegen Lale Andersen. Und es muss die Zentrifugalkraft gewesen sein oder auch die glatte Sohle des Chinesenschläppchens, oder dass sie sich nicht mehr entscheiden konnte, ob sie höher steigen oder sich umdrehen wollte und dann beides tat. Jedenfalls machte Kerstin einen übergroßen Ausfallschritt und landete auf ihrem Hintern und bollerte noch drei Stufen nach unten wie in einem Zweierbob. Gudrun und ich konnten uns einfach nicht halten. Wir schrien vor Lachen. Prusteten. Konnten nicht mehr.

Es war unausweichlich. Es musste so kommen. In unser unbändiges Gelächter mischte sich erst ein Klopfen wie von einem Stock, dann eine klägliche Stimme – und endlich kam Frau Sörensen an, und sie sah in ihrem hellen Steppmantel und mit den aufgelösten Haaren in unseren trunkenen Konturwahrnehmungen endgültig aus wie ein Gespenst.

– Was machen Sie denn da?? rief sie weinerlich. Mein Gott, Sie sind ja volltrunken! Ich bin entsetzt! Wie Sie sich benehmen! Das ist ja unglaublich!

– Es tut mir leid, sagte Gudrun. Das war nur ein Versehen. Wir wollten gerade ins Bett!

– Aber marsch!!

Kerstin saß noch immer auf dem Treppenabsatz und unterdrückte ein hysterisches Gackern.

Frau Sörensen hatte uns schon den Rücken zugedreht, als sie einen Moment Luft holte und sich wieder umwandte:

– Ich kann sowas im Haus nicht dulden! Das ist ja eine

Schande! Ich *will* nicht, dass so etwas vorkommt! Dass
Sie sich nicht benehmen können! Wir haben hier ein
kultiviertes Haus mit einem gepflegten Gästestamm,
... da – da können Sie sich hier nicht so aufführen!! Ich
weiß nicht, was das soll. ... Wirklich nicht!!

Und als sie nur noch wie ein Schatten unter dem Tür-
bogen zu sehen war:

– Wie bei den Hottentotten! Unmöglich! Sich so zu be-
trinken!

Sie trat den Rückzug an – Meter für Meter, man sah sie
noch einmal sich durch die verwehten Haare fahren.
Dann war sie verschwunden, mit sich selbst redend, wieder kläglicher werdend. Dann war es still.

– Scheiße nochmal, sagte ich.

Kerstin prustete durch zwei vorgehaltene Hände.

– Jetzt ab!

– Aber wohin denn?

Wir gingen in Kerstins orangerotes Zimmer, dessen Fenster weit offen in die Meeresnacht zeigte. Es rauschte und
sauste.

– Jetzt mal still, flüsterte Gudrun. Bis sich alles beruhigt
hat.

– Was ist denn euer Geheimnis?? fragte ich.

– Da ist es doch!!

– Was denn??!

– Na, sieh doch aus dem Fenster!!!

– Ja was denn! Abendhimmel, Sterne, Mond, ... Dünen ...

– Naaahein!! Guck doch nach unten!

Ich beugte mich aus dem Fenster und sah nichts.

– Was soll'n da sein? Alles schwarz. Dachpappe.

– Ja eben!! Kerstin schlug sich auf die Schenkel.

– Das ist es! Das ist es!

– So, sagte Gudrun. Jetzt reiß dich zusammen, Kerstin!! Nun mach!

– Pschschd!! machte sie nochmal. Das kommt uns jetzt hier sehr gelegen! Das ist der richtige Ort zur richtigen Stunde! Also los.

Sie zog den Stuhl heran, beugte sich vor und krabbelte aus dem Fenster.

– Mir nach! Los!

– Hülfe! sagte ich.

– Kannsde ruhig gehen, passiert nix!

– Ja, wo bin ich denn hier!!

Und wir kraxelten aufgeregt in der Nacht aus dem Fenster und balancierten und fanden einen nächtlichen Weg über die Dächer, der Mond leuchtete uns, und wir gerieten unter dem unübersehbaren Dachfaltengewirr der zahllosen Giebelchen auf eine beinahe ebene Fläche. Wahrscheinlich war das Haus unzählige Male umgebaut worden. Ich hatte ohnehin keinen Überblick mehr. Erst dachte ich, wir seien ganz in der Mitte auf einer Insel zwischen allen Giebeln. Aber es sah doch so aus, als thronten wir auf dem Dach über den Waschmaschinen, und nach rechts war eben kein Dach mehr, da kamen schon die Hagebuttensträucher von der Wiese.

– Wie romantisch! kreischte ich verhalten. Nein, das
darf nicht wahr sein!!
Gudrun holte ungeniert eine gebunkerte Decke unter
einem Dachvorsprung heraus.
– Hier!
Sie breitete die Decke aus, und wir warfen uns auf den
Rücken und schauten in das Firmament. So mussten sich
die Götter fühlen. Wir waren nun rundherum betrunken
von allem und allem. Ich konnte sie nur beglückwün-
schen. Das war in der Tat ein umwerfendes Geheimnis.
Um Mitternacht unter dem Himmel auf dem Dach ... die
Sterne über uns funkelten und der starke Meeresgeruch,
der Sanddorn und die Wildrosen, es wehte ununter-
brochen, wir hörten es und waren doch geschützt. Ich
war andächtig vor Bewunderung.
– Noch was zu trinken da? fragte Kerstin.
Gudrun holte eine abgestandene Flasche Selters unter
dem Dachvorsprung hervor.
– Ach, fiel mir siedendheiß ein. Der Doktor Wüllner!!
– Ja eben!! flüsterte Gudrun. Sieh dich doch mal um!
Ich schaute rings umher, und da, tatsächlich. Ich konnte
es nicht fassen. Über uns lag wie eine blankgeputzte
Zahnreihe Fenster neben Fenster des dritten Stocks links.
Wenn wir uns ein wenig reckten, dann konnten wir in
wenigstens drei davon genau hineinsehen, sofern die
Zimmerbewohner nicht die Fensterläden schlossen.
– Ich werd ja verrückt, stammelte ich. Das darf ja nicht
wahr sein.

- Das dritte von links, das müsste es sein. Jetzt müssen
  wir nur noch warten.
- Allmächtiger. Das ist ja stark.

Ich war sprachlos. Stellte mich auf die Zehenspitzen und
streckte mich, die Zimmer von Herrn Wüllner und seiner
zartfüßigen Geliebten waren schwach erleuchtet, die beiden mussten schon da sein.

- Sie sind da! Sie sind da!! schrie ich aufgeregt und hieb
  Gudrun meinen Unterarm in den Bauch.
- Wo denn? Wo denn? rief Kerstin und drängte sich vor
  mich, obwohl auf dem ganzen Dach Platz war. Ich wurde gleich wütend, denn ich hatte noch gar nichts gesehen,
  und es war doch schließlich *mein* Doktor Wüllner, der
  mir die ganze Zeit soviel Arbeit gemacht hatte. Da durfte ich auch als erste die Frau sehen. Ich balancierte auf Zehenspitzen mal nach links, mal nach rechts und konnte
  doch durch die feinen Gardinen immer nur Schatten sehen, immerhin Schatten, sie waren da, sie bewegten sich,
  sie lebten. Ich konnte sogar zwei Schatten sehen, einen
  großen, einen kleinen, wenn mich nicht alles täuschte,
  fleischfarbene Schatten. Sie gingen hin und her, schwebten, hin her, hin her, wie eine wackelnde Laterne. Mir
  wurde ganz schwindelig. Da ich wenig sah, war ich darauf angewiesen, aus dem wenigen soviel zu deuten wie
  möglich, und ich glaubte, dass der größere Schatten sich
  im Moment auflud, an Größe zunahm, es sah gespenstisch aus, ein fleischwerdender Ballon, er kam aus dem
  Fenster heraus auf mich zu, und ich ging erschrocken

Schritt für Schritt zurück und erkannte aber nicht, dass inzwischen Kerstin hinter mir in eine eigenartige Hockstellung gegangen war und ich erkannte auch nicht, dass wir bereits am Rand des Schuppendachs angekommen waren.

Gudrun zischte noch: Passt doch auf, ihr Trampel! Aber der Friesentod hatte uns langsam, dumpf und verständnislos gemacht, und auf einmal ging die schwere Kerstin hinter mir ganz in die Knie und streifte mich mit ihrem gewaltigen Blumenrock, und den Rest weiß ich nicht mehr so genau. Es endete jedenfalls damit, dass Kerstin mit einem ungeheuerlichen Plumps in die Hagebuttensträucher fiel. Es war kein lauter Plumps, eher so, als würde man mit einem massiven Palmwedel auf die Erde dreschen, und wenn ich mich recht erinnere, hat es auch nicht ein einziges Mal nachgefedert. Es knickte nur ganz ordentlich, es war ein Fegen und ein Zischen, und Gudrun und ich kreischten, und Kerstin sagte gar nichts mehr. Sie war runtergefallen, ohne einen Ton von sich zu geben. Wir sahen sie nur von oben, wie sie aus dem Strauch herausrollte und der Strauch wie ein tausendarmiger Stacheldrahtpolyp ihren riesigen Blumenrock festhielt, so dass Kerstins Oberkörper im Dunkeln verschwand, die gelben Blumen aber im Mondlicht weit ausgebreitet leuchteten.

Das Schuppendach war an dieser Stelle niedrig, und ich war noch fit vom Turnunterricht. Deshalb sprang ich ihr nach. Kerstin lebte noch und es war nichts gebrochen.

Sie jammerte nur ununterbrochen vor sich hin und hatte hunderttausend Kratzer von den Dornen, und sie streckte mir abwechselnd einen Ellenbogen und einen Fuß entgegen. Die Wildrosen umrahmten bizarr ihren Kopf. Ich half ihr, aus den Fängen der Äste herauszukommen. Gudrun traute sich nicht, herunterzuspringen und als sie nach einem endlosen, labyrinthischen Gang durch das Haus bei uns ankam, da hatte der Rock schon diverse Löcher, und Kerstin hatte Stacheln im Haar und blutete aus winzigen Wunden.

Wir hatten soviel mit der armen, gespickten Kerstin zu tun, die leise und betrunken vor sich hinschimpfte, dass wir nicht mehr sahen, ob bei Doktor Wüllner das Licht an- oder ausging, ob der Fensterladen offen war oder zu, wir sahen auch nicht, wie bei Frau Sörensen das Licht an- und ausging, wie sie den Fensterladen öffnete und ängstlich in den Garten starrte, um zu sehen, ob Wilderer in den Büschen hausten oder Einbrecher den Schuppen aufbrachen, sie lauschte und lauschte und hörte doch nur Mädchenstimmen. Da knallte sie am Ende nur noch den Fensterladen zu.

Das allerdings hatten wir gehört.

Am nächsten Morgen sah Kerstin aus wie Jesus. Feine Blutspuren und winzige Kratzer auf der Stirn ließen auf ihr Martyrium schließen. Man konnte von Glück sagen, dass sie so betrunken gewesen war, da hatte sie den Schmerz nicht so wahrgenommen. Andererseits muss man zugeben: Wäre sie nicht so betrunken gewesen, wäre sie nicht in die Hagebuttenhecke gefallen.

Frau Sörensen allerdings sprach kein Wort. Im Guten nicht. Im Bösen nicht. Ihr Hals reckte sich hoch, die Lippen waren fest geschlossen, sie rauschte Tür rein, Tür raus, stellte Tellerchen parat, frühstückte nichts oder nur in ihrem Wohntrakt. Sie hielt es nicht mehr für nötig, uns auch nur eines Blickes zu würdigen. Kein Wort des Bedauerns für Kerstins seltsame Wunden.

Inzwischen braute es sich im Frühstücksraum zusammen wie in einem Bienenstock. Mir war noch ein wenig schwindelig auf meinen hohen Absätzen, und ich dankte Gott in jeder Stunde für den frischen Nordseewind, der mir den Kopf reinigte und mich weniger leiden ließ als an jedem anderen Flecken Deutschlands nach einer durchzechten Nacht wie der gestern mit den Zimmermädchen. Alle halbe Stunde rannte ich, egal wo ich gerade war, hinaus, stellte mich in den Wind und breitete die Arme aus. Ich hatte außerdem in der Waschküche kalt geduscht, ich nüchterte aus, so schnell es ging und so gut es ging und so gründlich es ging. Bis mittags war ich rundherum wieder fit. Das wäre mir zu Hause nie gelungen. Es waren der Wind und das Meer. Einen anderen Grund weiß ich bis heute nicht.

Es war der Fräuleins letzter Morgen. Sie rannten besonders aufgeräumt im Haus herum. Hatten sich frisiert mit viel Haarspray für die Fähre. Verglichen die Fahrpläne, aßen aufgekratzt nochmal etwas ganz Besonderes, es ging heim. Sie konnten allen Leuten sagen: Ich habe mir mit diesen Ferien etwas Gutes getan, ich habe was gemacht aus meinem Leben, ich verzichte auf nichts, ich gönne mir einen Urlaub, ohne der Familie auf der Pelle zu hängen, ohne Schwestern, Tanten und Verwandten lästig zu fallen, ich kann ganz allein fahren, und ich habe mich sehr erholt! Seht ihr, wie erholt ich bin? Meine schöne braune Haut, die gesunden Wangen, ich bin so gut durchblutet. Endlich! Ich habe mich nicht hängen lassen, nein. Die Fräuleins wirkten seltsam triumphal. Ganz und gar selbstbewusst. Frau Erz sah aus wie: Na, dir werd ich's zeigen. Es musste ihr in der Nacht eine Eingebung gekommen sein. Die hatte sie dem Moorgeist zu verdanken.

Ach! dachte sie wohl. Wenn ich nach Hause komme, dann wirst du dein blaues Wunder erleben, dann mache ich Hackfleisch aus dir! Mich so zu behandeln, mich so zu vernachlässigen, du Drecksack, du hast ausgespielt! Irgendetwas war mit ihr geschehen, und ich wusste nicht was. Jedenfalls hatte sie Oberwasser. Alle Fräuleins hatten Oberwasser, als sie durch die Gänge flitzten und von all ihren Cremes und Moorbädern und Wattwanderungen und Massagen gekräftigt und verschönt nach allen Seiten grüßten. Sie waren erlöst von ihrem langen Aufenthalt, und ihre aufrichtige Freude konnte jeder spüren.

Wir standen alle im Türrahmen, als der Hausmeister

die Koffer auf den Karren lud und die Fräuleins fröhlich winkend und nur mit einem winzigen Hauch von Wehmut uns noch einmal zuwinkten.

– Und vergessen Sie nicht! Bleiben Sie so, wie Sie sind! hatte mir Frau Mackbett zum Abschied zugerufen.

Das hielt ich nicht für gut. Die Mackbett wusste einfach nicht alles von mir. Trotzdem versprach ich es der Einfachheit halber und dachte an das schöne friesische Teeservice, das ich hier nicht anrühren wollte und voller Stolz mit nach Hause nehmen durfte.

– Ahoi! rief Frau Erz überfröhlich, und auch Frau Sörensen winkte mit munterer Miene:

– Ahoi – ahoi!! Nimm mich mit, Kapitän, auf die Reise!!! So heißt es ja immer, haha!

Dann verschwanden die Damen in Richtung Bahnhof, um dort in die bunte Inselbahn zu steigen und zum Hafen zu fahren. Adieu, meine Damen.

Frau Sörensen hatte sich in der letzten Stunde emotional eingeigelt. Aber jetzt schien sie mit sich zu kämpfen. Erst sanken ihre Mundwinkel nach dem Abschied der Damen, dann sah sie uns wieder an – sie kämpfte mit sich.

– Hören Sie, sagte sie noch in der Tür. Sie haben mir gestern einen riesigen Schrecken eingejagt. Das war für Sie vielleicht komisch, für mich aber nicht. Bitte sorgen Sie dafür, dass dergleichen nicht wieder geschieht. Und jetzt wollen wir erstmal einen Kaffee trinken.

Sie hustete. Wir wollten auch nicht so sein und entschuldigten uns reichhaltig. Wir hätten nur einen Abendspaziergang machen wollen, um etwas Luft zu schnappen und wieder einen klaren Kopf zu kriegen. Da sei Kerstin über eine Wurzel gestolpert und höchst unglücklich gefallen.

– Nun denn, sagte Frau Sörensen. Schwamm drüber!

Dann lachte sie und war froh über ihre eigene Großzügigkeit.

– Dann wollen wir uns wieder vertragen, rief sie und holte tief Luft, ehe sie allen voran in die Küche tänzelte und nach der dampfenden Kanne Kaffee griff.

Die zerknitterte Kerstin krachte auf einen Stuhl. Gudrun hatte dunkle Ränder unter der Brille. Mich selbst konnte ich zum Glück nicht sehen. Als wir anfangen wollten zu frühstücken, sahen wir durch die gläserne Tür den Doktor Pietras anmarschieren. Ein heißer Schrecken fuhr mir in den Magen. Er hatte für heute Nacht seinen Überfall angekündigt. Ich musste ihm dringlich sagen, dass es nicht ging. Auf keinen Fall. Ich konnte das nicht dulden, Doktor hin, Doktor her. Er musste das verstehen. Nur, wie brachte ich es ihm bei? Ich musste es ihm jetzt und auf der Stelle sagen.

– Carla! Ein Gast ist da!!! rief Frau Sörensen fröhlich.

Ich sprang auf und schüttete Kaffee in ein Kännchen.

Aber wenn ich dem Doktor sagte, er dürfe heute Nacht nicht kommen, dann musste ich wenigstens so schön wie möglich dabei aussehen. Ich hatte große Angst, vielleicht noch nach Moorgeist zu riechen und trotz Dusche und Nordseewind noch Matschaugen zu haben oder sonstwie aus der Form zu sein. Darum stopfte ich mir rasch ein Stück Apfel in den Mund, rannte auf dem Weg zum Frühstücksraum kurz in mein Zimmer und schoss einige Tropfen Maiglöckchenduft hinter meine Ohren und rannte wieder zurück, um den Kaffee zu bringen. Zur Ablenkung legte ich einen anmutigen Gang vor.

– Na, Schönheit? sagte der Doktor. Er hatte etwas Nettes gesagt, ich war perplex.
– Guten Morgen, sagte ich mit nahezu geschlossenem Mund.
– Warum so still?

Ich sortierte Brötchen und Quark und Ei und goss Kaffee aus dem Kännchen.

– Doktor, sagte ich flehentlich. Das geht nicht mit heute Nacht!! Sie können nicht in mein Zimmer kommen!!
– Aber wieso denn nicht?
– Weil … ich schaute mich nach allen Seiten um.

Da saßen noch die Hammbückers und fünf Doktoren. Ich wollte nicht, dass die anderen Ärzte sahen, dass der Doktor Pietras bei mir Land gewonnen hatte. Aber Doktor Pietras legte ungeniert und warm und innig seine Hand auf die meine. Sofort schossen elektrische Strömungen durch meinen ganzen Körper, auch lähmte mich die Handbewegung, und einen Moment lang konnte ich mich weder rühren noch etwas sagen.

– Das geht einfach zu schnell … sagte ich lahm.
– Ich bin nur noch zwei Tage hier.

– Ja aber … ein Mann kann nicht einfach … wir haben
  uns noch nicht mal unterhalten.
– Aber wir können uns doch unterhalten, sagte der
  Doktor. Bei Ihnen im Zimmer.
– Ja aber! Wir müssen doch wenigstens …
Die Tür ging auf, und Frau Sörensen kam herein. Alles
was sie sah, war Doktor Pietras' Hand auf meiner, und
meine Hand, die darunter liegenblieb und nicht weg-
konnte, nicht wegwollte. Die verschworene Diskussion,
deren Flüstern im ganzen Frühstücksraum hing. Der
starre Blick der Frau Sörensen, die von ihren Ahnungen
folgerichtig hierher getrieben worden war.

Es war wie Hochverrat. In eben jenem Moment war
ich für immer unten durch, und ich wusste es. Der Doktor winkte ab und sagte Ach. Er lachte. Ich lachte gar
nicht, und ich war auch nicht zu trösten. Verdammt noch
mal, zischte ich. Ich wollte hier keinen Ärger. Ich wollte
hier nur ein wenig Geld verdienen und eine Insel sehen!

Der Doktor suchte mit Blicken mein Einverständnis
für heute Nacht. Ich schüttelte stumm und eisern den
Kopf, nahm mein Tablett und ließ mich auf dem Rück-
weg noch von den Hammbückers anhauen, die neuen
Kaffee wollten. Shit, dachte ich nur. Übel. Einfach übel.
Jetzt konnte ich schuften wie ich wollte, dieser Eindruck
war nicht wieder zu korrigieren, den sich Frau Sörensen
in ihrem Fräuleinsschädel zurechtinterpretierte. Sie war
nicht mehr zu sehen. Tauchte einfach nicht mehr auf. Verschwunden in ihrem Apartment. Schließlich tauschte ich

die Servierkleidung gegen Jeans und Schürze und wollte darangehen, die Zimmer der abgereisten Damen sauber und für neue Gäste wieder schön zu machen. Da kam Kerstin zu mir und sagte, ihr sei kotzschlecht und sie müsste sich ins Bett legen, ob ich nicht ihre Zimmer mitmachen könnte.

– Klar, sagte ich in vorschneller Hilfsbereitschaft, die in dem Moment nicht von Herzen kam und nur einem allgemeinen Buß- und Reuegefühl entsprang. Was sollte ich machen?

Schließlich riss ich überall wütend die Bettwäsche von den Matratzen und knallte sie auf die Erde. Ich war stinksauer über Frau Sörensens fossile Moralvorstellungen und ihr ständiges Aburteilen meiner Person. Mal war ich verdächtig, weil ich mir soviel Mühe gegeben hatte, dann wurde ich beschimpft wegen eines läppischen Besäufnisses, und jetzt musste ich mich rechtfertigen wegen eines Gastes, der seine Finger nicht bei sich behalten konnte – erschwerend kam hinzu, dass ich ihm meine Finger gelassen hatte, wo waren wir denn? Ich war volljährig. Ich war keine Hausschlampe. Ich war Zimmermädchen und hatte eine flüchtige, bislang nicht mal geglückte Begegnung mit einem Gast, der ebenfalls volljährig war.

Vielleicht sollte ich zu Frau Sörensen gehen und vernünftig mit ihr reden. Mal alles aufklären. Auf der anderen Seite hatte ich das unangenehme Gefühl, dass inzwischen Hopfen und Malz verloren war und Frau Sörensen sich in Beleidigtheit und Verbitterung erging.

Ich nahm mir vor, überhaupt gar nicht mit ihr zu reden, weil ich diese Verdächtigungen und gedanklichen Herabwürdigungen satt hatte und folglich nicht mehr bereit war, mich zu verteidigen oder zu rechtfertigen.

So schmollte und bockte und wütete ich den ganzen Morgen vor mich hin.

Wo war jetzt der sudelige Doktor Wüllner schon wieder?? Ich klopfte an seine Tür, als wollte ich sie gleich einschlagen. Im Hintergrund grunzte es. Ich verstand nicht.

– Wie bitte? schrie ich.

Da hörte ich, wie sanft ein nahezu ängstliches Tapsen herannahte und die innere Doppeltür geöffnet wurde. Dann kam Doktor Wüllners verschlafene Stimme.

– Entschuldigung. Wir schlafen noch. Wir wollen heute nicht frühstücken.

– Ist o. k.

Doktor Wüllner hatte sich verplappert. Wir. Na wenn schon. Doktor Wüllners Ausschweifungen waren mir im Moment hundertmal lieber als Frau Sörensens puritanische Anwandlungen. Immer noch spürte ich Doktor Pietras' Hand auf meiner. Ich verzehrte mich nach mehr als einer Hand auf meiner. Warum war alles so schwierig? Warum hatte ich heute so viele Zimmer? Wo war Gudrun?

Ich stapfte zu meiner Kollegin und drückte ihr zwei von Kerstins Zimmern auf. Es ging ja nicht, dass ich alles übernahm und Gudrun gar nichts. Ich fühlte mich fremd in Kerstins Gästezimmern. Das war nicht mein Stockwerk. Ich kannte die Kosmetik der Gäste nicht und nicht ihre Zeitungen, ich wusste den Duft, den ihre Betten verströmten, nicht einzuordnen, die herumliegenden Socken waren mir unbekannt. Alles war zu intim. *Meine* Leute kannte ich samt ihres Drecks und ihres Briefpapiers und ihrer aufgestellten Fotos. Bei ihnen war ich daheim. Aber hier? Ich hudelte so schnell wie möglich über alles hinweg. Jetzt hatte ich endlich jene unpersönliche Arbeitsleichtigkeit entwickelt, die Frau Sörensen offenbar vorgeschwebt hatte für das einfache Arbeitsmiteinander im Haus. Na gut. Jetzt war es mir auch egal.

Ich wurde bis Mittag nicht fertig mit allem. Man musste die frei gewordenen Zimmer heute Abend noch putzen und die Schränke reinigen. Alles musste gründlich geschehen, weil Gäste gingen und neue kamen. Das war Stress.

– Sie sind keine Putzfrauen! Darauf legte Frau Sörensen großen Wert.

Die Putzfrauen kamen samstags. Aber wenn Gästewechsel war, boten wir uns schon mal an, die Stuben auszuwischen. In der Hierarchie des Hauspersonals war die Putzfrau unter dem Zimmermädchen.

Mir war alles egal. Sollte doch mal was liegenbleiben bis zum Nachmittag. Ich hatte getan, was ich konnte. Ich musste mich auch mal zurückziehen und auf mein Zimmer gehen. Wie schön, dass man ein eigenes Zimmer hatte. Der Weg dorthin war randvoll umstellt von Wäschekörben. Ich schloss die Zimmertür, verriegelte sie und warf mich ins Bett. Ihr könnt mich alle mal, war mein letztes Wort, bevor ich einschlief.

Irgendwann klang ein furchtbares Klopfen an mein Fenster. Es war mindestens so furchtbar und gemein, wie mein Klopfen beim Doktor Wüllner, bei dem ich heute nicht sauber gemacht hatte. O Gott. Ich hatte bei Wüllners nicht sauber gemacht. In einem Augenblick erschrockenen Wachwerdens war ich ein offenes Loch für Selbstvorwürfe aller Art, und ich fühlte mich wie jemand, der Mutter und Vater erschlagen hat, was hatte ich getan? Alles. Wer klopfte da so martialisch? Es war das Klopfen draußen an der Fensterlade, dringend und bestimmt, es drang in Lauten ins Zimmer, während unter der Lade ein blendend weißer Strahl hindurchdrang, hell wie die Zimmerritze, die heute Nacht scheinen und den Doktor Pietras vielleicht doch auffordern würde, bei mir die Tür aufzubrechen. Ich würde heute Nacht im Dunkeln in mein Zimmer gehen müssen, mich im Dunkeln entkleiden, am besten gar nicht in meinem Zimmer schlafen, am besten nebenan in einem Wäscheberg. Ach vielleicht lieber doch nicht, denn fünfzig Prozent der Bettwäsche stammte von Doktor Wüllner.

Es klopfte wieder. Und wenn es schon Doktor Pietras war? Am besten, ich stellte mich tot. Ich war gar nicht in diesem Bett. Es gab mich gar nicht. Er hatte nicht warten können bis Mitternacht.

Da schrie es:

– Carla! Ich bin's! Marlies!

Ach, Marlies! Die hatte ich vollkommen vergessen. Ich stolperte aus dem Bett und riss die Fensterläden auf.

– Marlies?

– Ja! Wir wollten doch reiten gehen, hast du das vergessen?

– Wir wollten reiten gehen? *Heute*??

– Naja, nicht unbedingt heute. Aber heute habe ich Bock drauf.

– Bock drauf? Hm, jetzt direkt?

– Ja, sonst lohnt es sich nicht.

– O.k. ...verdattert drehte ich mich um und suchte nach meinen Jeans.

Alles auf einmal. Ich kam gar nicht mehr mit. Marlies stand da, vom flammenden Sonnenlicht umrahmt wie eine martialische Madonna.

– Es ist doch so heiß, stammelte ich. Willst du nicht mal die Jeansjacke ausziehen ...? Sollten wir nicht besser schwimmen gehen?

– Nein, sagte Marlies unbekümmert.

Ich fragte mich, wieso ich ihr immer gehorchte. Aber im Moment war es kräfteschonender für mich, ihr einfach Folge zu leisten anstatt Widerstand. Wenigstens rang ich ihr die Zustimmung ab, mir in der Küche noch einen Rest Kaffee einzuschütten, damit ich mich von dem Schreckenswachwerden erholen konnte. Ich schüttete ihr auch einen ein. Dann gingen wir los.

– Wo ist das nochmal?

– Och, da geht man hier immer geradeaus, da hinten ist ein Reitstall, weißt du doch.

– Wir können auch die Fahrräder nehmen.

– Ach, lass uns mal laufen.

Marlies wanderte fröhlich neben mir her und fing auf einmal an zu erzählen, was sie gestern erlebt hatte in der Givtbude, sie erzählte von Ekki und Jürgen und viel von einem Susi. Susi, weil er eine Suzuki fuhr. Soweit ich mich erinnerte, war er ein kleiner, blonder, freundlicher Junge mit einer großen Maschine. Marlies war ungemein redselig. Das kam mir gerade recht. Sie sollte stundenlang reden von allen Kerlchen aus der Disko und besonders von Susi mit seiner großen Maschine. Denn ich war immer noch reichlich benommen von allen Vorkommnissen. Schließlich kamen wir zum Reiter- und Ponyhof am Schniederdamm, wir liefen über das Gelände und suchten nach dem Kassenhäuschen.

Ein großer Kerl mit Reitstiefeln und einer Gerte in der Hand sprach uns an. Marlies regelte alles. Eine halbe Stunde mit Begleitung. Ob das o.k. sei?

Das war für mich sehr o.k. Marlies wäre gerne länger geritten. Aber ich hatte lange nicht mehr auf einem Pferd gesessen und konnte eigentlich gar nicht richtig reiten. Ich hoffte, wir würden im Stall immer nur im Kreis gehen. Aber Marlies behauptete dreisterweise, wir seien beide gute Reiterinnen und könnten ohne weiteres einen Ausflug an den Strand machen – weil sie es sich schön vorstellte, durch den Dünensand zu galoppieren und am Meeressaum durch die Wellen zu stieben.

– So wie der Schimmelreiter in der Nacht! warf ich ein.

– Ja, das geht aber nur, wenn einer von uns mitreitet, sagte der Mann.

Das war mir mehr als recht. Galoppieren. Wann war ich das letzte Mal galoppiert? Kaum je. Marlies. Aber ich konnte mich heute einfach nicht wehren. Na gut. Man musste manchmal sein Schicksal Gott anvertrauen, sonst kam man hinten und vorne nicht mehr mit.

Wir zahlten schon mal im Voraus, ließen uns Gerte und Helm geben und gingen zu den Pferden.

– Dieses heißt Arabella, sagte der lange Mann. Ach übrigens, ich heiße Fred.

– O.k. Carla. Marlies.

Ich bestieg also die schwarzglänzende Stute Arabella, die mir von Anfang an vorkam wie ein durchtrainiertes Rennpferd, etwas zart, aber gut für spanisches Hofreiten oder für die Zucht von Alwin Schockemöhle – ein einfacher, dicker, fauler Ackergaul wäre mir lieber gewesen. Marlies aber schwang sich auf ihren Braunen wie eine Amazone. Mensch, sah die gut aus. Mensch, wie manche Menschen auf ein Pferd passen – wie aus *einem* Lehmklumpen geknetet. Ob Gaul oder Motorrad, diese Dinge standen Marlies. Ich konnte sie nur bewundern, wie sie da saß, mit ihrem tollkühnen Profil vor dem blauen Firmament, Marlies eine prächtige Mähne, das Pferd eine prächtige Mähne. Das Bild war vollkommen. Wäre nur ihr Gesicht nicht hochrot gewesen und von tausend Schweißpartikelchen übersät, besonders über der Lippe – das war, weil sie sich immer so dick anzog. Ich konnte es nicht begreifen. Es war Hochsommer. Auch mir war warm in den Jeans, ich hatte sie nur zum Reiten an. Ansonsten trug ich ein dünnes, ärmelloses und bauchfreies Hemd. Marlies' Haare aber wärmten und erhitzten sie wie der rote Umhang den St. Martin. Da musste glühende Hitze herrschen unter den Haaren. Sie zog aus den Jeans ein Gummiband und flocht ihre Haare zusammen. Allein das Zusehen tat mir gut. Ich spürte es an der entsprechenden Stelle in ihrem Nacken kühler werden.

– Und hopp! sagte Fred viel zu schnell. Mir fuhr es in den Magen, als Arabella sich ganz ohne mein Zutun in Bewegung setzte und meinen Unterleib im Sattel ruckhaft nach vorne schob.

– Hach, sagte ich ganz unreiterlich.

Marlies lachte über das ganze Gesicht, ging leicht auf die Steigbügel und hob den Hintern, als ihr Pferd leicht und offenbar freudvoll zu laufen begann. Sie wendete das Pferd und folgte Fred, der aus dem Reiterhof hinaus auf den Schniederdamm ritt und am Flugplatz entlang in Richtung Osterhook. Denn wenn man sich Langeoog wie ein altes Schießeisen vorstellte, dann war Osterhook die Mündung. Wir ritten lange und gemächlich über die sanften Weglein zwischen hügeligen und sandigen Grasfeldern, ritten am Melkhörn vorbei und am Jagdhaus, ritten bis beinahe zur Vogelkolonie, und Marlies und Fred waren längst in einen sanften Trab gefallen. Ich hoppelte auf Arabella hinterher, die so nervös war, dass sie die halbe Zeit seitlich ging, dann wieder ohne Anstrengung lief und schon bald noch mehr glänzte als am Anfang. Ich stellte fest, dass ich mit meinem Hochglanzpferd keinen geistigen Kontakt herstellen konnte, es hatte jegliche Verbindungen zwischen Mensch und Pferd gekappt, ich wusste, es nahm mich nicht für voll. Ich wollte den Ritt lediglich mit Anstand hinter mich bringen, an Genuss war für mich gar nicht zu denken. Mir fiel ein: auf, auf, setzen. Auf, auf setzen. Ich fixierte die Hinterteile von Fred und Marlies und machte ihre Bewegungen nach und fasste den Zügel und den dicken Knauf vor mir mit den Händen so, wie es die kleinen Kinder auf den Spiralelefanten auf dem Spielplatz tun. Dann, als weniger Touristen um uns waren und ein sandiger Trampelpfad begann, drehte Fred den Kopf zu mir und fragte gegen den Wind, ob alles klar sei.

– Klar! schrie ich.

– Dann gut! rief Fred.

Marlies fragte er gar nicht erst. Aber unmittelbar danach hieb er seinem Pferd die Fersen in die Flanken und fiel in Galopp. Marlies, jauchzend im Element, jagte hinterher. Arabella folgte kommentarlos und ohne jeglichen Befehl meinerseits, und ich hatte zwischenzeitlich das Gefühl, auf einem wilden Kalb zu sitzen, das mehr in die Höhe als nach vorne sprang, ich verlor fürchterlich den Überblick, fiel wie ein Sack zurück in den Sattel und wurde gleich wieder hochgeschleudert. Das war einfach zuviel. Was hatte ich nicht alles mitgemacht in den vergangenen Tagen. Ich verfluchte das Pferd, so wie ich die Achterbahn verfluchte, nachdem ich Eintritt bezahlt hatte und drin saß und angeschnallt war und nicht mehr rauskonnte. Ich balancierte, ich riss die Hände in die Höhe, ich kämpfte wie ein Cowboy auf seinem Rodeobock. Wenigstens war ich wild entschlossen, nicht herunterzufallen. Ich wurde mal nach links oben katapultiert, mal nach rechts, und mir war schon ganz schlecht. Blöde Idee, sich so ein Tier untertan machen zu wollen. Welch ein Hochmut des Menschen. Ich habe mir das nicht ausgedacht, ich nicht! Hätte ich bloß mal vorher überlegt, statt hier willenlos mitzumachen, ich schalt mich selbst, ich hatte sie nicht mehr alle.

Nach einer mir endlos erscheinenden Strecke hatte ich allmählich den Rhythmus des Tieres aufgenommen, hatte verstanden, wie es sich bewegte unter mir und warum es an dieser Stelle die Beine hierhin warf und an jener dorthin, auf einmal, es war wie ein Wunder, überkam mich ein Frieden und ich hatte das Gefühl, ich könnte mich daran gewöhnen, einen Einklang finden. Mir fiel ein, was ich in einem alten Horst-Stern-Buch gelesen hatte: die Knie an den Sattel pressen und mitgehen! Wie in allen schlimmen Situationen im Leben – besser keinen Widerstand leisten, sondern mitgehen. Das Grundübel erfassen. Also ging ich mit und hob regelmäßig meinen Po und presste die Knie an den Sattel, und auf einmal ging es wunderbar! Schon hatte ich ein triumphales Gefühl, als hätte ich den Blue Mountain erklommen, ich spürte sogar die Bläue des Himmels, in der mein Kopf steckte, während um mich das Meer war, von allen Seiten, ich konnte es überall blitzen sehen, und in einem Anfall von Größenwahn stellte ich mich in die Bügel, und der Wind schoss mir entgegen und ich ritt und ritt in einem einzigen Rausch, der niemals enden sollte – so war das Leben, so war die Herrlichkeit auf Erden, so war das Meer, die Luft, die Sonne, ich war der Wind!

Und in eben diesem großartigen Moment kam Fred auf die bescheuerte Idee, nach links über die Düne ans Meer zu reiten und sein Pferd mir nichts dir nichts beinahe kopfüber nach unten zu schicken. Marlies, das Ungeheuer, folgte und sprang auf dem mit ihr vereinten Pferdeleib in großer Leichtigkeit die Dünen herab in die Tiefe.

– Vorsicht! schrie Fred mir noch zu. Das empfand ich im Nachhinein als blanken Zynismus.

Denn meine nervöse Poesiealbumsstute senkte den Kopf so tief sie konnte, und als wäre ich da nicht schon beinahe heruntergefallen, hoppelte sie auch noch quer, mehr rückwärts wie vorwärts, und mir wurde übel, ganz übel, mir saß der Helm schon schräg am Kopf. Doch kaum unten auf dem festen, nassen Meeressand angekommen, drehte Arabella gänzlich durch. Wirklich, sie hatte einen totalen Knall. Sie bäumte sich auf, sie schäumte, schoss los wie ein Raketenfehlstart, und ich registrierte nur noch einige brutale Schläge, ich sah und hörte das Meer nur noch wie aufgeschlagenen blauen Schaum an mir vorbeiflatschen, dann schoss ich endgültig und zum letzten

Mal in die Höhe, machte eine Art Vogelflug und segelte kopfüber auf den harten Sand. Da hört sie das Rauschen der Donau nicht mehr. Es war schwarz. Beerdigung. Lale Andersen, ich komme. Finstere Gardinen hatten mir das Bewusstsein meilenweit versperrt. Ich wusste nicht, wo ich war. Ich wusste nicht, wie ich hieß.

– Ey! hörte ich irgendwo. Ein sanftes Klatschen. Das war mein Gesicht.

Ich lallte etwas. Wer bin ich, oder so.

Ein Schmerz links oben an meinem Schädel unter dem verrutschten Helm. Das Pferd war weit weg. Ich befand mich in einer Gemütsverfassung zwischen Verstörung, Orientierungslosigkeit und schwerer Beleidigung. Wer hatte mir das angetan, ich war unschuldig, wieso musste mich das Schicksal auf den Kopf schlagen bis zur Besinnungslosigkeit, ich hatte niemandem etwas getan. Wollte nur mal ein wenig lustig durch die Gegend hoppeln. Tränen stiegen mir in die Augen. Es war Marlies, die vom Pferd abgestiegen war und es am Zügel festhielt und die bei mir stehen blieb, während Fred versuchte, Arabella einzufangen. Von mir aus konnte Arabella übers Meer nach Borkum schwimmen. War mir doch egal. Sie konnte mir gestohlen bleiben. Ich wollte nach Hause.

– Marlies, ich gehe zu Fuß nach Hause.

– Ja, kannst du denn laufen?

– Geht schon wieder.

– Meinst du?

– Mein Gott, ich habe ja keinen Schädelbasisbruch.

In einem Anfall unangebrachter Tapferkeit stand ich auf, schwankte einen Moment hin und her, sah einige Sternchen um meinen Kopf tanzen und wandte mich Richtung Westen.

– Sollen wir nicht jemand rufen, der dich abholt?
– Wie denn? Langeoog ist autofrei. Da fährt nichts.
– Aber wenn du eine Gehirnerschütterung hast?
– Habe ich nicht. Ich kann ja noch geradeaus laufen und alles sehen.
– Aber wenn man vom Pferd gefallen ist, soll man gleich wieder aufsteigen, sonst reitet man nie wieder.
– Wer sagt, dass ich ein Interesse habe, je wieder zu reiten – der blöde Gaul?

Es war zu weit, um zurückzulaufen. Aber ich wollte um keinen Preis wieder auf das Pferd. Wir warteten also auf Fred, der mit Arabella zurückkam, die auch um keinen Preis wieder jemanden auf sich dulden wollte. Arabella und ich waren uns vollkommen einig. Schließlich setzte Fred mich auf Marlies' dicken Gaul, ging selbst zu Fuß nebenher und führte Arabella. Der Ausflug war vorbei. Marlies trabte mal vor, mal zurück, und Fred hielt uns einen Vortrag, dass wir ihm offen und ehrlich über unsere Reitkenntnisse hätten berichten sollen, er trage hier die Verantwortung, und bei diesen Voraussetzungen hätten wir erst einmal auf dem Reitplatz anfangen sollen, statt gleich einen Galopp am Meer zu riskieren. Allerdings sei Arabella auch kein einfaches Pferd, und gewiss habe sie gespürt, dass ich nicht reiten kann und Angst vor ihr habe, sonst wäre sie nie so ausgebrochen. Und ob mir wirklich nichts passiert sei?

– Nee, sagte ich maulig und saß auf dem breiten Rücken des braunen Pferdes wie im Wohnzimmersofa und schwankte hin und her.

Und als hätte ich es nicht geahnt, saß Fred schließlich doch wieder auf, und wir mussten leicht traben, alles was ich nicht wollte, aber auf diese Weise kamen wir wenigstens früher nach Hause. Mit äußerster Verächtlichkeit warf ich auf dem Reiterhof Helm und Gerte in den Stall und drehte mich auf der Stelle um – ich wollte heim.

– Heute Abend in der Givtbude? fragte Marlies noch.

– Bei aller Liebe! rief ich. Bei aller Liebe!

Und dass ich auf dem Zahnfleisch ginge und mich lieber hinlegte, und dass ich mal ausruhen müsste, sonst sähe ich bald aus wie der Doktor Wüllner. Sie sollte einstweilen allein in die Givtbude gehen, denn dort treffe sie sicherlich ihren geliebten Susi, mit dem sie dann irgendwann auf dem Festland einen Ausflug auf seiner heißen Suzuki machen könnte.

– Naja, sagte Marlies und zwinkerte.

Dann ging ich zurück in den Deichgrafen. Ich war wirklich gerädert und wie durch den Wolf gedreht. Was war eigentlich los? Gestern fiel Kerstin vom Dach, und heute fiel ich vom Gaul. Was würde als Nächstes kommen? Wer würde morgen irgendwo runterfallen? Aller guten Dinge sind drei. Aber man sollte den Teufel nicht an die Wand malen.

Um vier Uhr war ich zurück im Deichgrafen und betrat das inzwischen heißgeliebte, stattliche Backsteinhaus durch die Tür zu den Waschmaschinen, wo sich die Bettwäscheberge hochtürmten. Ich wollte gleich wieder in meinem Zimmer verschwinden, mir blieb ja noch eine Stunde. Da tönte das glockenhelle Rufen der Frau Sörensen.

– Carla?? Gut dass Sie kommen. Es muss noch sehr viel gemacht werden in den Zimmern! Kerstin hat heute morgen gefehlt, und gleich kommen doch die nächsten Gäste! Der Hausmeister ist schon unterwegs, die Koffer zu holen! Können Sie bitte rasch das Zimmer Fünfzehn machen? Bitte, es muss picobello sein!

Ich wagte nicht zu widersprechen. Der Drang in ihrer Stimme, die Not in der Fräuleinskehle, die Lust, mich irgendwie zu bestrafen. Es machte mir nichts aus. Ich wollte gerne ihren Frieden wieder herstellen. Ich stellte mir ihr Leben verdammt schwer vor. Also setzte ich mich nur einen Moment benommen auf den Stuhl, legte mich ganz kurz wieder auf das Bett. Sah Sternchen. Als ich lag, dachte ich, so leicht komme ich nicht wieder hoch. Tatsächlich musste ich kämpfen, mein Schädel schmerzte, irgendetwas war nicht in Ordnung. Alles schien mir einen Moment schwarzweiß zu sein, mein schönes, schilfgrünes Meerjungfrauenzimmer, das ich so liebte, sah aus wie in einem alten Fernsehapparat. Dann wurde es besser. Ich rappelte mich hoch, warf die Schürze über und kletterte die Treppen hinauf, fischte nach dem Schlüsselbund und suchte den kleinen Schrankschlüssel für den weißen Muschelschrank. Zimmer Fünfzehn. In Ordnung. Das Zimmer war voller Meeressand. Sand auf dem Boden, Sand unter dem Bett, Sand in den Bettritzen, Sand auf den Fensterbänken. Der Wind warf alles voll. Doch als ich mich bückte, schmerzte mein Kopf ganz fürchterlich, und die Welt begann zu wackeln.

Mir schwante, dass ich mehr hatte als eine Beule am Kopf. Die Sache wurde mir unheimlich. Ich machte recht und schlecht das Zimmer, entfernte allen Sand, fegte, saugte, putzte. Ich wollte mich nicht lumpen, niemanden im Stich lassen. Nicht protestieren, nicht Öl ins Feuer gießen. Doch als das Zimmer Fünfzehn fertig war, beschloss ich, Frau Sörensen zu fragen, ob ich einen Arzt aufsuchen könnte.

Frau Sörensen stand in ihrem kleinen Büro und kämpfte mit den Aufnahmeformularen.

– Frau Sörensen, fragte ich leise.

– Ja, bitte?

Sie sah mich eigenartig flehentlich an. Als sei jede Frage eine zusätzliche Verwirrnis, ein Faden, der ihren Gedankenknäuel weiter durcheinander brachte, eine Störung, die das Kartenhaus ihrer Gedanken zum Einsturz bringen würde. Auf den Wangen hatte sie zwei kreisrunde Fleckchen, Frau Sörensen in heller Panik.

– Frau Sörensen, es ist so … ich habe heute einen Ausritt gemacht und …

– Ja muss das denn sein? Ausgerechnet heute??

– Naja, ich dachte ... es ist doch freie Zeit ...
– Am Tag von An- und Abreise muss man sich bereit-
  halten! Da gibt es viel zu tun! Habe ich Ihnen das nicht
  gesagt?
– Jajaa, lenkte ich ein. Ob sie es gesagt hatte oder nicht,
  ich wusste es nicht mehr.
– Und ... ich bin vom Pferd gefallen ...
– Ja, aber Carla!!

Frau Sörensen schien mich am Kragen packen und
durchschütteln zu wollen. Es schien nicht mehr um das
Handhalten mit Doktor Pietras zu gehen. Es ging heute
nur ums nackte Überleben. Sie wollte nichts hören vom
Pferd.

– Das können Sie mir doch ein andermal erzählen ... !!!
  Ich bin hier mitten in den Reservierungen und muss
  auch noch ... die kommen doch gleich ... ich muss ...
  sie wühlte kopfschüttelnd in den Papieren, zog fahrig
  eine Klammer heraus, stockte dann und sagte:
– Sagen Sie, haben Sie den Hausmeister gesehen? Bitte,
  Carla, rufen Sie mir sofort den Hausmeister! Die Koffer!!
– Ja, mache ich, ich wollte nur ... mir tut der Kopf so
  weh ...

Frau Sörensen riss ihre hellen Augen noch weiter auf,
weiter konnte man sie nicht aufmachen, und sie starrte
mich an, als hätte sie so etwas noch nicht gesehen. Ich
weiß nicht, ob sie besorgt war oder empört – doch, es war
Empörung, Empörung darüber, dass ich ihr in diesem

ganzen Wust von Arbeit noch eine ungeplante Verletzung aufbrummte, ich konnte ihren Gesichtsausdruck kaum deuten – doch vor die verzweifelte Frage gestellt, welche Entscheidung sie jetzt treffen sollte, starrte sie mich einen Moment lang an, dann drehte sie sich einmal um die eigene Achse und lief davon.

– Herr Hansen! Herr Hansen! hörte ich noch. Ich muss den Hausmeister suchen! Ich muss den Hausmeister suchen.

Ich wagte kein weiteres Wort mehr über meinen Kopf zu verlieren. Ich ging wieder hinauf, um die Zimmer fertig zu machen. Setzte mich zwischendurch immer mal wieder hin. Stopfte die Laken unter die Matratzenecken, glättete das Leinen, zog die Gardinen in gleichmäßige Falten. Endlich war alles gerichtet. Die Gäste konnten überall einziehen. Es wehte frischer Wind durch die Friesenpension, als hätte hier nie zuvor jemand gewohnt.

Kerstin war wieder da. Sie meldete sich von den Toten zurück. Feierte Auferstehung. Ihre feinen Verletzungen am ansonsten vollkommen unversehrten großen Körper verliehen ihr etwas Zerbrechliches. Maria durch ein' Dornwald ging. Ich flüsterte ihr zu, dass ich vom Pferd gefallen sei und dass mir der Schädel dröhnte.

– Ja, da musst du dich doch jetzt hinlegen! rief sie besorgt.

– Kannst du für mich bedienen?

Aufgeregt wehrte Kerstin mit beiden Händen ab. Ihre Nasenflügel weiteten sich, und die Augenlider hoben sich bis zum Anschlag, als hätte ich von ihr verlangt, ein Huhn zu köpfen. Kerstin schien es für die absonderlichste und tollkühnste Zumutung der Welt zu halten, heute und an diesem Tage ein paar Kaffeetassen in den Saal zu schleppen: nein und nochmals nein. Das kann sie nicht. Gudrun war schon beim Granat pulen. Ein Berg von Krabben lag vor ihr. Wir setzten uns eine Weile zusammen mit Frau Bärenz, und Frau Bärenz hatte den größten Spaß, uns beizubringen, wie man Krabben auseinanderschält. Langeooger Leibgericht.

Ein ganzer Berg von orangerosa Würmchen mit tausend knisternden Fühlerchen und Panzerchen lag vor uns und wartete, geknackt und auseinander gezerrt zu werden. Gudrun war äußerst geschickt. Frau Bärenz hatte einen Affenzahn drauf. Bei mir blieb immer die Hälfte vom Krabbenfleisch im Hinterteilchen stecken. Ich war ganz und gar nicht bei der Sache. Neben mir der Berg von durchsichtigen, rosigen, knisternden Leichenschälchen. Ich war allerdings froh, dass ich wenigstens sitzen durfte.
– Das ist jetzt noch mal ein Festessen für die Ärzte. Die reisen doch übermorgen ab. Und für die neuen Gäste ist es eine Begrüßung, sagte Frau Bärenz.
Ich war erschrocken. Übermorgen. Schon übermorgen. Ich hatte die Abreise irgendwie verdrängt. Übermorgen würde mein nichtswürdiger sommersprossiger Gynäkologe für immer verschwunden sein. Mein knochiger Rennfahrerverschnitt, der taubstumme Bodyguard, der gelangweilte Inselverächter, der sich überfallartig auf

Zimmermädchen stürzte. Es tat mir herzlich Leid um ihn. Was hätte man alles machen können. Und jetzt blieben uns nur noch zwei Tage, und ich hatte ein Loch im Kopf. Ich wurde sentimental. Am allermeisten ärgerte ich mich über meine mangelnde Klarheit betreffend die Frage, was ich über Doktor Pietras denken sollte.

Als erstes nahm ich den Eimer voller knisternder, durchsichtiger Leichenschalen mit tausenderlei Beinchen und kippte sie auf den Kompost. Dann wusch ich mir die Hände und zog mein schwarzes Dienstmädchenkleid an. Schwarzer Rock. Schwarzes Hemd. Weißes Schürzchen. Meine schwarzen Wildlederpumps mit den Fesselriemchen.

Frau Bärenz drückte mir ein volles Tablett in die Hand, und ich zog los und merkte auf der Stelle, etwas stimmt nicht. Ich konnte nicht geradeaus laufen. Bevor ich noch den Ärzten etwas auftischen konnte, ging ich selbst zuschanden. Gleich würde ich mitsamt dem ganzen Tablett durch die Gegend schleudern und ohnmächtig, aber elegant dem Ärztekongress vor die Füße sinken. Welche Ärzte würden sich auf mich stürzen, welche? Würde es Doktor Pietras sein? Wäre er der erste, wahre, schnellste vor Ort, der mich hinaustrug und irgendwo hinbettete, wo er mir mit sanften Händen das Haar zurückstrich und sagte:
– Wo tut es denn weh?
Ja, das wünschte ich. Das wünschte ich wirklich. Es war Zeit, sich einer Ohnmacht hinzugeben. Auch glaubte ich,

der Ohnmacht tatsächlich näher zu kommen. Schon lief ich hin und her und servierte den neuen Gästen, Herrn und Frau Doktor Friedrichsen, das Abendessen. Doktoren der Philologie. Knapp daneben. Es gefiel mir, mich schwindelig zu fühlen. Ich wollte mich schwindelig fühlen. Ich träumte vom Doktor, der mich auffing. Aber leider fiel ich nicht. Ich fiel noch lange nicht. Die Doktoren Freitag kamen und gingen, Hammbückers kamen und gingen, Friedrichsens hatten längst aufgegessen, da erst kam Doktor Pietras – als Allerletzter. Setzte sich in seine hinterste Ecke wie immer, damit ich nur ja weit laufen musste, und ich beschloss, ihm anmutig entgegenzuschwindeln.

– Hallo Doc.
– Sie sehen aber blass aus. Ist Ihnen nicht gut?

Er hatte es gemerkt! Er hatte es gemerkt! Das war schon mal sehr gut! Mein Stern stieg.

– Ja … ich hatte einen Unfall. Ich bin gestürzt. Vom Pferd.
– Ach du lieber Gott.

Doktor Pietras kniff die Augen zusammen und starrte auf die Tischdecke. Wahrscheinlich überlegte er, ob ihm mein Schicksal irgendwie in die Quere kam.

– Naja, man muss etwa hundertmal vom Pferd fallen, dann kann man's. Gar nich ignorieren, wie wir bei uns sagen würden. Einfach weiter.

Ich sah Doktor Pietras mit sanfter Wehmut an.

– Ich bin auf den Kopf geschlagen. Ich war ohnmächtig. Bewusstlos. Lange, glaube ich.

Doktor Pietras kratzte seinen Kopf. Es wurde eng für ihn.

– Ja, aber. Das kommt einem manchmal nur so vor. Ein kurzer Blackout. Der Schreck. Und schon glaubt man, eine halbe Stunde weggetreten zu sein. Aber das täuscht. Das erste, was verloren geht, ist das Zeitgefühl.

– Ich habe nicht das Zeitgefühl verloren, sondern mein gesamtes Bewusstsein mit allem drum und dran! rief ich wütend.

In Sachen Verantwortungslosigkeit erhielt der Doktor acht Punkte. Nahm mich denn keiner hier für voll?

Doktor Pietras ergriff wieder meine Hand.

– Wie ist es mit heute Abend? Ich würde Sie gern sehen.

Er wollte mich gern sehen. Ich war, gelinde, außer mir.

– Ich habe ein Loch im Kopf! Und Sie sind Arzt! Das mindeste, was man mal macht, ist Puls fühlen oder so!

Der Doktor ließ meine Hand nicht los.

– Ich spüre Ihren Puls ganz genau ... Im Übrigen hat das Ganze Ihrer Schönheit keinen Abbruch getan ...

Daraufhin haute er mir mit der anderen Hand auf den Hintern.

Doktor Pietras war und blieb ein Mistbock. Bis zur letzten Stunde machte er es mir schwer, ihm eine Nacht voller Seligkeit zu schenken. Er verdarb einfach alles. Ich hätte heulen können! Stattdessen fegte ich ihm wütend einen Haufen rosaroter Krabbenleibchen entgegen, knallte ihm ein Bier vor die Nase und sagte:

– Prost!

Dann rauschte ich ab. Ich gab ihm keine Gelegenheit mehr, etwas zu sagen oder zu fragen bezüglich der heutigen Nacht, einer anderen Nacht, irgendeiner Nacht. Geschweige denn bezüglich eines Tages, des einen, der noch blieb. Klamm setzte ich mich in die Küche und umarmte mein Tablett. Verloren, sagte ich mir. Wenn ich ihn nun nicht so ernst genommen hätte. Aber jemanden mit einer Kopfverletzung zu veräppeln, das ging zu weit. Schade, schade. Es hatte keinen Sinn, ihm zu erklären, was er falsch machte. Er kapierte es einfach nicht. Strafte mich und sich. Depp von einem Arzt. Mir war kalt. Frau Sörensen rauschte stumm mit fliegenden Löckchen und wehendem Faltenrock durch den Raum, als hätte sie Rollen an den Füßen. Ich war – wie so oft – Luft für sie. Vielleicht hatte sie uns wieder Hand halten sehen. Mir doch egal. Es war weniger als nichts gewesen, was sie gesehen hatte. Weniger als nichts. Schlimm genug, dass sie nicht *mehr* zu sehen gekriegt hatte! Auch meine Zeit auf Langeoog währte nicht mehr ewig. Ich hatte nichts erlebt. Das war das traurige Ende. Wollte ich nicht lieber etwas Schlechtes erlebt haben, lieber als gar nichts?

Sollte ich nicht einfach sagen: Ist doch egal, ob der Doktor Mist redet oder nicht, wenn er mir nur eine Nacht lang dient? Lag es denn in meiner Verantwortung, ob er doof war oder nicht? Aber was ich auch machte, es war gleichgültig. Ich konnte Doktor Pietras durch die Türgardinen sehen. Er wirkte unzufrieden. Er hatte schon lange aufgegessen. Er saß genauso da wie ich. Vielleicht wollte er noch etwas. Vielleicht dämmerte es ihm, dass er etwas versiebt hatte. Bei mir hatte er ja wenigstens noch Chancen gehabt in der Kürze. Bei Marlies und Gudrun erwartete ihn höchstens eine Bratpfanne vor dem Kopf. Die konnten ihn nicht leiden. Ich litt mit Doktor Pietras mit, der jetzt dasaß und alles versiebt hatte. Aber ich konnte nichts mehr tun. Der letzte Gast war satt. Gott sei Dank. Das Geschirr abräumen sollten gefälligst die anderen. Ich war Vollinvalide. Ich zog die hohen Schuhe aus und wollte auf mein Zimmer verschwinden, um die Jeans anzuziehen. Da hielt mich Frau Sörensen zurück und sagte scharf:

– Carla! Oben im dritten Stock fehlen auf den Zimmern die Abfalltüten in den Abfalleimern. Erledigen Sie das bitte noch!

Einen Moment lang war ich empört. Hatte eine freche Antwort auf der Zunge. Mach doch selbst! Oder: Hat Zeit bis morgen! Oder: Ich kann nichts für die Zudringlichkeiten vom Pietras, und ich habe sie bislang nicht erwidert! Sie Moralschachtel! Beleidigte Leberwurst! Was kann ich dafür!

Aber bitte. Wechselte ich eben noch die Abfalltüten. Mir doch egal. Wenn es der Dame beliebte. Wenn es wichtig war. Gut, dann ging ich eben nach oben. Aber ich zog weder meine Schuhe wieder an, noch tat ich sonst was. Ich ging wie ich war, im schwarzen Rock und barfuß, die Treppe hinauf, fummelte am Schlüsselbund und holte frische Tüten aus dem Schrank. Mensch, musste es wichtig sein, Abfalltüten in die Zimmer zu bringen. Was sollten diese Gäste, die alten und die neuen, denn heute noch wegschmeißen? Doch allenfalls 'ne Seifenschachtel. Zeige mir deinen Abfall, und ich sage dir, wer du bist. Hatte Frau Sörensen etwa nach mir die Zimmer kontrolliert? Wohl. Ich dachte mir: Wenn die Gäste eines nicht schätzen, dann, dass man rund um die Uhr in ihren Zimmern rumwurschtelt und dauernd hereinriecht. Wer will schon ein Zimmermädchen sehen? Wir waren unsichtbar, das war der Job. Aber bitte, brachte ich eben die Abfalltüten. Ich hatte ja sonst nichts zu tun, nicht wahr? Allerdings der Doktor Wüllner. Siedend heiß fiel mir ein, dass ich heute Morgen gar nicht bei ihm war. Er hatte ausschlafen wollen, hatte er mir ja gesagt. Das ist in anderen Fällen auch nicht schlimm. Die Leute schlafen aus, machen sich dann das Bett selbst, und das war es schon. Alles paletti. Aber beim Doktor Wüllner! Der verkam in seinem Unrat! Den konnte man doch nicht einen einzigen Tag in seinem Gesudel alleine lassen, den Sudelwüllner. Der Doktor Schmuddel. Meine Güte, bei dem musste ich wirklich noch mal ins Zimmer. Ich hatte immer noch keine Schuhe an. Wer weiß, was ich jetzt vorfinden würde. Wenn es eben an der Schmerzgrenze war, würde ich alles so lassen. Wenn es über der Schmerzgrenze war, musste ich noch schnell den einen oder anderen Handgriff machen, sonst verlor ich morgen früh den Überblick. Dann hätte ich nicht mehr so viel Zeit. Wir waren voll belegt.

Ich klopfte und hörte nichts. Klopfte nochmal. Hm. Er war wohl nicht da. Aber. Ich hatte meinen Schlüsselbund. Also gut. Ich fasste mir ein Herz, nahm meinen goldenen, dicken Rasselbund und steckte den Schlüssel in Wüllners Doppeltür. Ich atmete heftig. Rechnete damit, ihn ohmächtig oder dahingeschieden vorzufinden. Mir klopfte das Herz bis zum Halse.

– Hallo? fragte ich nochmal. Hallo?

Da stand die Kleiderschranktür offen. Dahinter ein männliches Hosenbein. Es war der Doktor. Er stand noch. Gott sei Dank. Er richtete sich gerade seinen Schlips. Der Schlips war gerade und schön anzusehen. Der Rest von Doktor Wüllner war vollständig verknüddelt. Mürrisch blickte er hinter der Kleiderschranktür hervor.

– Oh, ich bitte tausendmal um Entschuldigung, sagte ich betreten. Aber ich habe heute morgen bei Ihnen gar nicht sauber gemacht …

– Oh, ist mir gar nicht aufgefallen. Setzen Sie sich doch.

Da konnte man sehen, wie durcheinander er war. «Setzen Sie sich doch.» Ich war Zimmermädchen.

– Nein, ich wollte ja nur mal schauen, ob ich noch was aufräumen muss.

– Naja …

Doktor Wüllner ließ unkonzentriert den Blick durch das Zimmer schweifen.

– Es ist schon … man könnte vielleicht ein wenig … wissen Sie, ich erwarte gleich noch Besuch, da ist es vielleicht besser …

– Selbstverständlich. Ich hole nur eben Handtücher und so.

Doktor Wüllner nickte dankbar. Ich warf einen Blick auf sein Bett. Es war wieder von bräunlichen, schmierigen Streifen übersät. Lasch und lahm und resigniert stand ich davor. Wieder alles neu beziehen? Für von jetzt bis morgen? Ich war drauf und dran zu fragen, mein Gott, was machen Sie da eigentlich. Aber hatte ich eine Wahl? Es war wieder einmal einfacher, das Notwendige zu tun, als sich vernünftig dagegenzustemmen. Es dauerte ja nicht mehr lange, und man konnte froh sein, Doktor Wüllner lebendig wieder heimzuschicken, also was soll's?

– Ich komme gleich wieder.

– Ich kann Ihnen helfen! rief der Doktor eilfertig und fing auf einmal an, die Knopfleisten aufzumachen.

Ich war gerührt. Eigentlich war er ganz süß, der Wüllner. So hilflos. So verlegen.

– Nee, Doc. Das brauchen Sie nicht. Ich mach das schon.

Ich ging zum Putzschrank. Hätte ich doch Schuhe angezogen. Egal. Manchmal war alles egal. Ich kam zurück ins Zimmer in einer Mischung aus Rührung und fürsorglicher Aufwallung – wer weiß, was in ihm vorging, so wie ihr richtet, so werdet ihr gerichtet werden, der arme Doktor. Tatsächlich hatte er bereits das ganze Bett abgezogen. Na gut, das schadete ihm ja nicht. Ich schaffte den Berg vor die Tür, schloss sie wieder, und faltete das aprilfrisch duftende Laken auseinander. Das Laken tat mir jetzt schon Leid. Doch als ich mich über die Ecken und Enden der Matratzen beugte, wurde mir plötzlich schwindelig, es flimmerte vor meinen Augen. Und alles, was passiert war am vergangenen Tag, stieg mir zu Bewusstsein, niemand hatte sich geschert, dass ich beinahe zu Tode gestürzt war, jetzt verlor ich womöglich das Augenlicht, ich sah nichts mehr, ich schnappte nach Luft und unvorhergesehenermaßen sank ich betäubt auf Doktor Wüllners Bett.

Es war gut, dass ich nicht ganz bei Verstand war. Sonst hätte ich kapiert, in welches Bett ich in endloser Zeitlupe sank. Wie gruselig. Aber wenigstens war es gut, dass ich keine Schuhe anhatte. Ungemein schwarzweiß war die Welt. Alles schwankte. Ich hatte Angst. So etwas hatte ich noch nie. Dann sah ich wieder Schemen, und diesmal eine pfeilschnelle Bewegung, sie kam vom Doktor Wüllner, wie ich ihn noch nie gesehen hatte, behend, präzise, vollkommen wach. Er griff in sein Jackett, stürzte auf mich zu und hielt mir den Nacken, bevor am Ende der Zeitlupe noch mein Kopf in seine Kissen fiel.

– Mein Gott, was ist denn?

Ehe ich es begriff, lag ich in den leichenweichen Händen und den Friedhofsarmen von Doktor Wüllner. Morgen wollte ich zu Lale Andersen gehen, komme, was da wolle. Wenn ich bisher nichts zum Fürchten gehabt hatte, dann aber jetzt. Schlimmer konnte es einfach nicht kommen. Willenlos und ohnmächtig in den Armen vom Sudelwüllner, wer weiß, was er als Nächstes mit mir machte, ich war zu matt, um nach Hilfe zu schreien. Aber seltsamerweise überkam mich ein Gefühl himmlischen Friedens. Ich konnte es nicht begreifen. Aber es war angeblich so, wie man sich fühlt, während sich um einen herum das Auto überschlägt. Ich fühlte mich tatsächlich unendlich geborgen und aufgehoben und versorgt und gerettet, als ich Doktor Wüllner so nah bei mir spürte.

– Ich bin vom Gaul gefallen, auf den Kopf, heulte ich los. Ich war einfach in Auflösung begriffen, ich hatte keine Kontrolle mehr über meine Emotionen.

– Ach, sagte der Arzt und hatte unendliches Mitleid. Wer zu einem solchen Gefühl fähig war und es überfluten ließ, der war ein guter Mensch. Ein guter Mensch, auch wenn er noch so schmutzig war. Der Doktor holte ein Taschenlämpchen heraus, zog mir die Lider tiefer und leuchtete in meinen Augen herum. Maß meinen Puls. Legte meine Beine hoch und sagte noch mal:

– Na, was haben wir denn da. Hm? Wo tut es denn weh? Er sagte es mit einer so weichen, dunklen Stimme, als hätte Elvis Presley gerade «Love Me Tender» gesungen. Ich schmolz, und mir schossen noch einmal Tränen aus den Augen.

– Hier oben!

Ich deutete auf links oben über dem Ohr.

– Und hatten Sie keinen Helm auf?

– Doch, er war nur irgendwie verrutscht, ich bin, glaube ich, nicht direkt auf den Sand geschlagen mit dem Kopf, aber es hat insgesamt einen Schlag getan, eigentlich weiß ich gar nichts mehr.

– Sie wissen nichts mehr? fragte Wüllner alarmiert. Erinnern Sie sich genau! Davor und danach!

Ich versuchte, mir vorzustellen, was ich gedacht hatte. Vogelflug. Finsternis. Ey! Peng.

– Haben Sie den Schlag noch gespürt?

– Ja, den weiß ich noch.

Wüllner atmete auf. Und dann?

– Dann hat mir Marlies ins Gesicht geschlagen. Dann war ich wieder da.

– Hm. Warten Sie mal. Ich weiß ja nicht, das müsste man röntgen, ob es denn hier auf der Insel … vielleicht telefonieren wir mal, wer weiß denn das – Frau Sörensen?

Wüllner sprang zum Telefon und drückte auf Rezeption. Es meldete sich niemand. Das war mir auch lieber so, Frau Sörensen sollte besser nichts mitkriegen. Dann kehrte er zum Bett zurück und stopfte Sesselkissen unter meine Beine. Und setzte sich an mein Kopfende und drehte sich quer und fasste ganz sanft meinen Schädel. Das war es. Das hatte mir gefehlt. Eine überfließende Zartheit und eine Liebe ging von ihm aus. Wie von Jesus. Die bläulichen Falten Wüllners waren mir jetzt ganz nah. Eigentlich hatte er gar keine so blaue Haut. War gar nicht so schlimm. Er hatte schöne Augen. Er roch auch nicht schlecht. All die Gerüche, die ich ihm schon angedichtet hatte! Er roch sanft nach Seife. Komisch.

Zehn Finger glitten mir durch das Haar und suchten beständig nach einem Schorf, einer Beule, einem Bruch. Sie kreisten und zogen mir die Haarwurzeln auseinander, es strömte elektrisch in mich hinein, es floss, es floss in jede Zelle meines Körpers. Es musste Heilenergie sein. Denn meine Augen beruhigten sich und sahen allmählich alles wieder glasklar scharf, die Farben des Abendhimmels drangen wieder rot und klar durch das Fenster, der Schmerz ließ nach. Doktor Wüllners heilende Hände. Der Kopf heilte auf der Stelle. So war es. Ich hatte nur jemanden gebraucht, dem es nicht gleichgültig war, dass ich mir den Schädel eingeschlagen hatte. Schon war alles wieder gut. Das warme Interesse. Dafür würde ich mich nicht mehr revanchieren können. Was scherte mich der Röntgenapparat.

– Sie dürfen auf keinen Fall jetzt die Augen anstrengen. Nichts lesen. Nicht fernsehen. Einfach nur ruhen. Drei Tage lang. Und auf jeden Fall muss der Kopf nochmal geröntgt werden.

Muss er nicht, dachte ich. Wüllner hatte mir wohl getan. Ich hätte hier noch lange liegen können. Deshalb gab ich mich entsprechend entkräftet. Alle Schlechtigkeiten und Ängste wichen von mir, während der Doktor seine schützenden Hände über mich hielt. Da klopfte es zart. Doktor Wüllner sprang auf, und mein Kopf fiel auf das Kissen zurück. Mist. Immer wenn es gerade mal gut war. Die Tür öffnete sich und herein trat jemand, den zuvor noch kein Mensch der Welt gesehen hatte. Jedenfalls ich nicht. Und niemand im ganzen Haus Deichgraf.

Denn das war sie. *Sie*. Kam am Abend einfach so herein. Sie hatte die Scham abgelegt. Sie wandelte langsam

aber sicher in den sichtbaren Bereich. In beinahe enttäu-
schender Realität stand sie da, ohne irgendeinen Schleier.
Sie war in der Tat groß. Ganz so, wie ich sie gesehen hatte gestern Abend auf dem Dach. Wenn ich sage groß, so
meine ich das nicht unbedingt in der Höhe. Ich meine es
im Ganzen. In den Schultern, den Brüsten, dem Becken,
den Beinen. Ihre Wangen waren rund und voll, alles an ihr
war rund und voll. Blondes Haar umrahmte ihren Kopf
wie ein Heiligenschein aus Stroh. Doktor Wüllners Augen leuchteten. Er eilte auf sie zu, fasste sie an beiden
Händen und küsste diese Hände. So hatte mich im ganzen Leben noch niemand begrüßt. Hatte die ein Glück,
sich gleich in die heilenden Arme vom Wüllner werfen zu
dürfen. Aber die Frau schaute mit aufgerissenen Augen
zum Bett, auf dem nun jemand anderes lag, nämlich ich,
mit schwarzem Rock und Servierschürze.

– Das ist Carla, das Zimmermädchen. Sie hat hier kol-
   labiert. Sie ist gestürzt beim Ausreiten. Ich habe sie
   untersucht, aber ich habe nichts gefunden, sie braucht
   vor allem dringend Bettruhe.

Vielleicht nicht mehr, dachte ich. Doktor Wüllner hatte
mich wundergeheilt.

– Ach, sagte die Frau und eilte besorgt zu mir. Wenig
   später sah ich einen gelben Pony über mir und den
   gleichen bekümmerten Ausdruck, wie ihn der Doktor
   hatte. Der Doktor seinerseits schien aufzublühen, seit
   sie da war.

– Ach du je. Ja, das hat sicher wehgetan. Von einem

Pferd aus geht es auch immer so tief runter.

Sie legte mir die Hand auf die Stirn und ich fühlte wieder die gleiche Weichheit der Berührung wie beim Doktor, so sanft, dass man es kaum spürte – wie von einem Engel. So bewegte sie sich auch. So floss und schwebte sie ins Bad, um mir einen kalten Umschlag für die Stirn zu holen. Sie war eine Nana. Doktor Wüllner liebte eine Nana. So schwer, ja beinahe massig ihr Körper war, so leicht bewegte sie sich, so beweglich waren ihre Handgelenke mit den kleinen Händen, sie ging auf Zehenspitzen, sie tanzte auf kleinen Füßen, sie ging anmutig, wie zu einer Melodie. Sie hatte auch etwas Heilendes und Helles an sich. Aber wenn sie so heilend und so hell wirkte, wieso sah Wüllner dann immer so fertig aus?

– Doktor Wüllner, darf ich Sie was fragen, bat ich.

Ich konnte es einfach nicht mehr bei mir behalten.

– Dokor … Sie sehen aber selbst nicht gut aus.

Doktor Wüllner fasste sich ans Herz. Setzte sich wieder schwer atmend an den Bettrand.

– Ja, ich weiß.

Sein ganzer Körper atmete Geständnisbereitschaft. Dabei war nur ich es. Es war wie im Gangsterfilm. Der dritte Mann.

– Es ist so. Das ist Marie. Wir haben uns im letzten Jahr kennen gelernt. Und sie ist verheiratet. Ich bin verheiratet. Wir haben hier die schönsten Nächte unseres Lebens gehabt. Und es geht darum … wir müssen entscheiden, ob wir unsere Familien verlassen. Sie hat es ihrem Mann schon gesagt. Aber ich muss es übermorgen meiner Frau sagen, wenn ich nach Hause komme. Es führt kein Weg dran vorbei. Und es macht mir zu schaffen, das kann ich Ihnen sagen. Aber ich liebe Marie mehr als mein Leben. Und ich liebe sie so, wie sie ist. Darum bringe ich ihr jede Nacht etwas mit, Schokoladenpudding, rote Grütze, Vanille, Mousse, was mir gerade einfällt. Sie ist praktisch ... die Sahnehaube meines Lebens. Tja. Und darum sieht es hier immer so aus, ich habe immer versprochen, aufzuräumen, bevor das Zimmermädchen kommt, aber ... ich habe immer verschlafen. Das tut mir Leid. Es tut mir wirklich sehr Leid. Alles tut mir Leid.

Doktor Wüllner war das Leiden Christi.

– Aber Herr Doktor! Das ist doch nicht schlimm! Ich meine ... was Sie privat angeht, das ist wirklich schlimm, das verstehe ich doch! Und die Unordnung ... ach Gott, Sie sollten mal sehen, wie es bei anderen aussieht, da war doch Ihr Zimmer gar nichts dagegen!

Das war nun glatt gelogen. Aber ich war dermaßen unheimlich froh, nicht zwei Wochen in Sekreten und Exkrementen herumgearbeitet zu haben, dass mir ein Stein vom Herzen fiel, und da war eine so einfach strukturierte Lüge erlaubt. Da ich aber der Meinung war, in derlei Absonderungen willig meine Arbeit verrichtet zu haben, ohne übermäßiges Murren, war ich zugleich sehr stolz und froh darüber, wie ich das alles bewältigt hatte! Marie kam und legte mir anmutig und feinfühlig einen nassen Waschlappen auf die Stirn. Das tat gut. Es tat alles rundherum dermaßen gut, dass ich von Stund an geheilt war und aufspringen wollte und an die Nordsee gehen und meinen seelischen und körperlichen Zustand feiern. Lale Andersen konnte warten. Sie hatte ja Zeit. Ich staunte noch ein wenig über die zarten Bewegungen der dicken Nana, die segensreiche Vollkommenheit ausstrahlte und Mütterlichkeit und Verletzlichkeit in einem. Sie strahlte und wärmte wie eine kugelrunde, freundliche Sonne.

– Aber das freut mich, dass Sie sich gefunden haben, sagte ich und atmete noch einmal auf. Sie passen so gut zusammen, und Sie können ja dann eine Gemeinschaftspraxis aufmachen!

– Ich bin nur Krankenschwester, sagte Marie. Aber ich kann Hans vielleicht zur Seite stehen, wenn er eine Landpraxis eröffnet. Zunächst muss er sich erholen, die nervliche Belastung hat ihm sehr zugesetzt. Wenn die Verhältnisse geklärt sind, wird er sich erholen.

– Ich danke Ihnen so, sagte ich mit dem dringenden Gefühl, jetzt verschwinden zu müssen.

Die Nana aber ging zurück an ihre Handtasche. Klappte den Geldbeutel auf, holte etwas heraus und wollte es mir in die Servierschürze stecken.

– Ich weiß, wir haben Ihnen viel Arbeit gemacht …

– Aber nein! rief ich. Nein! Soeben hat mich der Doktor geheilt, und außerdem hat er mir heute morgen zwanzig Mark gegeben, das ist mehr als genug!

– Aber nein, sagte Marie sanft. Das scheint Ihnen nur so. Ein Zimmermädchen hat einen anderen Verdienst als ein Arzt, glauben Sie mir. Nehmen Sie das, es tut uns selber wohl, wir wussten Ihre Diskretion zu schätzen. Dass Frau Sörensen mit meinem Dauerbesuch einverstanden gewesen wäre, das glaube ich kaum. Es waren die Umstände, und Sie haben eine mitfühlende Seele. Es war ein kleines Licht in unserem ganzen Dilemma, dass wir einen Ort hatten, an dem man uns in Ruhe lässt. Wir konnten uns schließlich nicht offen zusammen einquartieren, das ging nicht. Und wir haben nirgendwo mehr zwei Zimmer zusammen im Hotel bekommen.

Ich schwieg beschämt. Erstens, weil mir ihr Geständnis viel zu lang vorkam und angesichts meiner Person unnötig, übertrieben und unangemessen. Aber vielleicht wollten die beiden auch einmal rundherum Geständnisse ablegen, und ich war die einzige ergebene Zuhörerin. Aber dass sie mir auch noch dankten für meine Diskretion, wo ich gestern mit allen Zimmermädchen auf dem Dach herumgeklettert war, um in ihr Fenster zu starren! Nicht auszuhalten. Besser, ich ging jetzt einfach. Ihnen blieben schließlich nur noch zwei Nächte, bevor es in ihrem ganzen Schlamassel weiterging. Und als ich aufgestanden war, setzte sie sich an meiner Stelle auf das Bett, wo sie wieder hingehörte. Mein letztes Bild von ihnen war, wie sie zusammensaßen, sich bei den Händen hielten, die Knie viel zu hoch, weil das Bett so niedrig war, eigenartig kauernd, zusammengekauert, ineinander verwoben und verklammert – und wie sie doch mit einem Mal so erlöst wirkten.

– Danke, Doktor. Sie haben mir sehr geholfen. Ich fühle mich ungleich besser. Es war wohl nur ein kurzes Nachbeben.

– Trotzdem. Hinlegen. Nichts mehr tun. Nicht lesen, nicht fernsehen. Morgen zum Röntgen.

– Ist gut, versprach ich und wusste, ich würde nicht hingehen.

– Wiedersehn. Viel Glück.

– Danke, sagten sie und winkten, wie aus einem Zug.

Ich schloss die Tür hinter mir. Fasste in die Tasche. Fünfzig. Sie hatte mir fünfzig Mark gegeben. Ich war wie vom Donner gerührt. Ich ging sanft und barfuß wie auf Wolken, mit der ganzen Flüssigkeit der heilenden Kräfte in meinen Zellen, nach unten. Was sollte jetzt noch schief gehen? Jetzt war alles gut. Ich war seltsam beglückt. Das schaurig-schöne Liebespaar. Ich war hin- und hergerissen von den beiden, sie beschäftigten mich unentwegt.

Jetzt hätte ich gerne Tagebuch geschrieben. Aber ich beschloss zu tun, was der Doktor gesagt hatte, und ging zurück auf mein Zimmer, um mich hinzulegen. Es gab nichts mehr zu tun. Ich wollte auch nichts mehr tun. Ich kroch im alten T-Shirt ins Bett und sah mit offenen Augen durch das Fenster in die Nacht. Ich ging nicht mehr ans Meer. Nur in Gedanken. Ich beschloss den Tag, ich empfand einen himmlischen Frieden. Ich lauschte meinen Gedanken nach und dem Wind vor dem Fenster – da blies es, wie immer auf Langeoog und wie auf keiner anderen Insel der Welt. Bestimmt ritt der Schimmelreiter wieder. Bestimmt.

Ich schloss die Augen. Ich fiel in einen sanften Dämmer. Kein tiefer Schlaf. Nur ein wohliges Dahindämmern, wenn man krank ist und ruht. Und das Einzige, was ich zu tun hatte, war, darauf zu achten, dass keine schlechten Gedanken in meinen Kopf hineindrangen, sondern nur gute und wohlmeinende, die mir halfen. Ich fühlte mich wohl. Meine Gedanken galten bis zuletzt dem lieben Doktor Wüllner und seiner anmutigen Nana. So eine Liebe. So eine Liebe. Die wollte ich auch gerne einmal erleben.

Es klopfte an der Tür. Wer war das? Und wie spät war es? Hatte ich nicht schon stundenlang gelegen im sanften Schein der Nachttischlampe? Waren nicht Mücken und Fliegen die letzten Gefährten der vergangenen Stunden gewesen? Wie lange dauert Dämmer? Ich schaute aus dem Fenster. Die Sterne standen hoch am Himmel. Es war August. Nun sollte es viele Sternschnuppen regnen, nun durfte jeder Mensch auf der Welt wünschen, soviel es ging.

Es klopfte wieder. Da war wohl jemand nicht ganz bei Trost. Marlies? Frau Sörensen? Es klopfte von innen, nicht von der Fensterseite her. Die Nana? Brauchten sie einen Löffel für ihre Puddingorgie? Egal. Ich hatte jesusgleiche Strahlungen in mir und war der Frieden und die

Sanftmut in Person. Ich stieg aus dem Bett und öffnete die Tür.

– Hallo!

Schon hatte Doktor Pietras seinen Kopf samt sommersprossiger Nase in mein Zimmer gesteckt.

– Wollte mal sehen, ob Sie schon schlafen! Aber es war noch Licht!

Mit schmerzlichem Bedauern sah ich meiner schwindenden Sanftmut hinterher. Aber jetzt brauchte ich Kraft. Ich hielt die Tür fest, damit auf keinen Fall mehr Körper von Doktor Pietras in mein Zimmer rutschte.

– Aber Herr Pietras, flüsterte ich. Ich habe Ihnen doch gesagt, Sie sollen nicht in mein Zimmer kommen! Außerdem bin ich krank!

– Ja. Hm. Ich weiß. Es ist so, es tut mir leid, dass ich da vorher so drüber weggegangen bin. War nur ein Scherz, ich dachte, es sei nicht so schlimm. Aber wie Sie abgerauscht sind, da war mir klar ... also, tut mir leid. Soll ich Sie jetzt mal untersuchen?

– Nein! Das brauchen Sie nicht. Doktor Wüllner hat schon nach mir geguckt. Meine Reflexe stimmen. Sie können hier nicht rein.

– Ach, Carla.

– Nee! Wieso wissen Sie überhaupt, dass hier mein Zimmer ist?

– Ich habe Sie mal hineinlaufen sehen. Und als Sie wieder herauskamen, hatten Sie was anderes an.

Es fiel mir schwer, Pietras abzuwimmeln. Ich wollte ihn

auch nicht behandeln wie einen Hund. Einen Moment lang schwiegen wir beide, ich auf der einen Seite der Tür und er auf der anderen.

Also, was soll's.

– Warten Sie mal einen Moment, vor der Tür, bitte. Ich ziehe rasch was an.

Dann schob ich die Tür wieder zu. Ich wusch mich schnell am Handwaschbecken. Er war mir ja schließlich nicht egal. Er sollte auf keinen Fall mit der Tür in mein Bett fallen. Ich musste die Situation irgendwie retten. Ich würde ihn zu einem Spaziergang am Meer zwingen und ihm mit aller Gewalt Romantik am Strand abnötigen. Das musste er lernen, Doktor hin, Doktor her. Punkt.

– Draußen ist es aber doch kalt! beschwerte sich Doktor Pietras.

– Es ist Sommer! Hochsommer!

Ich rechnete jeden Moment mit dem Durchmarsch von Frau Sörensen. Einem Durchmarsch auf Gesundheitspumps. Wahrscheinlich heulte in eben diesem Moment bei ihr die Alarmsirene. Auch egal.

– So, Doktor, wir können!

Ich kam aus der Tür und nahm ihn bei der Hand und zog ihn durch die dunklen Wäschegebirge im persilduftenden Waschmaschinenraum, zog ihn durch den Hintereingang mit dem Bullauge. Gott sei Dank, aus dem Haus waren wir heraus, jetzt konnte mich im Inneren niemand mehr verdächtigen. Ich zog den widerstrebenden Pietras zielsicher hinter mir her, den schmalen Pfad mit den Holzstiegen entlang durch die Dünen zum Meer. Der Wind blies mir einen ordentlichen Scheitel in die Haare, auf Pietras' feine Glaswolle aber machte er keinerlei Eindruck. Wir hatten den Dünenkamm überschritten und sahen das weite Wasser vor uns liegen. Es schien grünlich zu schillern und zu glänzen, es schäumte in der Ferne Wellen auf und legte diese Wellen dann in sanfter Breite an den Strand.

Es kam mir komisch vor, die knochige Hand des Doktors zu halten. Es stellte sich keinerlei Verbindung her. Ich sagte ihm, dass er mir etwas erzählen sollte. Er antwortete nicht. Wieso antwortete er nicht? Hatte der Wind die Worte fortgeblasen? Sollte ich sie nicht hören? Oder hatte der Wind meine Worte weggetragen? Ich hatte nur noch zwei, drei Fingerknochen in meiner Hand und dachte an Hänsel und Gretel. Irgendetwas an dieser Geschichte war viel zu dünn.

– Halt jetzt! rief Doktor Pietras.

Er blieb stehen mitten auf dem Strand und hielt mich fest und drückte mich auf eine Bank, die ich gar nicht gesehen hatte. Ob es mir wirklich gelingen konnte, ihn romantisch zu stimmen? Den wortkargen Doktor, der mich zum Sitzen zwang? Aber er konnte sich keinen Skandal leisten, und die Fluchtmöglichkeiten auf der Insel waren beschränkt. Er durfte nicht Triebtäter sein. Er war Frauenarzt, in Ausübung seines Berufes lag alles, was er sehen wollte, dick und breit vor seiner Nase, Tag für Tag. Wieso hatte ich nur solche schrecklich primitiven Gedanken?

Ich wollte doch anderes vom Leben, zarte Liebesranken, etwas Besonderes, ein schönes Wort, einen heißen Kuss. Ich musste es Doktor Pietras abringen, und wenn er noch so untalentiert war.

– Sagen Sie mir was Schönes, Doktor Pietras!
– Wie denn was Schönes?
– Ja – Doktor – was Nettes!
– Wieso soll ich was Nettes erzählen, wenn doch sowas Nettes neben mir sitzt!

Naja, das war zwar nicht überwältigend, aber immerhin. Er umklammerte derweil meinen Nacken mit einer Hand und zog ihn näher zu sich, während sich die andere tollkühn zwischen den Busen legte. Ich zerrte die Hand wieder fort.

– Nein! Nicht so! Erstmal was richtig Nettes!

Der Doktor prallte mit offenen Lippen auf meine Wangenknochen.

– Ja, mein Gott, was denn??
– Hach – vom Meer, vom Strand, von der Liebe, vom Leben ... irgendwas, was Sie besonders interessiert.
– Ach.

Der Doktor lehnte sich notgedrungen zurück und fuhr mit der Hand krallig über meinen Rücken.

– Es gibt viel zu viele Menschen, die reden den ganzen Tag lang, das geht mir auf die Nerven.
– Na, dann nicht!

Ich schwieg pampig. Da zeigte der Doktor ein wenig Nachsicht. Er beugte sich vor und versüßte seine Stimme:

– Also gut, ich weiß ja, was du meinst, also ... dein Haar
   duftet wie ... Flieder und deine Haut ist weich wie ein
   Blütenbeet, ich habe immer daran gedacht, dich einmal ... ich habe mir das vorgestellt, wie es ist ... dich ...
   mal ... anders zu sehen als in dieser Schürze, ich weiß
   noch, als du mir den Fleck weggemacht hast, da wollte ich schon ... ein süßes Frauenzimmer bist du!

Er redete wie gewollt und nicht gekonnt. Es hatte etwas
Unbeholfenes und war auch das Falsche, und doch rührte es mich irgendwie. Ich dachte dauernd, ich müsste ihm
helfen. Dabei hätte ich mich besser selbst schützen sollen,
aber dazu hätte ich wissen müssen, ob ich überhaupt
geschützt sein wollte. Jetzt spürte ich fiebrige Umschlingungen an allen Ecken und Enden meines Körpers.

   Leider hörte der Doktor nicht mehr auf zu reden. Ich
hätte ihn vielleicht besser nicht ermuntern sollen.

– Du bist eine schöne, heiße Braut! Das weißt du! Das
   weißt du selbst, nicht wahr? Oh, du bist gut! Du bist
   toll!

Mit jedem Wort wurde mir mulmiger. Ich kämpfte tapfer
gegen die Umschlingungen. Er aber fragte heiser:

– Wollen wir nicht rüber gehen, zum Strandhafer, wo die
   Kuhlen in den Dünen sind?

Mein Widerstand erlahmte. Ich war mir nicht sicher, ob
ich wollte, was er wollte. Da sagte er auf einmal:

– Bitte.

So weich wie Schnee, so sanft wie Blut.

– Ach, ich weiß nicht!

Immer noch wehrte ich mich.

– Aber Herr Pietras, sie hätten mir trotzdem ein Blümchen schenken können, ein Röslein, ein Gedicht! Was Schönes einfach! Was ... einem das Herz aufschließt! Was ... ein Gefühl erweckt!

Pietras küsste meinen Hals.

– Ich kann Ihnen auch auf andere Weise Gefühle verschaffen ... die sind viel besser.

– Also ehrlich!

Ich war schwach und böse zugleich. Unwillkürlich begann ich zu flüstern.

– Sagen Sie, wie gehen Sie eigentlich mit Ihren Patienten um? Sagen Sie da auch – ausziehen, hinlegen, anziehen – tut mir Leid, Eileiterschwangerschaft? Wie machen Sie das?

– Ach, sagte Pietras und sprach hinter meinem Ohr in mein Hemd hinein. Wenn eine zu mir kommt, untersuche ich sie und gebe eine Diagnose ab. Dann überweise ich sie zu einem anderen Arzt, oder ich verschreibe ihr was. So geht das.

Pietras' Hand wanderte unter mein T-Shirt.

– Ich bin kein Psychiater. Ich kann mir doch nicht stundenlang jedes Wehwehchen anhören. Jede, die sich von ihrem Alten Trichonomaden eingefangen hat, will mir ihren Ehekram erzählen...

Pietras hatte Konzentrationsstörungen beim Reden. Ich hatte Konzentrationsstörungen beim Zuhören. Nur eine letzte Frage tauchte in mir noch auf.

– Aber Doktor. Die Gynäkologie. Ich meine. Wenn Sie
  jeden Tag Frauen untersuchen.
  Immer wieder. Jeden Tag. Und Sie sehen so viele ... wie
  soll ich sagen, weibliche Torsi. Oder – Unterleiber von
  mir aus. Schlägt sich das nicht nieder auf Ihr Sexualle-
  ben?
Der Doktor fing an zu lachen und sank von der Bank. Er
zog mich mit und robbte Richtung Strandhafer.
– Tatsächlich. In der Tat. Es ist echt zuviel. Man hat da
  schon seine Schwierigkeiten. Aber weißt du ...
Jetzt wurde er wieder schmeichelnd, legte seine Hand auf
meinen Unterarm und senkte die Stimme:
– Das ist in Augenblicken wie diesem alles weit fort. Im
  Moment sehe ich nur dich, und du bist sehr appetit-
  lich.
Er griff nach meinem Hals, umfasste meinen Leib, und
seine Hände gerieten überallhin, viel zu schnell, viel zu
knochig – und doch fing ich gegen meinen Willen an zu
schmelzen, die Sehnsucht des Herzens, die lachte ihm zu,
ich wollte gar nicht, doch unvorhergesehenerweise ging
mir der Abendstern auf, ich begann zu zerfließen und
sank in seine Arme. Ich spürte durch das Hemd den Sand
und die Binsen, kleine Stachelchen, ich spürte die Erlö-
sung, als meine nackte Haut am Bauch vom Wind ge-
streichelt wurde. Endlich, atmete es in mir auf. Endlich.
Ich dürstete nach den fleischlichen Genüssen, ich wallte
über, die Lust war überall, die Sehnsucht riesengroß, ich
war unmäßig in meinen Wünschen, ich drehte mich, ich

trieb in den Sand, meine Haut, meine Haare, meine Zellen öffneten sich und jubelten, was immer geschah, der Doktor sollte meine Hure sein, jetzt war alles gleichgültig. Wir küssten uns und umschlangen uns und verlangten uns, ich hatte einen Mann, einen Mann, der noch küssen will und kann, mein Hals streckte sich unendlich.

– Ach, wenn ich das bloß sehe! rief Pietras, und seine Stimme klang rau und begeistert, die Zähne hatte er schon zusammengepresst, er geriet ekstatisch außer sich, er würgte meine Hose eine Handbreit hinab und wurde unsanft, bäumte sich seltsam buckelig auf.

Plötzlich dachte ich, er will doch wohl nicht blöd werden jetzt, bitte nicht jetzt noch etwas Falsches sagen oder tun, bitte nichts machen, das mich aus der nächtlichen Lust herausreißt, bitte nicht dämlich werden jetzt, nicht noch blöder, bittebitte, dachte ich. Und doch. Es rauschte in meinen Ohren, das Blut in meinem Körper versuchte zu schäumen und zu tosen, damit ich nicht hörte, was er sagte, aber es war nicht zu verhindern. Unausweichlich.

Der Doktor zappelte ekstatisch, hatte mir die Hose halb herabgerissen und rief außer sich:

– Das Ärschlein! Das Ärschlein! O Gott!

Ich erstarrte. Aus. Sense. Vorbei. Meine Körpersäfte geronnen schlagartig. Ich stellte mich tot. Ließ ihn noch eine Weile hampeln. Und dann, nach diesem endlosen Moment vollkommener Bewegungsunfähigkeit wuchtete ich mich mit einem Ruck aus Doktor Pietras' Armen, aus seinem sinnlosen Wirtschaften heraus und schleifte mich zur Seite, ich kroch auf Knien davon, raffte alles zusammen, was an Kleidungsstücken in Unordnung geraten war, und entfernte mich einen Meter. Jetzt nur noch heil hier herauskommen.

– Pietras, so ... so ... so kann ich nicht.

Ich war den Tränen nahe.

– Ich kann es nicht. Nicht auf diese Weise.

– Ja, was ist denn jetzt los, herrgottsakramentnochmal!!

Er hieb mit den Fäusten in den Sand.

Ich dachte, das passiert ihm nicht zum ersten Mal.

– Es ... es ist ... ich weiß nicht, ... es ... dieses Wort! Das ist schrecklich!

– Dieses Rumgezicke, wie ich das hasse!

– Wenn Sie etwas Geduld ...

– Ich begreife nicht, wieso du jetzt die eiserne Jungfrau spielst! Es war doch alles in Ordnung!

Sein Geschrei schüchterte mich ein, er war so wütend. Er war fünfunddreißig und ich neunzehn.

– Es ist ja nur, dass es mir sanfter ... ich, ich kann nicht so überfallartig ...

Ich fing an, mich sinnlos zu rechtfertigen. Ich schüttelte und kratzte überall Sand aus den Kleidern. Der Wind machte es nur schlimmer. Ich wollte weg. Aber der Doktor robbte mir nach und warf noch einmal seine Arme um mich und versuchte, mich zu halten.

– Hör doch, es tut mir leid, ich wollte nicht ...

Er biss mich in den Hals. Er drängte mich wieder in den Sand zurück, und minutenlang war es ein verbissenes Gerangel, eine verklemmte Abwehr und ein Ringen mit Haut und Haaren und verkeilten Knochen. Nur einen Moment lang kam ich noch ins Schwanken. Dann riss ich mich los mit jäher Gewalt und machte einige Sprünge nach vorn. Ich war völlig außer Atem, und die Haare klebten mir an der Spucke im Gesicht. Ich war auch außer mir. Drehte mich um und sah den derangierten Doktor dasitzen, wie er Luft holte, sich durchs Gesicht fuhr und dann wieder in den Sand schlug und sich auf den Rücken warf. Er war frustriert, und wie! Mein Schädel dröhnte wieder. Das Bild vom Meer und sich biegenden Gräsern und dem Doktor, dem sein Hemd aus der Hose hing, schwankte vor meinen Augen. War das die ganze Begegnung gewesen? Sollte es so enden? Sollte mein letztes Bild vom Doktor dieses bleiben, wie er dasaß und mit den Händen den Hafer und den Sand verdrosch? Ein großes, im Sitzen wütendes Rumpelstilzchen. Den langen Rücken auf einmal so krumm.

– Ich kann es einfach so nicht … ich meine … Ich rang flehentlich nach Worten.
Ich hörte etwas wie Ach, halt's Maul.

Hatte ich das wirklich gehört? Hat er das wirklich gesagt?
– Was haben Sie eben gesagt?
Er winkte ab.

Momente lang stand ich da. Ich wollte noch irgendetwas sagen. Aber da hörte ich ihn murmeln, etwas im Sinne von Eh vergeigt. Er nahm den zerfetzten Strandhafer und warf ihn weg. Ich stand noch so rum.

– Es tut mir leid, sagte ich.

Wieso entschuldigte ich mich? Weil ich ihn zum Frühstück wieder sehen würde? Hatte ich etwa Schuldgefühle, weil ich ihm nicht alles gab, was er wollte, jetzt und für immer, nach seinen Maßregeln? Ich hatte tatsächlich Schuldgefühle, weil er so bekümmert dasaß.

Ich sah auf das Meer. Das Meer hatte nichts zu meiner Rettung getan. Aber was auch? Uns beide mit einer Springflut übergießen? Einen Piraten mit gebrochenem Ruder anschwemmen, der mich grausam rächte? Aber rächen wofür? Es hätte mir ja durchaus gefallen können, unter Umständen. Als ich immer und immer noch nichts sagen und auch nichts verbessern konnte und im Wind der Nacht von Langeoog herumstand, spürte ich endlich, dass sich meine Schritte in Bewegung setzten. Einfach so. Fort von dem Doktor. Ich drehte mich noch einmal um. Und ich sah, was ich nicht hatte sehen wollen. Mein letztes Bild von Doktor Pietras blieb das eines heillosen Idioten, der im Gras saß. Damit musste ich nun heimgehen. Mein Kopf schmerzte wieder leicht. Ich hielt mir die Ohren zu, damit es mir nicht hineinpfiff, während ich ohne Überzeugung fortstolperte durch die Dunkelheit. Aber es gab nichts mehr zu sagen oder zu tun. Oder doch? Das ganze war wie eine offene Rechnung.

Aber so war es nun einmal. Ich hatte etwas erleben wollen und fertig. Berauschend war es nicht gerade, oder jedenfalls nur zum Teil. Der Doktor hatte Recht. Vergeigt. Vorbei. So musste es sein. So war es gelaufen. Was half es?

Ich ging heim. Ende Gelände. Lieber was Schlechtes erlebt haben als gar nichts. Aber hatte ich überhaupt etwas erlebt? War es auch schlecht und schlimm genug gewesen? War etwas gewesen? Nun ja.

Das einzige, was ich wirklich sagen konnte über meine Begegnung mit Doktor Pietras in dem Sommer auf Langeoog war:

Man kann nicht sagen, es sei gar nichts gewesen, aber Gott, es war auch nicht die Welt. Und auch das war nicht das letzte Wort. Das letzte Wort war:

Ich war nicht fertig mit ihm. Ich war nicht fertig mit ihm. Ich war nicht fertig mit ihm.

Der nächste Morgen kam unausweichlich. Seltsam kraftlos war ich aufgestanden, hüllte mich stumm in meine schwarzen Kleider und nahm demütig die Brötchenkörbe, die ich in das Frühstückszimmer bringen musste. Ob nun Doktor Pietras dabeisaß oder nicht, die Brötchen musste ich bringen und auch den Kaffee. Ob der Kaffee mir nun selber half? Aber mir schien gar nichts zu helfen. Mir schwebte immer nur das Bild vor vom schlechten, traurigen Doktor, der alles falsch gemacht hatte, dem traurigen Doktor im Gras.

Dafür sah Herr Wüllner entschieden besser aus. Er hatte sich offenbar durchgerungen. Er war ausgeschlafen und gekräftigt und wusste, was zu tun war. Langeoog schien die Menschen zu kräftigen. Darum kamen sie her. Gut gelaunt zupfte mir Doktor Wüllner am Schürzenbändel.

– Sie sollten doch drei Tage Bettruhe einhalten.

– Ja, Doktor, aber wissen Sie, Sie haben mich gestern wundergeheilt. Ich verspüre keinen Schmerz mehr. Und ich kann Frau Sörensen nicht allein lassen. Sie hat nur eine einzige Bedienung. Ich fühle mich wohl, wirklich. Ich lege mich nachher wieder hin.

– Versprochen?

– Versprochen.

Herr Wüllner war durch Himmel und Hölle gegangen, und jetzt saß er da wie ein friedfertiger Heiliger. Ich bat ihn, seine Nana zu grüßen und brachte ihm eine doppelte Portion Kaffee.

Frau Sörensen würdigte mich keines Blickes. Ich war lendenlahm. Tat nur, was ich machen sollte und tat es gründlich, wenigstens hier sollte mir niemand einen Vorwurf machen. Doktor Pietras erschien nicht zum Frühstück. Das war in Ordnung.

Ich ging in die Zimmer und machte Betten, reinigte die Waschbecken, leerte die Abfalleimer und gab mich stumm meiner Arbeit hin. Jetzt hatte ich den rechten Rhythmus, Stunde um Stunde, Zimmer für Zimmer. Ich wischte Staub im Aufenthaltsraum, legte die Zeitungen zusammen und putzte die Kringel der Biergläser von der Tischplatte. Bei Wüllners war es vorbildlich sauber. Kein Schmier. Kein Streifen. Ich konnte zum ersten Mal die

Bettwäsche drauflassen. So wurde ich rasch fertig, zur rechten Zeit, zur rechten Stunde. Der Morgen war vorbei. Ich löffelte stumm mit den anderen die Suppe.

Es war Mittagsruhe. Ich legte mich hin, wie Doktor Wüllner es mir aufgetragen hatte. Der vorherige Abend ging mir immer wieder durch den Kopf. Ich lag zusammengekrümmt im Bett in meinem Meerjungfrauenzimmer. Betrachtete die dicke Farbe auf den Holzbohlen, den Tisch mit meinem leeren Tagebuch und dem eingetrockneten Füllfederhalter, ich wühlte mich traurig in die Kissen. Jetzt konnte mich die Nordseeluft nicht trösten. Es war so dunkel wie möglich. Den Kopf schonen. Aber ich konnte den Kopf nicht schonen, denn darinnen wühlte und arbeitete es, und die Gedanken richteten Schaden an, alles, was ich dachte, war nicht heilsam. Es war nicht gut. Alles war nicht gut. Mit Doktor Pietras war es kein versöhnlicher Abschluss gewesen. Mit Frau Sörensen war das Verhältnis denkbar schlecht. Mir ging es schlecht. Ich sollte zu Lale Andersen gehen. Aber mir fehlte die Kraft. Mir fehlte einfach die Kraft. Dabei stand ich gut im Saft. Die Zeit verging nicht. Die Staubfädchen tanzten im Schein der Zimmerritzen. Ich durfte ja auch nicht lesen, und es gab nichts, das zu lesen mich interessierte. Ich überlegte, ob ich etwas tun konnte, damit es besser ging. Ob ich etwas sagen oder machen konnte, damit Frau Sörensen besser von mir dachte. Alles beichten, alles erzählen, wie es war?

Bloß nicht. Sie würde es nicht verstehen. Und der Doktor? Sollte ich ihm noch mal meinen Leib zu Füßen schmeißen, damit er sich an ihm vergehen konnte nach seinen Wünschen? Blödsinn. Alles war falsch. Ich konnte es einfach nicht ändern. Und so wälzte ich mich hin und her. Ich begriff, dass es mit Doktor Pietras keine Versöhnung geben konnte, außer dass man sich als Wegwerffrau betätigte und seine Seele ausschaltete. Die Seele ausschalten. Das konnte doch kein Mensch verlangen. Warum verlangte der Doktor so etwas? Was war das für ein seltsamer seelenloser Triebtäter.

Man konnte die Seele nicht ausschalten, das war Mord. Aber wenn es mit dem Doktor einfach durchging. Und er gar nichts dafür konnte. Vielleicht hatte ja mal jemand seine Seele stranguliert. Oder er war ohne Seele zur Welt gekommen. Wie andere ohne Nieren oder Leber geboren werden. Er war einfach ein Invalide. Das klang aber heftig. Ein weiches Wort, ein friedliches Streicheln, vielleicht konnte sowas ihm helfen. Der Nordwind und die Sonne. Die Sonne zog dem Mann den Wintermantel aus, nicht der Nordwind. Es war die Wärme. Aber wir hatten keine Zeit mehr, und der Doktor war womöglich unheilbar. Ich brachte mich womöglich dauernd in Gefahr. Und das konnte doch nicht wirklich noch zum Zimmerservice gehören. Aber dieses Ende, so wie es jetzt war. Ich sah ihn immer sitzen im Gras wie einen Idioten. Den Strandhafer pflücken. Diese Verbitterung. Das konnte es doch anderer seits auch nicht sein. Durfte ich ihn denn nicht die Verantwortung selber tragen lassen, die Konsequenz? Begriff er überhaupt? Wenn er nicht begriff, war er nicht gar so schuldig. Der arme Doktor. Vielleicht war es das Testosteron. Es machte sie zu dem, was sie waren. Oder? Ich wollte den Doktor nicht schuldiger sprechen, als er war. Mir taten ja nur seine Patienten Leid. Wenn er also alles Persönliche ausschaltete, dann war auch ich namenlos und gesichtslos. Als Namenlose konnte ich mich nicht missbrauchen lassen. Da er mich aber schon geküsst hatte, stand mir eigentlich noch etwas Persönliches zu. Ich musste mir noch etwas Persönliches von Doktor Pietras holen, ohne sein Einverständnis, es stand mir einfach zu. Ich konnte mich nicht zur Nummer degradieren lassen und nicht zu gesichtslosem Sex. Also. Was tun? Wie kam ich an irgend etwas Persönliches heran, ohne dass er es merkte?

Heute Mittag war Ärztekongress. Zum letzten Mal. Alle Ärzte mussten da sein. Alle. Also stand der Deichgraf beinahe leer. Es war so still, wie ein Augustsommertag nur sein kann, an dem es selbst den Fliegen zu heiß ist zum Fliegen. Es war so still mit den geschnitzten Treppengeländern und dem lauen Wind, der in die Gardinen fiel, es war so hell mit der Sonne auf den blauen Rosenläufern, die jeden Schritt zu dämpfen suchten. Die Welt war ohne jede Regung.

Ich aber hatte einen großen, schweren, dicken Schlüsselbund für die rotbackige Friesenpension. An diesem Schlüsselbund hingen alle Schlüssel für alle Räume dieses Hauses, mit Ausnahme der Räumlichkeiten von Frau Sörensen. Alles andere war mir zugänglich. Alles. Ich fühlte mich machtvoll angezogen und angesogen von jeder einzelnen Tür. Und ging jetzt dahin, wo ich von Anfang an hingewollt hatte. Unaufhaltsam. Ich hatte längst mein Bett verlassen, mein Zimmerchen verlassen, ich hatte den Schlüssel in der Hand und schlich durchs Treppenhaus, schritt zielsicher die Stufen hinauf und zum Ende des Ganges, wo das Zimmer von Doktor Pietras lag. Zimmer Numero Elf. Da war es, und da musste ich hinein. Den Teil seiner Seele, den er mir von Anfang an verweigert hatte, den musste ich erkunden.

Hatte er ein Bild von seiner Frau bei sich stehen, von seinem Hund, seiner Katze? Schrieb er Liebesbriefe an eine andere? Hatte er den Rezeptblock auf dem Tisch? Rasierte er sich elektrisch oder mit Gillette Tandem? Hatte er für alle Fälle Kondome gebunkert, irgendwo? Machte er Kreuzworträtsel am Abend? Ließ er sich vom Wecker wecken oder wurde er von selbst wach? Hatte er Hausschuhe dabei? Schlief er in Boxershorts oder bevorzugte er Stringtangas? Oder womöglich einen steinalten Schlafanzug?

Alles das musste ich wissen. Hatte er seine Kleider lose herumliegen? Oder pedantisch gefaltet im Schrank gelagert? Hatte er einen Kamm oder eine Bürste? Ein Aftershave? Welches? Ich wollte alles wissen. Einfach alles. Als

Bezahlung für meine Küsse am gestrigen Abend. Wie roch sein Zimmer? Wie fühlte man sich darin? Ebenso knochig und blutleer wie in seinen Armen? Oder gab es da was, das meine Seele rühren konnte? Einen Talisman, eine Kalendernotiz, etwas … Persönliches?

Ich stand vor der Tür und beugte mich hinab. Das Schlüsselloch lag dunkel und staubig im Messingverschlag. Ich zögerte nur einen einzigen Moment. Etwas in mir sagte: Tue es nicht. Aber was scherten mich innere Warnungen? Es konnte losgehen. Und es ging los. Mit Freude, mit aberwitziger Freude.

Rums! Steckte der Schlüssel im friesischen Schloss und rums, es knackte und knarrte, als die Tür sich öffnete, einen Spalt, aufsprang, eine Handbreit, die Tür fiel auf, Sesam, Sesam, es ging ganz von alleine. Ich wollte mich eben aufrichten und voller weiterer Freude das Zimmer betreten, als ich etwas an der Schulter spürte, ich dachte zu Eis zu gefrieren, zu Tode zu kommen an einem verfrühten Tag in meinem Leben, zu Tode erschreckt, es hatte sich eine Hand auf meine Schulter gelegt. Die blasse Hand eines alten Mädchens.

– Carla!! Scharf flüsterte es schallernd durchs Haus. Was tun Sie denn da?

Ich fuhr herum und sah Frau Sörensen ins Gesicht.

– Was tun Sie da?!?!

Auge um Auge. Zahn um Zahn. Wir schauten uns in die Gesichter wie bei der Erschaffung der Welt. Als Adam Eva zum ersten Mal erblickte. Die Stimme hallte immer noch nach. Ich konnte nichts sagen. Dafür erklang eine weitere Stimme, die mich ein weiteres Mal im Mark erstarren ließ.

Es war Doktor Pietras. Er stand aufrecht da, gleichmütig, gelangweilt, die Hand in den Türrahmen gelehnt.

– Es tut mir leid ... stotterte Frau Sörensen ... aber mir schien ... dass unser Fräulein Carla ... sich vielleicht im Zimmer geirrt hätte, wenn Sie verstehen, was ich meine.

Einen Moment Schweigen. Dann Pietras.

– Aber wo denken Sie hin. Ich habe das Zimmermädchen gerufen, Frau Sörensen. Sie soll mir eine Karaffe Wasser bringen. Es ist so heiß heute, ich muss ein Abschlussreferat halten und arbeite noch daran – das wäre sehr freundlich.

Frau Sörensen starrte ihn an, dann mich.

– Das, em, das wusste ich nicht.

Ich sah, sie glaubte kein Wort. Eisig fixierte sie ihn.

– Selbstverständlich kann Carla Ihnen eine Karaffe mit Wasser bringen. Natürlich tut sie das. Mit Eiswürfeln, nicht? Dann geh, Carla. Die Eiswürfel findest du im Kühlschrank, oben in den Fächern. Und stell auch ein frisches Glas dazu.

Sie drehte sich um und drohte dem Doktor mäßig scherzhaft mit dem Finger.

– Aber unsere Carla darf Ihnen nur Wasser bringen, nicht wahr? Nur Wasser!

Dann schritt sie davon.

Ich starrte Doktor Pietras an.

– Danke, sagte ich unhörbar und dankbar aus ganzer
  Seele.

Doktor Pietras zwinkerte kurz mit den Augen. Ich drehte mich um und folgte Frau Sörensen. Ich fing an zu ren-
nen.

Ich war tief beschämt. Ich schämte mich vor Frau Sörensen, vor dem Doktor, vor mir. Erwischt. Ich war erwischt worden von allen Seiten. Der Doktor hatte mich
beschützt. Er hatte mich nicht auflaufen lassen. Er war
sagenhaft gut gewesen. Er war ein Gentleman. Ich hatte
ihn verkannt. Er hatte mich gerettet. Wieso war er nicht
auf dem Ärztekongress? Wo war Frau Sörensen hergekommen? Hatte sie an der Decke gehangen? Das ging
nicht mit rechten Dingen zu. Was war das? Ach Gott.
Meine Wangen schienen zu platzen, so glühend rot waren sie. Wenn ich nicht doch was am Kopf hatte. Wie
konnte ich nur? Wie hatte ich nur gekonnt? Alles in mir
überschlug sich. Ich nahm in der Küche mit zittrigen
Händen die Karaffe und brockte Eiswürfel aus dem Ge-
frierfach hinein. Frau Sörensen kam an mir vorbei.

– Ich schlage zehn Kreuze, wenn der morgen abreist.
  Der ist doch nicht astrein. Das sehe ich doch. Stellen
  Sie dem die Kanne hin und weg! Ich sage es Ihnen,
  Carla, lassen Sie sich auf nichts ein! Wenn ich Sie bei
  irgend etwas erwische – dann gnade Ihnen Gott, das
  sag ich Ihnen!!

Ich knickste aus Versehen. Nahm die Kanne und verschüttete etwas Wasser und stellte sie auf ein Tablett. Nahm ein Wasserglas dazu.

– Ich werde Gläser polieren, sagte Frau Sörensen.

Dann ging sie in bleibender Beleidigtheit aus dem Zimmer.

Ich musste mich erstmal setzen. Stand wieder auf. Ich musste doch das Wasser bringen. Ich setzte mich wieder. Stand wieder auf und marschierte los. Ich hatte das Gefühl, die Treppen recht klobig hochzutrampeln. Stolperte zickzack hinauf. Ob ich dem Doktor das Wasser überhaupt bringen sollte? Das war doch nur eine Ausrede gewesen. Aber ich wusste nicht, was ich sonst machen sollte.

Auch konnten wir mit meinem Erscheinen den gestrigen unglücklichen Ausgang vielleicht noch einmal umkrempeln. Ich wollte alles wieder gutmachen. In Schuldgefühlen war ich Weltmeister. Wenig später also erschien ich vor Doktor Pietras' Tür. Ich versuchte, mit dem Ellenbogen anzuklopfen. Doch ich hörte nichts. Sollte ich wieder gehen? Ich stellte das Tablett auf den Boden und klopfte nochmal. Ich hörte nichts. Da nahm ich den Schlüsselbund. Sperrte die Tür auf, hinter der ich nichts zu suchen hatte, und ging hinein.

Doktor Pietras hatte eines von den Zwei-Zimmer-Apartments. Rechts von mir war das Bad. Geradeaus das Wohnzimmer. Ein Tisch, eine Sofaecke, ein Radio. Wo war Doktor Pietras? Im zweiten Zimmer? Die Tür zum Schlafzimmer war geschlossen. Ich hatte jetzt immerhin

Gelegenheit zu sehen, was es mit seinen persönlichen Gegenständen auf sich hatte. Aber die Lust darauf hatte ich verloren. Nur um meinem Vorsatz treu zu bleiben, sah ich mich einmal um. Durch die offene Badezimmertür erblickte ich einen Rasierapparat Braun Sixtant 6000 S. Davor lagen einige Bartstoppelchen herum, ganz zart rötlich. Da hatte Freundin Gudrun wohl geschlampt. Und das Rasierwasser? Davidoff! Hellblau schimmerte es vor dem Spiegel. Mehr sah ich nicht, und ich wagte auch nicht, mich zu rühren. Brachte aber das Tablett zum Schreibtisch und stellte die Karaffe darauf. Es war sonst nichts auf dem Schreibtisch. Nichts und nochmal nichts. Die Fläche war blank. Und nichts enttäuschte mich so sehr, wie wenn ein Mensch nichts auf dem Schreibtisch hatte. Das war kein Mann für mich und würde es niemals werden. Er war wie ein schönes Kleid im Schaufenster einer Boutique, in die man eben doch niemals hineinging. Er war ein Mann für Boutiquenfrauen, die Rennfahrermänner mochten und denen es nicht darauf ankam, ob der Mann sie sanft streichelte oder nur mal im Vorübergehen gegen den Bettpfosten stieß. Schade. Wie unendlich schade. Aber mal ehrlich. Ich hatte ihn ja doch nie gewollt. Es war nur die Bekanntschaft zweier Wesen gewesen, die sich auf einer einsamen Insel unter den gegebenen Umständen noch am ehesten zueinander gedrängt gefühlt hatten. Es hatte sich gefügt: verirrtes Gefühl zu verirrtem Gefühl. Wenigstens lagen auf dem Sessel noch Boxershorts. Boxershorts wenigstens. Ich tippte mit dem Finger auf die Boxershorts. Tja, Doktor, das war's. Da hörte ich seine Stimme durch die zweite Tür:

– Kommen Sie doch mal rein! Ich habe was für Sie!

Jetzt sagte er wieder Sie. Ich hatte immer nur Sie gesagt.

– Ich habe hier ein Geschenk! Ich habe ein Geschenk für Sie!

Ein Geschenk? Nachdem ich ihm gepredigt hatte, dass er ein Blümchen haben müsste, um das Herz eines Mädchens zu gewinnen? Ehrlich gesagt, traute ich ihm nicht von hier bis in die Ecke. Das konnte doch nicht sein Ernst sein. Er hatte ein Geschenk für mich. Aber vielleicht hatte er doch was gelernt? In frohen Schwingen hob sich mein Herz, vielleicht hatte ich ihn geläutert! Vielleicht hatte er etwas gelernt in Minnesang und Vogelklang, und eines Tages würde er zärtlich sein zu einer Frau und konnte sagen:

– Das hat mich damals vor langer Zeit ein Zimmermädchen gelehrt!

Ja! So würde es sein. Froh drückte ich die Klinke nieder, betrat das Zimmer, schaute mich um und erstarrte. Ich traute meinen Augen nicht. Ich traute nicht dem, was ich sah. Ich war einfach fassungslos. Den Worten der Frau Sörensen hohnlachend lag Doktor Pietras vor mir im Bett, wie Gott der Herr ihn erschaffen hatte. Nur eine Decke über das Mindeste lose drapiert. Vor mir ragten zwei überstehende ockerfarbene Füße auf, überall kamen weißliche, lange Jean-Paul-Belmondo-Knochen unter dem Leinen hervor. Er musste das Davidoff-Plakat gesehen haben, inspiriert von Davidoff und riechend nach Davidoff, so lag er da. Einen Arm hatte er hinter dem Kopf, in seiner anderen Hand hielt er eine große Schachtel mit Ferrero-Küsschen, um die ein rotes Geschenkband geschlungen war.

- Kommen Sie doch rein, sagte Doktor Pietras halbwegs frivol. Setzen Sie sich.

Es gab einen Stuhl am Fenster. Doktor Pietras aber deutete auf die Matratze in Höhe seiner Hüfte. Dort war die Decke zur Seite geschoben. Er schob die Decke noch weiter zur Seite. Klopfte leicht auf die Stelle. Dahin sollte ich mich setzen. Ich war ohnmächtig und willenlos und setzte mich. Ich hoffte, dass er vielleicht doch unter der Decke etwas anhatte. Aber die Boxershorts lagen ja nebenan.

- Sie hatten wirklich recht mit dem, was Sie sagten, gestern. Ich habe mich unmöglich benommen. Es tut mir Leid. Sie haben Anspruch auf ein Geschenk, das ist mal sicher. Hier ist es.

Er zog langsam und, wie er vielleicht meinte, sinnlich, die Schleife von der Ferreroschachtel. Öffnete sie. Legte den Deckel weg, nahm eine Praline und wickelte sie aus ihrem kupferroten Papier und reichte sie mir.

Ich nahm das Ferrero-Küsschen und stopfte es in den Mund.

- Nehmen Sie noch eines.

Unfähig zu widersprechen, nahm ich noch eine Praline und stopfte sie mir ebenfalls in den Mund.

– Schmeckt es?

Ich nickte mit vollem Mund.

– Das freut mich.

– Ich werde mich heute besser benehmen. Viel besser ...

Schon schien sich sein anderer Arm zu verlängern. Schon ragte dieser weiter als alle anderen Körperteile über die Decke. Schon näherte er sich meinem Arm. Und wieder erstarrten mir die Körpersäfte. Ich kriegte die Schokolade nicht runter. Und alle Gefühle kamen wieder. Wie gestern. Ein großes, gewalttätiges Déjà-vu. Tausend Arme fielen über mich her, er fasste nach mir, umschlang mich und wickelte seine Gliedmaßen um mich. Und ich wäre gegangen, sofort gegangen, davongelaufen, ich schwöre – hätte ich nicht diese Unsicherheit in seinem Gesicht bemerkt. Diese Hektik. Diesmal musste es gut gehen, diesmal musste es gelingen, er stand furchtbar unter Druck.

Ich versuchte, irgendwie klarzukommen, ohne mich zu verraten. Worum ging es jetzt eigentlich? Was wollte ich denn jetzt eigentlich in dem ganzen Spiel? Aber in meinem Körper regte sich nichts, nicht viel. Ich hatte den Überblick verloren. Ich wollte ihn nicht kränken und mochte ihn doch auch, in seiner kargen Liebesunfähigkeit – der Doktor, der arme Mann. Aber dann war es auch gut. Seine Lippen prallten hart an meine Schulter, sein Bauch presste sich auf meinen, er begann, an meinen Kleidern zu nesteln, und ich verkrampfte mich. Es war nicht nur, dass ich dachte: bis hierher und nicht weiter. Es geschah noch etwas, mit dem ich nicht gerechnet hatte.

Denn auf einmal mischten sich ungefragt Bilder dazu, Bilder über Bilder, wo kamen die nur her, es waren Bilder aus seiner gynäkologischen Praxis. Er war Gynäkologe. Ich sah, was er sah, mit seinen Augen, geöffnete Schenkel, Damenbäuche, nackte Körper Tag für Tag. Ich konnte es nicht verhindern, ich sah immer mehr, lange Beine, kurze Beine, Knie um Knie, Schenkel um Schenkel, Unterleib um Unterleib, da leuchteten mir im Kopf die Häute meiner Mitschwestern blendend weiß entgegen.

Und da ging es nicht mehr. Ich konnte mich von Doktor Pietras nicht lieben lassen. Punktum. Er hatte unzählige und aberunzählige nackte Körper vor sich. Da brauchte er nicht noch meinen dazu. Er sollte mich nicht haben. Mein Opfer würde sinnlos sein. Es kam nicht einmal darauf an. Hart und endgültig riss ich mir abermals die Kleider zurück, sprang – oder sagen wir mal: robbte – rückwärts über die Laken zurück Richtung Tür. Verschwitzt und kämpfend gelangte ich schließlich mit dem Hintern zuerst über den Bettpfosten aus seinen Federn heraus. Ich atmete heftig, und die Haare waren mir aus dem Pferdeschwanz gerutscht.

Der Arzt lag im Bett und sah dämlich aus. Mein letztes Bild von ihm würde nicht das blöde Bild vom Strand bleiben. Es würde das dämliche Bild im Bett sein. Ich hoffte, ich würde es eines Tages vergessen. Ich habe es niemals vergessen.

Ich drückste ein wenig, knickste nochmal aus Versehen, bereute irgendetwas, von dem ich nicht wusste, was es war, und wollte nur noch weg.

– Ich muss gehen. Verzeihung.

Wieso entschuldigte ich mich nur? Ich fasste die Türklinke mit seltsam verdrehter Hand von unten und schlüpfte mit dem Gefühl übergroßer Beschämung wieder aus dem Zimmer. Aber mein Kopf war hochrot und ich zitterte und stotterte und drückte mich linkisch und mit gesenktem Haupt durch die Apartmenttür, mir war, als hätte ich Furchtbares verbrochen. Ich, nicht er. Ich wollte unbedingt büßen. Ich wollte in mein Zimmer laufen und mir einen Eimer Asche auf das Haupt laden. Aber es gab keine Asche mehr. So musste ich büßen ohne sichtbare Zeichen.

Wie der Pest entronnen stürmte ich nach unten.

Dort stand wartend Frau Sörensen, die Hand auf der dicken Holzkugel des Geländers, unbeweglich, sah mich an, wie ich heruntergeschossen kam, als hätte sie so schon den halben Nachmittag gestanden. Auch das noch.

– Sie sind ja ganz schön aufgelöst.

– Ja ... aber ... es ist nichts geschehen, das ... nicht was Sie denken.

Keine Offenbarung vor Frau Sörensen. Das war jetzt das Letzte.

– Sie brauchen den Doktor nicht in Schutz zu nehmen. Ich kann drei und drei zusammenzählen.

Frau Sörensen war unbeirrbar. Gnadenlos musterte sie mich von oben bis unten und von unten bis oben.

– Nein, das ist schon ... ich habe ihm das Wasser gebracht ... das war o.k.

Sie drehte sich abrupt um und ging in unser Esszimmer, wo sie sich an einigen Spültüchern zu schaffen machte. Ich war erledigt. Ich folgte ihr, ich wusste nicht, warum.

- Wir haben nichts gemacht! Gar nichts! Es ist nichts passiert!
- Ach!

Frau Sörensen fuhr herum wie eine Furie.

- Dass ich nicht lache! Wo waren Sie denn so lange? Wie lange braucht man, um ein Glas Wasser abzugeben! Wollen Sie mich verkohlen?

Ich fing an zu weinen.

- Aber ich kann nichts dafür!
- So?! Sie können nichts dafür? So ein Quatsch! Sie haben dem doch schöne Augen gemacht! Als ob ich das nicht gesehen hätte!
- Habe ich gar nicht!
- Haben Sie doch! Mit dem Hintern haben Sie gewackelt! Und wenn Sie ihm den Kaffee eingeschüttet haben, das Dekolleté vor die Nase gehalten! Ich bin doch nicht blind!

Ich suchte nach Worten und rang mühsam und griff mir auch ein Küchentuch und knetete die Zipfel.

- Er hat mich in sein Zimmer gerufen und wollte was von mir, aber es ist ja gar nichts passiert!
- Ach, erzählen Sie mir nichts! Sie haben doch freiwillig den Schlüssel in sein Schloss gesteckt! Ohne anzuklopfen! Wo gibt es denn sowas! Ohne Anklopfen! Das sind doch Vertraulichkeiten!

Ich wurde nun selbst wütend.

- Verdammt nochmal, ich bin neunzehn! Volljährig! Es ist normal, dass sich Männer und Frauen verlieben! Sie können mir gar nichts verbieten! Die Welt, in der Sie leben, ist doch noch aus dem Alten Testament! Die Welt hat sich weiterentwickelt, und Sie haben Ansichten aus dem Mittelalter!

Frau Sörensen starrte mich an, fuhr auf dem Absatz herum und verließ den Raum, knallte die Tür, die sich quietschend wieder öffnete, und dann hörte ich sie nur noch im Flur auf und ab laufen. Hörte, wie sie wütend aus dem Treppenhaus eine Trittleiter holte, die sie im Flur vor dem großen Buffetschrank aufknallte. Eine Tür wurde aufgerissen, dann hörte ich ihre Pumps die Stiegen hinaufklettern. Eine Weile war alles still. Ich blieb entmutigt im Esszimmer hocken und dachte, dass jetzt das Vaterland sowieso verloren sei. Alles Essig. Egal, was jetzt kam. Lale Andersen. Alles Scheiße.

Eine Weile danach erklang aus dem Flur Frau Sörensens Geschimpfe.

- Mag ja sein, dass ich Ihnen altmodisch vorkomme, nicht? So recht als alte Jungfer, das ist doch so, oder? Jaja, ich hatte nicht diese Jugend, wie Sie sie heute haben, bei mir war Krieg und Armut und Not! Wir mussten uns so durchschlagen! Da konnte man nicht juppdiduu seine Jugend feiern! Und schwupps war sie fort, die Jugend! Da kann ich ein Lied von singen! Uns war nicht nach Techtelmechteln! Bei uns ging es nur ums nackte Überleben! Was glauben Sie! Da haben Sie leicht lachen! Kommen daher und lachen sich mal so schnell einen Doktor an, Sie meinen, das geht einfach so! Und ich als alte Wachtel komme daher und predige Ihnen Moral, so meinen Sie doch, oder?

Ich sage Ihnen, ich weiß sehr wohl zu unterscheiden, ob da jemand ist, der es ehrlich und aufrichtig meint und nun mal … gut, da sage ich doch gar nichts dagegen. Ich bin doch kein Unmensch. Aber ich dulde es nicht, wenn irgendwelcher schmuddeliger Kram bei mir in den Hotelbetten gemacht wird! Da gibt es nichts! Da können Sie mich ruhig altmodisch schimpfen! Nennen Sie mich nur verklemmt oder so! Aber ich dulde einfach nicht diese … wie in der heutigen Zeit, da kommt Sodom und Gomorrha … Ich halte auf mein Haus! Das ist mein Recht! Dafür zu sorgen, dass es in meinem Haus nicht zu … zu Schmuddelsex kommt! Jawohl!

Frau Sörensen schimpfte und schimpfte in einem endlosen Band und hörte nicht auf, es dauerte lange, ewig, ich saß inzwischen am Treppenpfosten und erlebte mit, wie Wut und Beleidigung aus ihr herausströmten wie saure Milch und wie nach einer Weile die Stimme sanfter wurde und die Hauptlast verlor, dennoch weiterplätscherte, sich nicht entschließen konnte, aufzuhören und in einem ewigen Singsang fortfuhr.

– Man braucht hier Zimmermädchen, die ihre Arbeit tun, und nicht so'ne … Flittchen!

Und dabei holte Frau Sörensen ein Glas nach dem anderen aus dem hohen, kostbaren Mahagonischrank und stellte sie auf ein Tablett, und hin und wieder nahm und wienerte sie eines und stellte es anschließend wieder drauf.

Als ich glaubte, Frau Sörensen habe sich beruhigt, und alles, was böse und beleidigt war, sei endlich aus ihr herausgeflossen, und die Silberlöckchen hätten aufgehört zu vibrieren wie vorhin, da wagte ich mich näher und hoffte verzweifelt, dass mir etwas einfiele, das sie wieder aufheitern konnte, was uns versöhnte, auflockerte, ein Witz, der sie auf ein anderes Thema brächte. Ich hörte doch längst den Versöhnungswillen in ihrer Stimme.

– Sie stehen ganz schön gefährlich da oben, sagte ich. Wissen Sie, was man bei uns sagt, wenn jemand so herumklettert wie Sie?

– Was?

Ich hatte mich verschätzt. Frau Sörensen war noch sehr ungehalten. Es war zu früh für einen Witz. Ich lag voreilig daneben. Aber jetzt konnte ich nicht mehr zurück.

– Wenn die Affen steigen, gibt es anderes Wetter.

Frau Sörensen drehte sich mit einem auffahrenden Schrei auf der Trittleiter um, und ihre Stimme überschlug sich vor Empörung.

– Das ist überhaupt nicht witzig! Sie mit ihren blöden Witzen immer! Mich so zu beleidigen! Mich hier einen *Affen* zu nennen!

Frau Sörensen tobte, und mit der Hand stützte sie ein Tablett voller Kristallgläser.

– Ich wollte ja nur ...

– Was Ihnen einfällt, möchte ich wissen! Was Ihnen einfällt!!

Sie war außer sich vor Wut, sie bebte, sie schäumte. Die
Finger unter dem Tablett zitterten, die ganze Frau zitterte in ihrer ganzen, überstreckten Haltung, sie verdrehte
sich, um mich mit Blicken zu erwischen, und dann kam,
was kommen musste, es geschah: Das Tablett auf dem
obersten Regal rutschte nach vorn, die Kristallgläser
rutschten, und ich kreischte aus Leibeskräften:

– Frau Sörensen – passen Sie auf!

Ich hörte einen letzten Aufschrei, dann stürzte ihr das Tablett entgegen, sie versuchte noch, es zu fangen, versuchte, die kostbaren geschliffenen Gläser der vergangenen
Jahrhunderte zu retten, doch sie geriet ins Wanken, sie
taumelte, ich konnte sie nicht halten, und in einem einzigen langen Bogen stürzte sie vor mir auf den Rosenläufer.
Das Tablett mit den Gläsern prallte auf ihren Kopf, die
Gläser zerbrachen, Frau Sörensens Kopf landete inmitten
der brechenden Gläser auf dem Boden, und nach einem
endlosen, endlosen Klirren war es auf einmal unendlich
still. Frau Sörensen lag vor mir im Flur in einem Meer von
Scherben, die Beine nach links und die Arme geöffnet
nach beiden Seiten.

– Frau Sörensen, heulte ich. Frau Sörensen!

Sie rührte sich nicht.

Die Scherben waren überall, zersprungenes Glas um-
schillerte ihr Haar, das sich wie ein brandendes graues

Kränzlein um sie rankte, jetzt sah sie erst recht aus wie ein Meergespenst, über und über mit feinen Blutströpfchen bedeckt, die Augen weit aufgerissen. Eine eiserne alte Scherbenprinzessin.

– Frau Sörensen, flüsterte ich schreckensbleich. Frau Sörensen ...

Da bewegte Frau Sörensen sich leicht, sie stöhnte ein bisschen, dann füllten sich ihre Augen mit Tränen.

Ich war grenzenlos erleichtert darüber, dass sie sich rührte – ich heulte erst recht.

– Es tut mir so leid, Frau Sörensen, ... ist was gebrochen?

Ich versuchte zaghaft, ihre Gliedmaßen zu erkunden und abzutasten. Sie lag jetzt ganz auf dem Rücken, und ich fasste ihre zarten Knöchel an und das magere Schienbein, spürte, wie die dünne Haut sich leicht verschob, ich berührte ihre Ellenbogen und das Schlüsselbein und er-fühlte zum Schluss ihr mageres Vogelgerippe durch den Helanca-Pulli.

– Ich glaube, es ist nichts gebrochen, aber es ist ja auch so schon schlimm genug, flüsterte sie.

Als sei sie nicht sicher, ob sie im nächsten Moment ster-ben könnte, hob sie den Arm wie einen gebrochenen Flü-gel und ließ ihn dann wieder sinken. Sie schien innerlich nachzulauschen, in den Schädel hinein, in Brust und Bein, vor allem aber in den Hinterkopf, denn ihre Augen ver-drehten sich nach rechts oben, als könnte sie damit hin-terrücks weiterleuchten und in den Kopf hineinsehen. Aber da war nichts, denn ihre Lider flatterten, und der

Blick kehrte zurück. Ich dachte, ich sollte ihr vielleicht mal ins Auge sehen und zog das Unterlid herunter. Ich sah aber nichts als feuchte, weiche Gewebspfützchen mit Äderchen fein, es pochte zart. Ich konnte nichts daraus deuten. Auch den Puls fühlte ich. Er flatterte. Aber was fing ich mit dieser Erkenntnis an? Der Kreislauf war vielleicht unten. Vielleicht raste jetzt das blaue Blut mit übereilter Geschwindigkeit durch das feine Adergeäst und ließ ihr beinahe das Herz stillstehen. Das Herz konnte es ja auch sein. Vor Schreck konnte einem das Herz stehen bleiben. Frau Sörensen lag still und lauschte ihrem Herzen nach. Es schlug noch. Aber sonst? Sie atmete, sie antwortete, sie wusste, wer ich war. Ich hoffte inständig, dass weiter nichts geschehen sei.

Ein altes Fräulein war so leicht zu zerschmettern. Ein einziger Sturz, und sie konnte gleich kaputt sein. Wir lauschten, ob sie irgendwo kaputt sein könnte. Als könnte man das Zerbrochene hören. Schließlich weinte Frau Sörensen.

– Es war nur der Schreck ... aber es hätte auch ganz anders ausgehen können, ganz anders ...

Frau Sörensen bewegte sich keinen Millimeter. Als sei sie in einem großen splitterigen Spinnennetz festgeklebt. Als könnte sich mit jeder einzelnen Bewegung das Glas tiefer in ihre Wunden ritzen. Jetzt war es noch stiller als sonst. Aber so konnte sie nicht liegen bleiben. Nicht ewig.

– Frau Sörensen, sagte ich, flüsternd. Wir flüsterten nur noch.

– Wir können hier nicht bleiben. Wenn einer kommt.
  Dann fragen sie so viel.
Frau Sörensen nickte. Da schob ich eine Hand unter
ihren Nacken und löste sie vorsichtig aus ihrem Heiligenschein von Kristallscherben heraus, ich hob die ganze
Frau hoch und half ihr auf die Beine. Ihr Rock war verrutscht, und der Taft kam hervor, aber jetzt war alles
gleichgültig. Sie war ganz wackelig. Ich hakte sie unter
und stützte sie und trug und schleppte sie, so gut es ging,
nach nebenan, wo ihre Zimmer von dem fünfeckigen
Treppenhaus abgingen. Ein Fräulein wiegt ja nichts. Sie
war so spillerig.
– Sollen wir nicht doch einen Doktor...? fragte ich.
– Nein.
Ich fragte nicht noch mal. Wir hatten genug von Doktoren und wenn wir halb tot wären. Hier war ich noch niemals gewesen. Frau Sörensens feine Räumlichkeiten. Wie
nannte man das? Chippendale, Jugendstil, Biedermeier,
irgendsowas, ich hatte keine Ahnung.
– Ach, Carla, danke, stöhnte sie, als sie auf das grüne
  Samtsofa glitt.
Vorsichtig legte ich ihr den Kopf auf das Kissen, das Haar
war über und über voll mit Scherben. Frau Sörensen glitzerte. Die Schneekönigin.
– Ich bin gleich zurück!
Ich rannte raus, holte Schaufel und Besen und kehrte, so
schnell ich konnte, die Scherben zusammen, damit niemand etwas sah und dummes Zeug fragte. An manchen

Scherben klebte noch Blut. Wertvolles Kristall, wahrscheinlich Familienbesitz, nun war es dahin. Na, und wenn schon. Mülltonne. Das Leben schmiss alles Mögliche kurz und klein, wer wusste das besser als die alten Strandräuber von Langeoog. Die hatten davon sogar mal gelebt. Dem einen sein Tod ist dem andern sein Brot. Dann gab es eben neue Kristallgläser, die Kristallgläserfirmen wollten auch leben. Schwamm drüber. Hauptsache, es war niemand umgekommen.

Ich fegte die Scherben in einen blauen Sack, und dann warf ich den Müllsack der Einfachheit halber erst mal in mein Zimmer und kehrte zu Frau Sörensen zurück. Ich hatte ihr ein Glas Wasser mitgebracht. Wenn man unter Schock stand, dann musste man Wasser trinken, oder nicht? Hatte ich mal irgendwo gelesen.

Und Frau Sörensen stand ganz offensichtlich unter Schock. Sie trank brav das Wasser und weinte ununterbrochen. Außerdem schien sie zu frieren, das gehörte auch zu einem Schock, schien mir, und so holte ich die dicke Wolldecke, die auf dem Fernsehsessel lag, zog ihr die Pumps von den Füßen und stopfte die Decke überall fest. Dann holte ich eine Schüssel warmes Wasser, einen Waschlappen und einen feinen Kamm. Ich setzte mich hinter das Sofa auf einen kostbaren Stuhl, legte ein Handtuch unter ihren Kopf und fing an, die Stirn und ihre Haare sanft abzuwaschen. Feine Schnittwunden überzogen die ganze Kopfhaut, und überall war Blut ausgetreten und färbte das Haar am Ansatz rot. Das Blut war mittlerweile getrocknet. Ihr Haar war so über und über voller winziger Scherben, dass ich Angst hatte, es würde ganz und gar zerschnitten. Daher tupfte ich immer abwechselnd mit dem Zipfel vom Waschlappen darüber und kämmte die Härchen aus, die silbernen Löckchen, Haar für Haar, es war eine spinnenfeine Arbeit, eine Arbeit, bei der ich jede Pore ihrer Kopfhaut absuchte. Wie gestern Doktor Wüllner hatte ich dieses lauschende Suchen aufgenommen, mit den Fingerspitzen horchte ich nach, wo das Blut hergekommen war, schaute nach, wo noch ein Scherblein stecken geblieben war, säuberte die Haut mit der Pinzette. Ich gab mich dieser Arbeit willig hin, ich saß da und sammelte das sandfeine Kristall in der anderen Hand. Durch das zarte und endlose Ziepen in ihrem Haar schien Frau Sörensen sich allmählich zu beruhigen und glitt in eine Art sanften Wachtraum, eine Trance vielleicht, noch ab und zu schnuffend wie ein Kind, wobei die ganzen Schultern zuckten. Sie war verweint, und es ging so eine lange Zeit. So verwundet war sie.

In dieser langen Zeit, in der wir beisammen saßen, in der ich ihren Kopf nach Verletzungen absuchte und ihn schließlich auf meinem Schoß hielt, in dieser Zeit entwickelten Frau Sörensen und ich wortlos einen tiefen Frieden, der ewig halten sollte. Wir sprachen nie mehr über das, was geschehen war.

Es war alles gut. Wir waren in Einklang, als hätten wir von nun an ein Geheimnis miteinander.

So hatten wir uns an drei Tagen alle drei den Kopf aufgeschlagen, in unterschiedlicher Weise. Kerstin, ich und
dann Frau Sörensen. Es ist uns nicht schlecht bekommen.
Bald sah man nichts mehr davon, und vielleicht hörten
wir besser oder verstanden mehr, jedenfalls hat es uns die
Gedanken zurechtgerückt. Wir haben uns nie wieder ge-
stritten.

Am nächsten Morgen reisten die Ärzte ab. Der Kongress war beendet. Die meisten hatten viel gelernt, zwei
von ihnen aber fast gar nichts. Ich hatte die Taschen voller Trinkgeld, und es klimperte immerzu. Die Ärzte
waren ein nettes Volk gewesen. Manierlich. Freundlich.
Wohlerzogen. Nur bei zweien von ihnen haperte es ein
wenig. Und von den zweien hatte ich den Doktor Wüllner am liebsten, der jetzt davonfuhr und seiner Frau etwas Schlimmes sagen musste. Von Doktor Pietras habe
ich nichts mehr gehört. Er hat seine Sachen gepackt und
ist verschwunden. Die Ferrero-Küsse hat er selbst gegessen. Zu Gudrun hatte er noch gesagt, Frau Sörensen sei
eine Nebelkrähe. Das war sein letztes Wort. Er hat niemandem Trinkgeld gegeben.

Na, und wenn schon. Trinkgeld erhielt ich in den letzten Wochen noch reichlich. Ich erhielt es auf Schritt und
Tritt, und meine Taschen klimperten, und ich war eine
einzige Goldmarie am Ende meines ersten alleinigen

Ausfluges in die Welt. Ich fühlte mich so unermesslich reich, dass ich eines Tages zu Anselm ging und mir ein Bild von ihm kaufte. Es zeigte Langeoog am Meer, mit einem Kahn im Gras, der Himmel war offen und weit, und irgendwo rauchte ein Schornstein auf einem Haus. Das Bild habe ich heute noch, und es steht auf dem Speicher.

Gudrun, Kerstin und ich lagen häufig auf dem Dach und haben uns gebräunt, ich lag öfter auf dem Dach als am Strand, aber auch dort ging ich hin, und ich wurde schön braun und sah gesund aus, wie jeder, der von Langeoog kommt. Marlies ist niemals mit mir an den Strand gegangen. Sie trug ihre Jeansjacke Tag und Nacht. Am letzten Tag sah ich die Jacke offen stehen und begriff. Über und über quoll darunter ein übermäßiger Busen, so groß und so schwer, dass sie ihn niemandem zeigen mochte, nur Susi, mit dem sie noch lange zusammen war. Nach den Sommerferien hat sie den Busen operieren und kleiner machen lassen. Frau Sörensen hat ihre Pension noch viele Jahre geführt. Bis ins hohe Alter. Sie war freundlich und gebildet und elegant und meistens fröhlich. Die letzte Dame der hochherrschaftlichen Friesenpension des Deichgrafen auf Langeoog, eine Dame, die auf ein Gemälde über dem Kamin gehört.

Ich habe oft am Wasser gestanden und mir vom Meer etwas gewünscht. Meistens hat es geklappt. Ich hörte auch nicht auf zu wünschen. Bis zum letzten Tag habe ich das Lied von Lale Andersen gesungen: Ein Schiff wird kommen. Es war ja schließlich egal, ob das Schiff vom

Meer zur Insel kommt oder von der Insel zum Festland. Irgendwann musste das Schiff mir einen bringen. Und heutzutage ist schließlich jeder irgendwann mal auf einem Schiff gewesen. Es war also vollkommen egal, von welcher Seite und aus welcher Himmelsrichtung er anmarschierte, vom Berg oder aus dem Tal. Auch auf den Tag kam es mir nicht an. Ich vertraute Lale Andersen vollkommen. Vor der Kaserne vor dem großen Tor wollte ich nicht stehen bleiben. Aber solange dort ein Licht brannte, konnte ich noch warten.

Am letzten Tag auf Langeoog ging ich also auf den Dünenfriedhof, um Lale Andersen zu besuchen und ihr für alles zu danken.

Sie liegt in einem ganz normalen aber riesigen Grab, in dem Platz für drei wäre. Vielleicht liegt der Schimmelreiter noch darin und an der anderen Seite der fliegende Robert. Wo der Wind ihn hingetragen, ja das weiß kein Mensch zu sagen. Aber eigentlich ist Lale verbrannt worden. Es liegt also eine Mini-Urne in diesem riesigen Grab. Aber wirklich vorstellen konnte ich mir das mit der Verbrennung nicht. Wozu auch? Gewiss war gar nichts in der Urne. Was sich wirklich in dem Grab befindet, ist die Asche von einem alten Christbaum. Das weiß doch jeder.

Denn in Wirklichkeit ist bei Nacht und Nebel der Schimmelreiter gekommen und hat Lale Andersen gerettet und zu sich genommen, damit sie oben bei ihm in den Wolken lebt und singt. Und ab und zu kommt der fliegende Robert vorbei zum Kaffeetrinken.

Ich habe mir eine Kassette von Lale Andersen gekauft. Aber ich habe sie nie angehört. Denn wenn es stürmisch ist und regnet auf Langeoog, dann kann man sie singen hören, einfach so. Lale Andersen singt, der fliegende Robert heult, und der Schimmelreiter galoppiert den Takt dazu. Vielleicht zanken sie dann.

Jedenfalls sind es Lieder für stürmische Tage, und die wiederum wünsche ich Frau Sörensen nicht. Denn wenn der Sturm kommt und Langeoog zum hundertsten Male überschwemmt, dann wird sie womöglich herausgetrieben aus ihrem schönen Zimmer mit den Büchern voller Goldlettern und der grünen Samtchaiselongue. An ihren feinen Chippendale-Möbeln aber kann sie sich unmöglich festhalten, die brechen auseinander, und dann muss Frau Sörensen jämmerlich ertrinken. Frau Sörensen war aber so zart – womöglich löste sie sich sofort auf, wenn sie ins Wasser tauchte.

Und dann landet sie auch noch da oben im Firmament und kann sich vielleicht den fliegenden Robert ...

Aber vielleicht ist das auch alles Unsinn. Mit neunzehn war ich immer ein wenig sentimental. Ach was. Heute noch.

Aber so ist es gewesen, als ich einstmals Zimmermädchen war auf Langeoog.

ENDE

Junge deutschsprachige Autoren braucht das Land

Gert Heidenreich
Die Steinesammlerin von Etretat
240 S. Geb. € 22,00
ISBN 3-936384-14-2

**«Vielleicht muss man das Meer in sich
haben, um als Erzähler so aus der Tiefe
schöpfen zu können.»**
Süddeutsche Zeitung

Die Geschichte der Steinesammlerin ist die Geschichte von
einer Liebe zwischen einer Französin und einem Deutschen
im Kriegs- und im Nachkriegsfrankreich - eine zeitlose
Parabel von Liebe und Tod, von der unendlichen Weite des
Meeres, vor deren Hintergrund auch die größte Schuld
zweier Menschen ein erträgliches Maß findet.